BERND FISCHERAUER

Zwei Asse und ein König

Buch

Hinter der luxuriösen Fassade der de-Fries-Familie bröckelt es gewaltig. Ihr alteingesessenes Werft-, Reederei- und Transportunternehmen schlingert in trüben Gewässern: Illegale Giftmülltransporte, millionenschwerer Versicherungsbetrug, Bestechung – der alte de Fries und sein Kompagnon Lührs schrecken vor nichts zurück. Nach dem Tod von de Fries Senior nimmt sich sein Sohn und Erbe Jan de Fries, ein engagierter Meeresbiologe, vor, zusammen mit seinem Freund, dem Konstrukteur Dirk Hansen, den dunklen Geschäftemachern das Handwerk zu legen. An oberster Feindesstelle steht dabei Lührs, der mit Jans Schwester verheiratet ist. Je tiefer Jan und Dirk graben, desto mehr Abgründe tun sich auf. Doch Lührs, der von Bestechung bis Mord vor keinem intriganten Trick zurückschreckt, entwischt ihnen immer wieder. Die Ereignisse spitzen sich dramatisch zu, als die geschäftlichen Konflikte auch das Privatleben der beiden Freunde tragisch verändern. Dirk, der nach einer unglücklichen Ehe endlich wieder auf eine neue Liebe hofft, verunglückt schwer. Jans Freundin stirbt bei einem Mordanschlag, der eigentlich ihm gegolten hat. Eines Tages taucht ein Mann aus der Vergangenheit wieder auf, der einst um seine Werft geprellt worden ist: Hajo Hansen fordert seinen Besitz zurück…

»Zwei Asse und ein König« – ein hochexplosiver Thriller um dunkle Geschäfte, Intrige, Liebe, Mord. Von Bernd Fischerauer, der den Roman erfolgreich fürs Fernsehen verfilmte mit Heiner Lauterbach, Heinz Hoenig und Martin Benrath in den Hauptrollen.

Autor

Bernd Fischerauer wurde 1943 geboren und absolvierte seine Ausbildung am Max-Reinhardt-Seminar in Wien. Vielfach ausgezeichnet, u. a. erhielt er den Christopher Award, den Peabody Award und den Romy für »Der Salzbaron«, ist er inzwischen einer der bekanntesten deutschen Regisseure in Film und Fernsehen.

Bernd Fischerauer

Zwei Asse und ein König

Roman

GOLDMANN

Dem Roman zum ZDF-Dreiteiler
»Zwei Asse und ein König«
liegen die Drehbücher
von Bernd Fischerauer zugrunde.
Die Filme wurden von der
TV-60 Filmproduktion im Auftrag
des ZDF hergestellt.

Umwelthinweis:
Alle bedruckten Materialien dieses Taschenbuches
sind chlorfrei und umweltschonend.
Das Papier enthält Recycling-Anteile

Der Goldmann Verlag
ist ein Unternehmen der Verlagsgruppe Bertelsmann GmbH

Originalausgabe Januar 2000

Umschlaggestaltung: Design Team München
Umschlagmotiv: © 2000 by Mike Gast und
TV-60 Filmproduktion
Satz: Uhl + Massopust, Aalen
Druck: Elsnerdruck, Berlin
Verlagsnummer: 44713
Redaktion und Lektorat:
Literatur-Agentur Axel Poldner /
Gabriele Auensen-Borgelt
MD · Herstellung: Peter Papenbrok
Made in Germany
ISBN 3-442-44713-5

1 3 5 7 9 10 8 6 4 2

Inhalt

Alles wird sich ändern

Meterhohe Wellen klatschen auf das Deck des Zweimasters.

Jan versucht verzweifelt, das Steuer herumzureißen.

Vergebens.

Als das Schiff langsam in den stürmischen Fluten versinkt, hallt die Schiffsglocke gespenstisch über das Wasser.

Erbarmungslos schlägt die Glocke...

Jan schreckt hoch. Ein Alptraum.

Leise schlüpft er aus dem Bett und schüttelt die dunklen Gedanken von sich ab. Was soll dieser Traum, denkt Jan. Er paßt doch gar nicht zu meinem Leben. Hab ich nicht alles, was man sich wünschen kann? Einen Job, der mir zugleich Berufung ist, eine große Familie, die ich über alles liebe und die mir den Rücken stärkt. Einen Freund, der es faustdick hinter den Ohren hat und mit dem man Dinger drehen kann wie mit sonst niemandem auf der Welt.

Und eine Freundin, die hübsch, fröhlich, schlagfertig und vor allem treu ist.

Was will ein Mann mehr?

Jan schaut zum Bett hinüber.

Wenn sie schläft, sieht sie aus wie ein Kind, denkt er und betrachtet Corinna, wie sie dort liegt, die Arme weit von sich gestreckt, die Handflächen vertrauensvoll geöffnet. Sie lächelt im Schlaf. Waren sie in den vier Jahren, die sie sich kennen, je getrennt? Tagsüber schon – Corinna hat ja jede Menge zu tun –, aber die Nächte, nein, die Nächte haben sie immer gemeinsam verbracht.

Bin ich nicht ein Glückspilz, denkt Jan.

Das Leben ist einfach schön.

Die Regatta! Plötzlich ist Jan hellwach. Wir werden es ihnen zeigen, grinst er und stürmt ins angrenzende Badezimmer. Jan macht das Fenster weit auf, frische Hamburger Morgenluft strömt herein. Er atmet tief ein und aus.

Siebenmal haben sie sich den Sieg geholt, hintereinander, dann werden sie es auch ein achtes Mal schaffen. Er jedenfalls ist in Form. Und sein Freund Dirk? Es hat wohl kaum einen Tag gegeben, an dem Dirk, der Kraftprotz, nicht in der Lage gewesen wäre, Bäume auszureißen.

Unten, auf dem Rasen vor dem Haus, öffnet sich eine Tulpenblüte nach der anderen. Die Morgensonne verwandelt die Tautropfen an Zweigen und Sträuchern in kleine, glitzernde Diamanten. »Ich liebe den Frühling!« ruft Jan aus, als er unter die Dusche springt.

»Und ich liebe dich!« kommt es überraschend von Corinna, die ihm nachgeschlichen ist und jetzt den Duschvorhang zurückreißt. Jans Antwort ist ein Schwall warmen Wassers. Kreischend klammert sich die Nackte an ihren Geliebten, der sie mit seinen starken Armen schwungvoll an sich reißt.

Was braucht ein Mann mehr?

Im großen Speiseraum der Villa ist der Frühstückstisch gedeckt. Seit Jan sich erinnern kann, nehmen die Angehörigen der Familie de Fries ihre Morgenmahlzeiten an diesem Tisch ein. Obwohl Jan schon seit vielen Jahren im Gartenhaus wohnt, am anderen Ende des parkähnlichen Grundstücks, fühlt er sich doch allmorgendlich von Lottes liebevoll gedecktem Tisch, den frischen, duftenden Brötchen, der selbstgemachten Marmelade und dem perfekt gekochten Kaffee magisch angezogen.

»Guten Morgen, Herr Professor – heute vielleicht ein Ei?« Lotte, die Haushälterin, wie immer in Schwarz gekleidet mit frischgestärkter weißer Servierschürze, kommt schon angerauscht, als Jan, gefolgt von Corinna, den Raum betritt.

»Für Sie bin ich immer noch Jan, Lotte. Wie oft soll ich das noch sagen«, wehrt Jan ab, wie jeden Morgen. Er bleibt vor seinem Platz stehen, bis Corinna herangeeilt ist.

Jan kennt Lotte seit seinem achten Lebensjahr. Sie hat dem kleinen Jungen die Nase geputzt, die blutenden Knie versorgt, Fieber gemessen und Tränen getrocknet. Auch wenn Jan, der Meeresbiologe, seit acht Wochen in Hamburg eine Professur innehat – sollte Lotte ihn deshalb nun mit seinem Titel ansprechen? Wohl kaum.

»Aber ein Ei wär nicht schlecht heute morgen – für dich auch, Corinna?«

Corinna nickt, und Lotte lächelt dem Paar freundlich zu, bevor sie wieder in Richtung Küche verschwindet.

Die Tafel der de Fries ist lang. Wie jeden Morgen ist feines Porzellan gedeckt und Silberbesteck; heute hat sich Lotte für die kristallenen Vasen vom Gärtner frische Tulpen und ein wenig Birkengrün abschneiden lassen. Das Tischtuch, handgestickt, aus der Zeit des Urgroßvaters, ist makellos gestärkt, ebenso die Servietten aus feinstem Leinen, von denen Corinna jetzt eine auf ihrem Schoß ausbreitet. »Heute kriegt ihr den Pokal, das hab ich im Gefühl.«

»Das will ich auch hoffen…«, schmunzelt Jan. »Ich meine, daß du das im Gefühl hast.«

Lotte, pausbäckig und immer gut gelaunt, bringt frisches Gebäck und Kaffee herein, und die beiden essen schweigend. Corinna weiß, daß Jan sich vor einer Regatta gern auf sich selbst konzentriert, auf die spannenden, aber auch schwierigen Stunden, die vor ihm liegen. Auch Lotte, die gute Seele, kennt das. Sie nickt ihm nur aufmunternd zu, während sie das benutzte Besteck am Ende der Tafel abräumt. Denn Jens de Fries, Jans Vater und allseits geliebtes Oberhaupt der Familie, hat schon gefrühstückt. Er ist oft schon vor Tagesanbruch auf den Beinen, denn er behauptet, in den letzten Jahren nicht mehr so gut schlafen zu können. Nun mag er unterwegs sein, auf seinem Morgenspaziergang durch den Park, der ihn die angrenzenden Alleen entlang bis hinunter zur Elbe führt und dort ein Stückchen parallel zum Wasser, eine Dreiviertelstunde lang, und zurück.

»Ihr Herr Vater läßt Sie grüßen«, sagt Lotte, »und er wünscht Ihnen alles Gute für die Regatta.«

»Danke, Lotte. Wie geht's ihm?«

»Ganz gut, denk ich wohl. Bis auf die Schmerzen.«

Jan läßt die Kaffeetasse sinken. »Welche Schmerzen? Ich kenne bei Vater keine Schmerzen.«

Lotte räuspert sich verlegen. Offensichtlich hat sie sich verplaudert. Der alte de Fries hat ihr unter dem Siegel der Verschwiegenheit etwas anvertraut, und sie hat sich nicht bremsen können, es seinem Sohn zu erzählen. Hilfesuchend blickt sie zur Decke, in der Hoffnung, ihr möge von oben eine Ausrede zufallen. Seit gestern abend – so sagte Jens de Fries zu ihr beim Frühstück – fühle er einen Schmerz in seiner Brust, den er sich beim Spaziergang, wie er meinte, »ablaufen« wolle. Es sei lediglich eine Verspannung, behauptete er. So etwas könne schon mal vorkommen, mit einundsiebzig. Aber Lotte begann, sich Sorgen zu machen. Schließlich ist sie der Familie seit mehr als dreißig Jahren als Haushälterin, sozusagen als Mädchen für alles, zutiefst verbunden. Ob Herr de Fries nicht einen Arzt konsultieren wolle, hat sie ihn gefragt. Er hat sie ausgelacht. Sie solle nicht übertreiben. Und niemandem etwas erzählen. Mit einem spitzbübischen Lächeln hat er hinzugefügt: »Einen echten de Fries haut so schnell nichts um, Lotte, das wissen Sie doch!«

Und wie sie das weiß. Lotte hat mit dieser Familie so manches Drama durchlitten, wenn auch nur als eine Art Zaungast – sie war ja nie direkt betroffen –, aber ihre Qualitäten als gute Fee waren in diesen Zeiten mehr als gefordert.

»Bitte, Lotte, was ist mit Vater?«

Lotte zeigt ihr wohlbekanntes, beruhigendes, breites Lächeln, das Jan schon in seiner Kindheit über so manchen Schmerz hinweggeholfen hat. Er fühlt, daß er ruhiger wird.

»Machen Sie sich keine Sorgen, Herr Professor«, sagt Lotte und wendet sich mit dem Tablett zum Gehen. »Ihr Vater ist mittags wieder wohlauf. In seinem Alter hat man so seine Wehwehchen.«

Seufzend erhebt Jan sich von der Tafel. »Ich hoffe, Sie haben recht, Lotte«, murmelt er. Auch Corinna hat ihr Frühstück beendet – sie ißt ohnehin wie ein Spatz, zu Jans Leidwesen. Die beiden schlendern Arm in Arm durch den riesengroßen Raum zum Treppenhaus, vorbei an dem alten Zweimaster aus dem Jahr 1928, den einst ein Hamburger Künstler im Auftrag des alten de Fries in Öl verewigte. Jens bleibt stehen und betrachtet das in einen breiten, wertvollen, mit handgeschnitzten Ornamenten verzierten Goldrahmen gefaßte Bild.

»Na denn man los«, sagt er und drückt Corinna an sich.

Genau mit diesem Segler, mit dem einst sein Vater über dic Meere schipperte, wollen Jan de Fries und sein bester Freund Dirk Hansen in wenigen Stunden eine Regatta auf der Elbe gewinnen...

Es wird ein Kopf-an-Kopf-Rennen. Zwei Boote liegen vorn. Jan, an zweiter Stelle, versucht, den Abstand zum führenden Boot zu verringern. Dirk ist an der Vorschot. Das restliche Regattafeld liegt schon weit hinter ihnen.

Auf einem Begleitschiff hüpft Corinna unruhig von einem Bein auf das andere. »Jan, Dirk, Jan, Dirk…!« Ihr Vater, Georg zur Netten, Bankier und Geschäftsführer der *Hamburgischen Credit Contor von 1861,* scheint an seinem Fernglas festgeklebt zu sein. Sorgenfalten zeigen sich auf seiner Stirn, als Jan de Fries' Zweimaster den Kampf an der letzten Wendeboje knapp verliert.

Aber Jan ist ganz ruhig. »Re…«, ruft er seinem Freund zu, »…und hoch den Lappen!«

»Attacke!« brüllt Dirk aus vollem Hals. »Attacke!«

Dirk bekommt den Spinnaker schneller hoch als der Vorschoter des gegnerischen Bootes, und Jan geht in Führung. Grinsend beugt Dirk sich über Bord und brüllt den Konkurrenten zu: »Was ist denn? Was ist denn? Vollgas, Freunde!«

Es hilft nichts – Corinna hält es nicht mehr aus. Sie reißt ihrem Vater das Fernglas aus der Hand. »Sie schaffen es, Paps… sie schaffen es!« Dabei hüpft sie überglücklich von einem Bein aufs andere.

»Das war mir klar«, sagt zur Netten zufrieden. »Aber könntest du bitte mit dem Gewackel aufhören?«

»Nein, Paps, leider nicht«, ist die knappe Antwort. Durchs Fernglas sieht Corinna, wie Jan und Dirk als erste an der Zielboje vorbeirauschen, wie sie sich in die Arme fallen, dann schnell umdrehen und ihr, Corinna, zuwinken. Sie winkt begeistert zurück.

Dann fällt sie ihrem Vater um den Hals. »Ich bin so glücklich, Paps.« Zärtlich nimmt zur Netten sie in den Arm.

»Dein Jan ist ein großartiger Segler.«

»Und Dirk ist mindestens genauso gut, das muß man ihm lassen«, ergänzt Corinna. Zur Netten übergeht ihre Bemerkung, streichelt seiner Tochter liebevoll den Blondschopf und sagt: »Ihr seid wirklich ein prächtiges Paar.«

Zur Netten ist stolz auf seine Tochter. Sein einziges Kind. Ehefrau Cordula hat ihn – kaum daß Corinna flügge war, das Abitur bestanden hatte und nicht mehr zu Hause wohnte – in einer Art Nacht-und-Nebel-Aktion verlassen. Es war ein Schlag für ihn, er hat sich noch nie so einsam gefühlt, zumal ihm bis heute nicht klar ist, ob Corinna von den Plänen ihrer Mutter wußte oder nicht. Das Leben an seiner Seite habe sie gelangweilt, hat Cordula ihm später in einem Brief vorgeworfen. Nun, zur Netten ist als Geschäftsmann so gut wie nie zu Hause gewesen; ein Familienleben in dem Sinn hat es nie gegeben.

Anders dagegen bei Jans Familie, wo dessen Mutter, Kerstin de Fries, immer darauf geachtet hatte, daß die Familie wenigstens einmal am Tag, meist zum Frühstück, um den großen Tisch im Speisezimmer ihres Hauses versammelt war. Ach ja, denkt zur Netten, Kerstin de Fries, eine prachtvolle Frau. Hochgewachsen, blond, klare hellblaue Augen, klare Gestik und Mimik, klare Gedanken, klare Anweisungen für alle im Haus, klare Verhältnisse. Eine typische Hamburgerin aus gutem hanseatischem Hause. Sie garantierte ein reibungsloses Familienleben und damit ihrem Mann den reibungslosen Ablauf des Geschäftes. Möge sie in Frieden ruhen.

Seine Frau hingegen, Corinnas Mutter, war immer unruhig gewesen, unzufrieden, schien unerfüllt zu sein, trotz des Kindes. Im Grunde ihres Herzens war sie wohl eine Künstlerin, aber sie wagte nie, einen Schritt in irgendeine künstlerische Richtung zu tun. Dafür besuchte sie mit Corinna Kunstausstellungen und Museen, und so wuchs das Mädchen wie selbstverständlich in die Welt der Kunst hinein, die Corinna seitdem fasziniert.

Zur Netten weiß nicht, wie oft Corinna und ihre Mutter einander heute noch sehen, wie gut ihre Beziehung eigentlich ist. Nur gelegentlich bekommt er seine Exfrau zu sehen, nämlich dann, wenn Corinna wieder eine ihrer großen Vernissagen veranstaltet. Corinna liebt es, mit Kunst, die sie entdeckt hat und schätzt, Geschäfte zu machen. Sie hat Kunstgeschichte studiert. Um ihr den Start ins Berufsleben zu erleichtern, hat »Paps« seinem inzwischen neunundzwanzigjährigen, charmanten Sprößling kürzlich eine Galerie eingerichtet, Hamburger Toplage, einen Steinwurf von der Innenalster entfernt, am Jungfernstieg.

»Laß uns schnell an Land gehen, Paps«, drängelt Corinna. »Ich kann es kaum erwarten, meinem Schatz den Siegerkuß zu geben.«

Mit einem perfekten Manöver geht Jan mit seinem Boot im Hafen des Blankeneser Yachtclubs am Steg längsseits. Dirk läßt die Segel fallen, und Jan springt an Land. Corinna wartet schon auf ihn, die Arme weit geöffnet. Während am Boot die Leinen festgemacht werden, wirbelt Jan seine zartgebaute Freundin in der Luft herum.

»Du bist einfach der Größte!« jubelt sie, ganz außer Atem.

Da hat sie nicht mit Dirk gerechnet, der schon zur Stelle ist. »Und ich bin der Larry, oder wie, oder was?« mault er und verschränkt seine Arme vor der Brust wie ein kleiner, trotziger Junge. Corinna und Jan lachen.

»Sich an der Vorschot festhalten kann jeder, Junge«, frotzelt Jan und boxt seinem Freund auf den Oberarm. Doch der kann kontern: »Wenn er einmal tun würde, was ich ihm sage«, legt er sich Corinna gegenüber ins Zeug, »hätten wir die Siegesfeier schon hinter uns.« Jan winkt grinsend ab, Corinna blickt stolz von einem zum anderen. Aber da hat Dirk sie schon gegriffen, an sich gedrückt und gedroht: »Wenn ich nicht sofort 'n Kuß kriege, bin ich hochgradig selbstmordgefährdet.«

Und sie gibt ihm seinen Kuß. Schließlich mag sie ihn ja auch, sehr sogar. Anders freilich als ihren Jan.

Jetzt erst fällt von Jan und Dirk die Anspannung ab, bemerken sie, daß Gott und die Welt zur Siegesfeier des Norddeutschen Regattavereins in den Yachtclub gekommen sind. Mindestens zweihundert elegant gekleidete Menschen säumen das Ufer und applaudieren ihnen. Champagner in Gläsern wird auf kreisrunden weißen Tabletts herumgereicht. Dirk nimmt einer Serviererin eine Champagnerflasche aus der Hand, schüttelt sie kräftig und läßt den Korken knallen. Wie Gischt bei einer großen Sturmflut spritzt das eisgekühlte Getränk aus der Flasche. Dirk nimmt einen kräftigen Schluck und hält Jan die Flasche an den Mund. Alles lacht. Man schiebt die beiden Spaßvögel aufs Siegertreppchen.

Jetzt ergreift Corinnas Vater, Bankier Georg zur Netten, das Wort, nachdem man ihm einen blankgeputzten Silberpokal in die Hand gedrückt hat. »Liebe Freunde, liebe Gäste…«

Es wird mucksmäuschenstill.

»Als Präsident dieses Clubs, der ich jetzt schon seit ein paar Jahren bin – genau gesagt, dreiundzwanzig –, ist es mir eine besondere Freude, zum achten Mal in Folge diese silberne Kanne Jan de Fries übergeben zu dürfen.«

Applaus brandet auf, als Corinnas Vater Jan den glänzenden Pokal überreicht.

»Das nächste Mal sitze ich an der Pinne«, murmelt Dirk gespielt eifersüchtig und gibt Jan einen Knuff.

»Aber was wäre der Wissenschaftler wie auch der Skipper«, fährt zur Netten fort, »ohne die richtige Mannschaft. Applaus für Dirk Hansen, den Mann an der Vorschot…«

Zeit war's, denkt Dirk.

»Zwei Asse, auf die wir stolz sein können!«

Jetzt zeigt Corinna, daß sie pfeifen kann, mit den Fingern im Mund, ganz wie ein Straßenmädchen. Der Applaus schwillt an, Fotografen knipsen um die Wette. Und Dirk, aufgekratzt von soviel Anerkennung, greift zur zweiten Champagnerflasche, schüttelt sie, der Korken knallt, und er bespritzt seinen Freund Jan und sich selbst.

Zur Netten möchte noch mehr sagen an diesem Vormittag. Er hat so ein seliges Schmunzeln auf seinen breiten Lippen. Kaum haben sich die Gäste wieder beruhigt, beginnt er in einem ganz anderen Ton.

»Warum mich dein Sieg, lieber Jan, so besonders freut«, sagt er und blickt Jan mit seinen hellblauen Augen stolz an, »ist, weil du mich – und ich finde, das dürfen und sollen hier alle wissen – durch deine beruflichen und sportlichen Leistungen zum glücklichsten Schwiegervater Hamburgs machen wirst.«

Tosender Beifall, Hört-Hört-Rufe, Corinna strahlt. Ihr Vater geht auf sie zu und nimmt sie in den Arm.

»Und da Corinna nicht nur das Teuerste, sondern auch das Einzige ist, was ich auf der Welt habe, hoffe ich, Sie alle an diesem Tag der Tage als meine Gäste begrüßen zu dürfen. Ich werde nämlich Trost brauchen.«

Jan hebt den schimmernden Pokal in den blauen Frühlingshimmel hinein. Zur Netten wischt sich eine Träne aus dem Auge. Und Dirk, ewiger Kraftprotz, packt seinen Freund, hebt ihn hoch und wirbelt ihn im Kreis herum. Zuletzt bekommt Jan den ersehnten Siegerkuß von seiner geliebten Corinna. Sie schauen einander ganz, ganz tief in die Augen.

Das Leben ist doch schön.

Aber dann geht plötzlich ein Mann auf Jan zu, jemand, den Corinna nicht kennt. Jan tritt etwas zur Seite, der Mann redet eindringlich, seine Mimik verrät, daß es sich um eine ernste Sache handelt, nicht um etwas so Heiteres und Fröhliches wie den Sieg bei einer großen Segelregatta. Jans Gesichtsausdruck verfinstert sich. Besorgt blickt Corinna zu den beiden hinüber. Sie hört Jan sagen: »In Ordnung. Neunzehn Uhr. Ich werde da sein.«

Corinna hat sich schon die ganze Zeit auf den Abend gefreut. Darauf, mit Jan auf der Tanzfläche im Club den Sieg zu feiern, abzutanzen wie lange nicht mehr. Und nun muß er auf einmal weg?

Der Mann ist verschwunden, Jan bleibt einen Augenblick gedankenverloren stehen. Corinna geht zu ihm.

»Wer war das? Und wohin mußt du heute abend?«

Jan, noch immer in Gedanken, schüttelt fassunglos den Kopf. »Seit Jahren predige ich ... Es ist zum Verrücktwerden!«

Corinna legt ihren Arm um Jan. »Was ist passiert?«

»Ein Schiffsunglück in der Nordsee. Ganz in der Nähe des Nationalparks. Ein libanesischer Frachter.«

»Schon wieder ...«

»Ich muß heute abend im Fernsehen ein Live-Interview geben.« Jetzt erst blickt Jan Corinna wieder in die Augen. »Danach komme ich zu dir zurück, ich meine, zum Feiern ins Clubhaus ...«

Corinna seufzt. »Ob dir dann noch zum Tanzen zumute ist?«

Jan nimmt sie in den Arm und drückt sie fest.

Im Clubhaus wird an diesem Samstagabend getanzt, daß das Parkett sich biegt, gelacht und getratscht. Die Segler und ihre Freunde, hanseatische High-Society unter sich. Eine Band spielt Beatles-Songs und Lieder von James Brown. Draußen, auf dem Rasen, flanieren die Paare in eleganter Abendgarderobe vor einem Sonnenuntergang, der fast wie die gemalte Kulisse eines Hollywood-Films der frühen Sechziger anmutet. Eine frische Brise weht von der Elbe her. »Love, love, love!« hört man die Worte der legendären vier Pilzköpfe aus den Sechzigern vom Clubhaus herüberschallen. Die Stimmung schaukelt sich hoch. Viele der Gäste gehören der mittleren Generation an, die noch miterlebte, wie die Beatles im Hamburger Starclub auftraten und dann kometenhaft in Deutschland populär wurden. »Love, love, love!«

Der bullige Dirk Hansen tanzt wie ein Bär. Er ist schon beschwipst. Aber das ist auch kein Wunder. Denn ohne seinen Freund Jan wäre er gewiß nicht hier, weder als Gast des vornehmen Yachtclubs Blankenese noch als Mitglied des traditionsbewußten, exklusiven Norddeutschen Regattavereins, unter dessen Fahne sich schon die Kaiserfamilie im vergangenen Jahrhundert sportlich betätigte.

Dirk gilt als Persona non grata in diesen Kreisen. Das hat er seinem Vater zu verdanken, dem alten Hajo Hansen. Der hatte – wie alle wissen – durch kriminelle Machenschaften seine Werft in Grund und Boden geritten, aus der dann Jens de Fries – Jans Vater – eines der angesehensten Unternehmen machte. Auf dem Höhepunkt des Skandals, den Hajo Hansen ausgelöst haben soll, war er verschwunden. Man fand seine Yacht in der Deutschen Bucht, sie trieb bei Sturm herrenlos umher. Für Dirk ein Schock, denn er liebte seinen Vater abgöttisch. Er war immer sein großes Vorbild gewesen, Schiffsbauer, ein Erfinder, ein Tüftler mit zahlreichen Patenten. Einer seiner letzten Erfolge war die Hansensche Schlepperschraube, die später reihenweise beim Schiffsbau verwendet wurde.

Für Dirk war es damals selbstverständlich, die Werft zu

übernehmen, wenn sein Vater sie ihm einmal übergeben würde. Schon früh half ihm sein Vater in den Betrieb hinein. Dirk studierte Maschinenbau und begann beim Vater als Techniker; ja, Hajo zeigte sich als selbstloser Förderer seines Sohnes, indem er ihn anregte, sogar seine Patente zu verbessern. Schließlich war Dirk in der Lage, selbst Dinge zu entwickeln, die patentverdächtig waren, so das legendäre Bugstrahlruder, die erste Erfindung Dirks, die ein einträglicher Erfolg wurde.

Um die Geschäfte hat Dirk sich nie gekümmert, die waren stets in Hajos Hand. Deshalb war es vermutlich möglich – so glaubt Dirk –, daß sein Vater ihn so hintergehen konnte, ihm die illegalen geschäftlichen Abmachungen verschweigen konnte, mit denen zum Beispiel der spätere Kauf einer Werft in Rostock und der anschließende Konkurs verbunden waren. Lange hat Dirk darüber nachgegrübelt, wie es kommen konnte, daß sein Vater sich dazu hinreißen lassen konnte, derart auf die schiefe Bahn zu geraten, sein Vater, den er immer als einen der integersten Menschen wahrgenommen hatte. Er hatte es nicht nötig, nach Dirks Auffassung, denn Geld war immer da.

Irgendwann hörte Dirk auf, über seinen Vater nachzudenken. Er hatte das Gefühl, daß sich seine Gedanken im Kreis drehten. Er litt sehr darunter, nicht genau Bescheid zu wissen, was damals wirklich geschah. Es war lange Zeit unerträglich für ihn zu wissen, daß sein Vater in Wirklichkeit ein ganz gerissener Hund war. Vor vier Jahren schließlich ließ er Hajo Hansen offiziell für tot erklären. Und das war gut so, denn seitdem ist Ruhe in Dirk eingekehrt – wenn auch eine melancholische. Er hatte sich mit den Tatsachen abgefunden.

»Help! I need somebody!« Ach, die guten alten Beatles-Songs. Das Leben ist kurios: Jetzt tanzt Dirk mit Corinna, der Geliebten seines Freundes Jan, dessen Vater einst mit seinem

Vater eng zusammengearbeitet hat. Aber im Gegensatz zu Hajo Hansen hat der alte de Fries es geschafft! Er war es, der damals die Hansen-Werft der de-Fries-Gruppe angliederte, sie damit vor dem Untergang rettete und aus ihr ein riesiges Unternehmen machte. Der Schiffsreeder Jens de Fries schuf sich so eines der größten Hamburger Werft- und Transportunternehmen. Wenn Vater noch leben würde und sehen könnte, was er seinem Sohn angetan hat – wenn er sehen würde, daß er und Jan noch immer die besten Freunde sind, trotz aller Gegensätze –, was würde er wohl dazu sagen?

Corinna strahlt heute schon den ganzen Tag. In ihren Augen schimmert der Glanz der zukünftigen Braut, besonders jetzt, da ihr Vater ganz offiziell von ihrer Eheschließung mit Jan gesprochen hat.

»She loves me, yeah, yeah, yeah …!« Alle singen mit, der typische Gitarrensound der Beatles dringt hinüber in den Garten und weit über die Elbe hinaus. Schade, daß ich sie nicht bekommen kann, denkt Dirk, sie würde mir auch gefallen. Wenn er da an Birgitta denkt, die Frau, die ihm als Dreiundvierzigjährigem schon die ersten grauen Haare verpaßt hat, welch ein Gegensatz! Obwohl er und Birgitta nun schon einige Zeit geschieden sind, scheint es nicht möglich zu sein, eine Art Waffenstillstand zwischen ihnen aufrechtzuerhalten. Und das geht immer auf Kosten des gemeinsamen Sohnes Kevin.

Corinna wiegt sich im Takt und lächelt Dirk zu. Auch sie ist ein bißchen beschwipst. »When I get older …«, spielt die Band.

»Nur für den Fall, daß du's dir mit Jan noch mal überlegst …«, ruft Dirk ihr zu, »mit mir kannst du rechnen. Du Frau aller Frauen unter den Frauen.«

Corinna weiß, wie sie Dirk zu nehmen hat. Sie schmiegt sich an ihn, spielt die Leidenschaftliche. »In Ordnung – du Tier.«

Dirk reißt sie hoch, tanzt eine »Passage« mit ihr. »So blöd

wie ich muß man sein!« ruft er aus. »Da hat man die Traumfrau schlechthin in seinen Armen, spürt diesen Atem, diesen Wahnsinnskörper und darf nicht! Und warum? Nur weil der Mann deiner Zukunft mein bester Freund ist!«

Corinna genießt es, von Dirk so angemacht zu werden. Sie weiß genau, daß er die Grenze nie überschreiten würde, daß er seinem Freund nie weh tun würde – derlei Dinge hat es zwischen Dirk und Jan niemals gegeben. Aber auf diese Weise hat sie gewissermaßen zwei Verehrer – und welche Frau würde das nicht mögen?

»Ist es eigentlich schon halb acht?« fragt Corinna plötzlich. Dirk blickt auf die Uhr. Er nickt, nimmt Corinnas Hand und arbeitet sich mit ihr durch das Gewühl der tanzenden Leiber zum kleinen Clubraum durch, in dem ein Fernsehapparat steht. Dirk schaltet ein.

Auf dem Bildschirm erscheint ihr Freund, der stirnrunzelnd im Fernsehstudio auf einem Stuhl sitzt; Jan, der engagierte Umweltschützer, der sich schon seit Jahren für verbesserte Schutzbedingungen in der Nordsee einsetzt.

»Dein Liebster macht sich gut im TV«, flüstert Dirk Corinna zu, als sie, Hand in Hand, auf dem schwarzen, weichen Ledersofa gegenüber der Fernsehanlage Platz nehmen.

»Noch sind die Folgen nicht absehbar«, sagt ein Reporter gerade mit ernster Miene, während gleichzeitig Luftaufnahmen des in Seenot geratenen libanesischen Öltankers gezeigt werden. »Aber sicherlich haben die Behörden aus der Pallas-Katastrophe vor einem Jahr nichts dazugelernt. Dazu ein Live-Kommentar von Professor Jan de Fries vom Institut für Meeresbiologie in Hamburg.«

Wieder ist Jan zu sehen. Corinna wird es warm ums Herz. Sie ist stolz auf ihren Freund, ihren zukünftigen Ehemann. Auch wenn sein berufliches Engagement oft dazu führt, daß sie beide sich nicht sehen können, daß ihre Verabredungen platzen, so weiß sie doch, wie wichtig es für Jan ist, im Beruf das Gefühl zu haben, Dinge ändern zu können. Jan ist und bleibt ein Idealist in Sachen Umwelt, jemand, der körperlich leidet, wenn Tiere leiden, wenn Raubbau an der Natur getrieben wird. Der Nationalpark Nordsee, ein riesiges Naturschutzgebiet, das Meer und Küste umfaßt, gehört zu Jans Leistungen der letzten Jahre.

»Herr Professor de Fries«, wird er von einem Journalisten gefragt, »ist Ihrer Meinung nach die Katastrophe überhaupt in den Griff zu kriegen?«

Jan räuspert sich. Er sieht traurig aus. »Ich fürchte, nein! Im Gegenteil«, ist seine Antwort. »Aber ich hoffe, daß die Verantwortlichen endlich daraus lernen und die Schiffe aus Billigflaggenländern in Zukunft den Kontrollen unterziehen werden, die ich mit meinen Kollegen der Nordseeanrainerstaaten schon vor drei Jahren erarbeitet habe...«

Gut, daß Jan damals dem »Ruf seines Herzens« gefolgt war, als es nach dem Abitur um die Frage der beruflichen Richtung ging. Jens de Fries hätte den einzigen Sohn natürlich gern als seinen Nachfolger gesehen, zumal die Familie de Fries inzwischen seit einhundert Jahren im Reedergeschäft ist – ein klassischer Familienbetrieb. Daß Jan ausscherte, tat dem Alten anfangs weh. Aber er verzichtete auf jegliche Form von Druck und Zwang und holte sich schließlich einen Nachfolger von außerhalb, den Juristen Lührs – mit dem heute Jans ältere Schwester Frauke verheiratet ist. Jan war erleichtert über die Entscheidung seines Vaters, wenn er auch Lührs von Anfang an nicht besonders mochte. Aber Geschäfte führen ist nun mal nicht seine Sache. Jan will die Welt verbessern und das mit Leib und Seele.

Der Fernsehbericht ist beendet. Die Musik – jetzt die alten

Stones-Aufnahmen – lockt Dirk und Corinna wieder zurück auf die Tanzfläche. Bald werden sie verheiratet sein, mein bester Freund und seine Corinna, denkt Dirk und hüpft im Takt der Musik hin und her – ein großer Tänzer ist er nicht gerade –, während Corinna sich geschmeidig wie eine Katze zu den Klängen wiegt und biegt. Bald werden sie die glücklichen Eltern eines süßen Babies sein oder sogar mehrerer…

»Und du glaubst im Ernst, daß du dann noch in deiner Galerie stehst und achtmal in der Woche nach Paris, New York oder Tokio jettest?« ruft er Corinna zu.

»Alles nur eine Frage der Organisation«, gibt sie zurück, absolut zuversichtlich. »Außerdem gibt's ja Kindermädchen.«

»Wieso willst du Kinder, wenn du dich doch nicht um sie kümmern kannst?«

»Ich bin auch so aufgewachsen und…« Sie reißt die Arme hoch, dreht sich rhythmisch einmal um sich selbst und fügt mit einem umwerfenden Lächeln hinzu: »Schau mich an!«

»Bloß nicht, sonst gibt's gleich 'ne Dauerschändung!« stöhnt Dirk und verdreht die Augen.

»Daß du immer so sein mußt«, wehrt Corinna ab. Aber sie weiß, daß Dirk tatsächlich so sein muß – einfach, weil es ihm Spaß macht, so zu sein. Darin ähneln sich die beiden, Jan und Dirk; beide genießen ihr Leben in vollen Zügen, sind Männer voller Kraft mit dem starken Bedürfnis, sich hier und jetzt auszuleben, ihre Ideen, ohne lange zu fackeln, in die Tat umzusetzen.

Jan ist zurück. Noch unter dem Eindruck des Ereignisses, steht er ein wenig abseits, an der Bar, und trinkt ein Bier. Corinnas Vater gesellt sich zu ihm. Er prostet ihm zu.

»Auf dich!« erwidert Jan seine Geste und zwinkert zur Netten zu. »Auf uns…«, korrigiert dieser.

»Was hältst du vom elften Oktober?«

Zur Netten stutzt. »Da habe ich Geburtstag. Warum?«

»Ich meine als Hochzeitstermin.«

Zur Netten strahlt. »Ein schöneres Geschenk könnt ihr mir nicht machen.« Seine Augen füllen sich mit Tränen.

Dirk und Corinna haben Jan entdeckt. Sie schlendern auf ihn zu, noch ganz außer Puste vom letzten Tanz. Dirk packt seinen Freund am Kragen. »Mach das nie wieder mit mir!«

Zur Netten blickt irritiert von einem zum anderen. Dieser Dirk Hansen, was das nun wieder soll! Als er jedoch sieht, daß Corinna grinst, entspannt er sich. »Was denn?« fragt er neugierig.

»Na, daß er mich mit Ihrer Wahnsinnstochter zum Tanzen schickt, Herr zur Netten«, erklärt Dirk dem Bankier, der ein wenig von ihm wegrückt. »Wenn ich nämlich nicht meine Grundsätze hätte, wären Sie schneller Großvater, als Ihnen lieb ist, und Sie dürften mich und meine Kleinen ernähren...«

Zur Netten zuckt kaum merklich zusammen und blickt hilfesuchend zu Jan. Die Vorstellung, daß seine Tochter sich mit dem verarmten Hansen, diesem Drop-out, liieren könnte, jagt ihm Schauer über den Rücken. Jan hingegen lacht über das ganze Gesicht und schlägt seinem Freund liebevoll auf die Schulter. Jetzt lacht auch zur Netten – nichts läge ihm ferner, als sich mit dem jungen de Fries anzulegen, auch nicht Dirk Hansens wegen, in dessen Nähe er sich immer ein wenig unwohl fühlt; deshalb versucht er ihn zu meiden, was sich im großen und ganzen auch einrichten läßt.

»Telefon für Sie.« Der Barmann tippt Jan de Fries auf die Schulter und deutet auf ein Wandtelefon am anderen Ende der Bar.

»Ob sich die Lage des Frachters verschlimmert hat?« fragt Jan und wirft Corinna einen sorgenvollen Blick zu. Der Kellner begleitet ihn zum Telefon und reicht ihm den Hörer.

»Jan de Fries …?« Er lauscht ein paar Sekunden, die ihm im nachhinein als die längsten seines Lebens vorkommen.

»Was? – Wann?« bringt er mühsam hervor. Jan ist kreidebleich.

Er nickt. Unendlich langsam legt er den Hörer auf die Gabel zurück und blickt ins Leere.

»Was ist passiert?« Corinna steht neben ihm.

Jan legt den Arm um sie. Sie spürt, daß er am ganzen Körper zittert. »Jan! Sag schon!«

»Vater ist tot.«

»Das kann doch nicht …«

»Doch. Herzinfarkt.«

Als Jan und Corinna an der Villa ankommen, steht die Haustür schon offen. Die Haushälterin hat gehört, wie Corinnas Porsche-Boxter auf dem Kiesweg vorgefahren ist. Als Jan in die Eingangshalle tritt, kommt Lotte ihm entgegen. Sie sieht verweint aus. Jan bricht in Tränen aus, und Lotte nimmt ihn in die Arme wie einen kleinen Jungen. Corinna bleibt schweigend hinter ihnen stehen.

»Wo ist er?« fragt Jan leise.

»Sie haben ihn weggebracht«, sagt Lotte. »Er wird dann aufgebahrt, damit alle Abschied nehmen können.«

Jan nickt. Er dreht sich zu Corinna um, nimmt ihre Hand und geht mit ihr hinein.

»Guten Abend, Lotte«, sagt Corinna; auch sie spricht leise.

»Guten Abend, Frau zur Netten. Kommen Sie in den Salon. Die anderen sind auch schon da.«

Jans älteste Schwester Frauke und ihre Familie sind bereits im Salon versammelt, einem dunklen, holzgetäfelten Raum mit schweren Eichenmöbeln und Lampen aus blankgeputztem Messing.

Jan geht als erstes auf seine Schwester Frauke zu, beugt sich zu ihr hinunter und küßt sie auf die Wange. Fraukes Mundwinkel zittern.

»Gut, daß du da bist, Jan«, sagt sie und hält die Hand ihres Bruders fest.

Frauke sitzt im Rollstuhl. Seit ihr Mann und sie vor vier Jahren in einen schweren Autounfall verwickelt wurden, ist sie querschnittsgelähmt. Obwohl Frauke nur drei Jahre von Jan trennen, wirkt sie mit ihrem streng zurückgekämmten Haar und ihrem verhärmten Gesicht um einiges älter als er. Und nun, angesichts des Todes ihres geliebten Vaters, scheint der Schatten auf ihrem Gesicht noch dunkler geworden zu sein.

Helge Lührs, Fraukes Mann, geht auf Corinna zu und reicht ihr die Hand. Dann wendet er sich Jan zu. »Entsetzlich«, sagt Lührs zu ihm mit belegter Stimme.

Frauke und Lührs' Kinder, drei langhaarige, hübsche Mädchen, sitzen in den tiefen Ledersesseln und schweigen betroffen. Nana, mit ihren fünfzehn Jahren die Jüngste, weint.

»Ich hab ihn gefunden«, sagt sie schluchzend, »auf der Treppe.«

»Er wollte zu euch in den Yachtclub, um mit dir zu feiern«, ergänzt ihr Vater. »Gratulation übrigens.«

Jan nickt stumm. Nana klettert aus ihrem Sessel und wirft sich Jan in die Arme. »Er hat noch gesagt, daß er so stolz auf dich ist...« Der Rest ihrer Worte geht in hemmungslosem Schluchzen unter.

»Weiß Silke Bescheid?« fragt Jan. Seine jüngste Schwester bereitet sich gerade in Le Mans für ein wichtiges Autorennen vor.

»Ich habe sie noch nicht erreicht.«

»Das ist auch gut so«, sagt Jan. »Morgen ist ein großer Tag für unsere Rennfahrerin.«

Lotte betritt den Raum mit einem Tablett, auf dem Mineralwasser und andere Getränke stehen. Sie reicht jedem ein Glas und gießt ein. Dabei muß sie immer wieder die Nase hochziehen. Für sie, die Siebzigjährige, ist der Tod von Jens de Fries unfaßbar. Die Säule der Familie, das Oberhaupt, ist nicht mehr da. Wie wird es weitergehen? Wird Jan diese gewichtige Position in der Familie einnehmen? Wohl kaum. Bei allem Respekt – Jan interessiert sich nicht für die Erhaltung der Tradition.

Sie trinken. Niemand sagt ein Wort.

»Und Gloria?« durchbricht Jan nach einiger Zeit die Stille.

»Ich dachte, es ist besser, wenn du es ihr sagst«, antwortet der hochgewachsene Lührs.

Jan nickt und löst sich vorsichtig von seiner Nichte, die sich an ihn geklammert hat. Nana setzt sich zu ihrer Mutter und nimmt ihre Hand. Jan dreht sich zu Corinna um. »Fährst du nach Hause?«

»Wäre es dir lieber?«

»Nein. Im Gegenteil.«

»Gut. Dann warte ich auf dich im Gartenhaus.«

Wie konnte Jens de Fries so plötzlich sterben? Jetzt erst erinnert sich Jan daran, was Lotte am Frühstückstisch gesagt hatte. Sie hatte von Schmerzen gesprochen, über die sein Vater geklagt hatte. Und als er nachfragte, wehrte sie ab – als habe sie seinem Vater versprochen, darüber stillzuschweigen, die Familie nicht zu beunruhigen.

Und nun ist er tot.

Gegangen, ohne sich zu verabschieden.

Gloria. Wie wird sie es aufnehmen?

Im Arbeitszimmer, über dem Kaminsims, hängt ihr Bild. Jan betrachtet es lange. Ihr wirres schwarzes Haar. Der feurige Blick. Die zu einem fast ironischen Lächeln leicht geöffneten, tiefrot geschminkten vollen Lippen. Gloria, achtunddreißig Jahre alt, gebürtige Belgierin, Vaters große Liebe seiner letzten Lebensjahre. Woher sie kommt, wer sie eigentlich ist – niemand in der Familie weiß das genau. Eine geheimnisvolle, leidenschaftliche Frau. Er war glücklich mit ihr. Vielleicht so glücklich wie nie zuvor mit einer Frau. Auch nicht mit seiner Ehefrau Kerstin, der Mutter von Jan, Frauke und Silke.

Jan tritt an den Schreibtisch seines Vaters. Ein schweres Eichenmöbel. Zärtlich streicht er über die Oberfläche, spürt die Maserung des Holzes. Alles ist geordnet auf diesem Tisch, jedes Ding steht an seinem Platz; sein Vater liebte die Klarheit.

Wer war sein Vater? Hat er, Jan, ihn eigentlich gekannt?

Ehrfürchtig blickt Jan sich um. Die Ordner. Die Bücher. Zahlen, Fakten. Umsatz, Investitionen, Millionen.

Für einen Menschen wie Jan böhmische Dörfer.

Das Adreßbuch. Ledergebunden. Gloria... Jan greift zum Hörer. »Buenos tardes. Jan de Fries... Señora de Fries por favor...«

Es knackt am anderen Ende der Leitung.

»Hallo?«

Gloria ist dran.

»Ich bin's, Jan.«

»Jan! Jan!« ruft sie erfreut, viele hundert Kilometer weit entfernt, in Mallorca. »Wie geht es dir?«

»Nicht gut, Gloria.«

»Warum nicht? Was ist los?« kommt es besorgt durch den Hörer.

»Vater ist tot.«

Schweigen.

»Gloria? Bist du noch da?«

»Ja.«

»Es war ein Herzinfarkt.«

Schweigen. Jan hört Gloria schwer atmen. »Und wie geht es dir, Jan?« fragt sie leise.

»Nun…«

»Ich halte dich fest.«

»Ich halte dich auch fest. Gute Nacht, Gloria.«

»Gute Nacht, Jan.«

Lührs tritt ein. Jan legt auf. Er betrachtet wieder das Bild über dem Kaminsims.

»Und wie hat sie's aufgenommen?« fragt Lührs.

»Gefaßt.«

»Die arme Frau. Und dein armer Vater. Er hat sich so auf unsere Hundertjahrfeier gefreut. Was soll jetzt bloß werden?«

Jan blickt Lührs an. Der zieht an einer Zigarette und sieht besorgt aus. »Darüber reden wir morgen, Helge. Ist dir zehn Uhr recht?«

»Natürlich.«

»Versuch zu schlafen.« Jan umarmt seinen Schwager.

Was für ein Tag. Am Morgen die überschäumende Vorfreude auf die Segelregatta, der Gruß vom Vater, den Lotte ihm noch übermittelte, schließlich der spektakuläre Sieg im letzten Augenblick – und nun, am Abend, der traurige Abschied vom großen alten Jens de Fries.

Mit gesenktem Kopf schließt Jan die Tür zum Arbeitszimmer hinter sich und macht sich auf den Weg zu seiner Wohnung im Gartenhaus.

Endlich mit Corinna allein.

»Hast du Gloria erreicht?« fragt sie ihn. Jan nickt. Und dann beginnt er zu schluchzen. Sein Körper wird hin und her geschüttelt, er bemüht sich nicht um Beherrschung. Nur hier, bei seiner Freundin, wagt er, seinen ganzen Kummer herauszulassen.

»Komm ins Bett«, sagt Corinna nach einer ganzen Weile zärtlich. »Es ist spät.«

Aber Jan möchte noch aufbleiben. Er könnte jetzt keine Ruhe finden. Die unterschiedlichsten Gedanken schießen durch seinen Kopf. Er gibt Corinna einen zarten Kuß auf den Mund und bittet sie, schon mal schlafen zu gehen.

Jan nimmt seine Jacke von der Garderobe, streift sie über und geht noch einmal hinaus in den Garten. Dort, unter der alten Linde, beleuchtet von einer kleinen Gartenlaterne, steht die weiße Holzbank, auf der sein Vater gelegentlich gesessen hat. Er wollte dann nicht gestört werden. Hatte über dies und jenes nachzudenken. Auf diese Bank setzt Jan sich nun und starrt versonnen hinauf in die dunklen Äste, an denen schon das erste Frühlingsgrün sprießt. Ewiger Kreislauf der Natur, denkt Jan.

Auch über Jans Wohnung, im ersten Stock, brennt noch Licht. Hier leben Frauke und Helge mit ihren drei Töchtern. Frauke ist mit ihrem Rollstuhl an ihr Bett herangefahren und versucht nun, sich vom Stuhl ins Bett zu rollen. Für sie ist heute eine Welt zusammengebrochen. Ihr Vater war ihr mehr Halt in ihrem Leben, als sie sich zu seinen Lebzeiten zugestehen mochte.

Schweißperlen stehen ihr auf der Stirn. Diese unglaubliche Anstrengung bei den geringsten Tätigkeiten. Hat sie früher, vor dem Unfall, darüber nachgedacht, daß es Mühe kosten könnte, sich ins Bett zu legen? Daß es unüberwindliche Hindernisse gibt, wie kleine Stufen, geschweige denn Treppen, geschlossene Türen? Die Welt aus der Sicht der Querschnittsgelähmten ist eine andere als die der Gesunden, das muß sie tagtäglich bitter erfahren, auch wenn ihr Mann versucht, ihr das praktische Leben so leicht wie möglich zu machen.

»Wieso hast du nicht auf mich gewartet?« sagt Helge, der gerade zur Tür hereinkommt. Er eilt zu ihr und hievt sie vom Rollstuhl hinüber in ihr Bett.

»Habt ihr mit Gloria gesprochen?« will Frauke von ihm wissen.

»Ja. Sie soll sehr gefaßt gewesen sein, meint Jan.« Er schüttelt ein Kissen auf und macht es seiner Frau im Bett bequem. »War ja auch nicht anders zu erwarten«, setzt er nach.

Frauke sieht ihren Mann an. »Vater und Gloria waren sehr glücklich miteinander, Helge.«

»War ein kurzes Glück.«

Sie nickt. Helge deckt sie zu. »Schlaf gut.« Er reicht ihr die Hand. Frauke hält sie fest. Helge stutzt. »Was ist denn?«

»Kannst du bei mir schlafen?«

»Aber ich störe dich doch nur.«

Sie blickt ihn flehend an. »Halt mich fest, Helge, bitte!«

Lührs setzt sich auf die Bettkante und umarmt seine Frau. Er ist ein wenig unbeholfen dabei, so als habe er sie lange nicht im Arm gehalten. Frauke preßt sich an ihn. Sie beginnt zu weinen. Es ist dieses eigenartige Gefühl, das wieder in ihr hochkommt. Das Gefühl, daß dieser Mann, der sich so rührend um ihr Wohlergehen bemüht, ihr trotz allem fernbleibt, unerreichbar ist.

Frauke überlegt, ob das schon immer so war. Schließlich haben sie und Helge drei Kinder in die Welt gesetzt. Sie war sechsundzwanzig, als sie sich in Helge verliebte, und sie war sehr unerfahren. Naiv, würde sie heute sagen. Sie hatte romantische Vorstellungen vom Leben und von dem, was einmal ihre Ehe sein würde. Ein toller Mann, einer wie Papa sollte es sein, einer, zu dem sie aufschauen konnte. Sie stellte sich vor, wie sie an der Seite dieses Mannes auf den Parties und Bällen repräsentierte, wie sie und ihr Ehemann Hausfeste geben würden und wie sie, Frauke, auf weiten Reisen in teuren Hotels durch ihre Schönheit Aufsehen erregen würde. Denn schön, das war Frauke. Wenn sie ihr langes schwarzes Haar gelegentlich zu einem Dutt formte, lief es dem sieben Jahre älteren Helge kalt den Rücken herunter – sie erinnerte ihn dann an seine Mutter, die er immer sehr verehrt hatte.

Lührs war von Fraukes Vater ins Haus geholt worden, weil ihm klargeworden war, daß sein einziger Sohn nicht in den Betrieb einsteigen würde. Und dem jungen Anwalt, der eigentlich Richter werden wollte, gefiel es in der Villa. Nicht nur Frauke machte ihm schöne Augen, auch ihre neun Jahre jüngere Schwester Silke ließ den damals Dreiunddreißigjährigen spüren, daß er ein attraktiver Mann war. Nun, mit einer Sechzehnjährigen etwas anzufangen, das lag Helge fern – allerdings eher aufgrund des Rufs und der Stellung, die er eventuell zu verlieren hatte, weniger aufgrund moralischer Skrupel. Denn Silke – wenn er ganz ehrlich war – weckte seinen Eroberungsdrang am meisten.

Frauke und er heirateten, und Lührs wurde Mitglied der traditionsreichen großen Familie de Fries. Er, der Emporkömmling, dessen Mutter als Kellnerin den Lebensunterhalt für sich und ihn verdienen mußte, weil der Vater bereits Anfang der fünfziger Jahre an einer nicht heilen wollenden Kriegsverletzung gestorben war. Er, der sich nur allzugut an die Hänseleien seiner Schulkameraden erinnert, wenn er wieder in Mädchenkleidung zur Schule kam: rosa Pullis, rosa Kniestrümpfe, die Nachbarinnen vorbeigebracht hatten, weil deren Töchter herausgewachsen waren. Helges Mutter konnte sich keine neue Kleidung für ihn leisten.

Er hat es ihnen allen gezeigt. Er, Helge, hat es geschafft. Er ist ganz nach oben gekommen. Er ist Geschäftsführer der weltbekannten de-Fries-Gruppe, mit einem Gehalt von anderthalb Millionen Mark im Jahr.

Frauke seufzt. In gewisser Weise ist sie stolz auf ihren Mann. Einen so weiten Weg erfolgreich gegangen zu sein, dazu gehört schon etwas. Aber ihre Liebe – die ist wohl auf diesem Weg auf der Strecke geblieben. Oder ist es nur die Hektik des Alltags, die die Liebe überdeckt? Darf sie sich überhaupt beschweren? Ist er nicht stets um sie besorgt, darum, daß es ihr an nichts fehlt?

»Gute Nacht, Helge«, erwidert sie sanft und löst sich von ihrem Mann. »Gute Nacht«, sagt er und küßt sie flüchtig auf die Wange. Ja, das ist es, Zärtlichkeit. Seit ihrem Unfall ist Fraukes Körper für ihn tabu. Er hat nicht einmal den Versuch unternommen, sie zu streicheln, zu liebkosen. Daß sie von der Taille an abwärts gelähmt ist, scheint ihm zu signalisieren, daß ihr ganzer Körper nicht mehr zu Gefühlsregungen in der Lage ist. Daß sie abgestorben sei.

Doch das ist sie nicht.

Im Gegenteil. Sie sehnt sich mehr denn je nach Liebe. Aber wie sollte sie ihm das klarmachen?

»Vater ... du wirst mir so fehlen«, sagt Frauke leise, nachdem ihr Mann die Schlafzimmertür von außen geschlossen hat. Sie gräbt ihr Gesicht in die Kissen.

Draußen, im Garten, sitzt Jan noch immer auf der weißen Bank, im Schein der alten Gartenlaterne. Es ist kühl geworden, und er beginnt zu frösteln. Langsam steht er auf, geht ein paar Schritte in der Dunkelheit des Gartens hin und her. Plötzlich taucht ein Schatten auf, vorne, am Gartentor.

»Dirk?«

»Na, Alter ...?« kommt es vorsichtig aus dem Dunkel.

Jan winkt ihn heran. »Laß uns was zusammen trinken«, schlägt er vor. Aber er setzt sich wieder auf die Bank. Dirk kennt seinen Freund. Und er weiß, wo der Schnaps zu finden ist in Jans Wohnung. Er verschwindet im Gartenhaus, holt eine Flasche Whisky und zwei Gläser, stellt alles auf ein Tablett und bringt es hinaus in den Garten.

»Wird schon kühl«, sagt Jan müde.

»Gleich nicht mehr.« Dirk füllt die Gläser, und sie trinken.

»Immerhin kannst du stolz sein auf deinen Vater...«, beginnt Dirk. »Wenn ich an meinen denke... Mich einfach sitzen zu lassen mit dieser Pleite. Sich nicht abzumelden.«

Jan nickt.

»Nicht mal begraben konnte ich ihn. Und wenn Kevin mich fragt, kann ich ihm doch nicht sagen, daß sein Großvater ein Betrüger war.«

Jan legt eine Hand tröstend auf das Knie seines Freundes. Eine Träne rinnt ihm über die Wange.

Es wird sehr spät, bevor Jan an diesem langen Tag endlich in den wohlverdienten Schlaf fällt. Eng umschlungen liegen sie im Bett, er und Corinna, und es ist, als wolle er sie für immer festhalten.

»Ich fürchte, du mußt jetzt in die Firma einsteigen«, sagt Corinna am nächsten Morgen beim Frühstück. Es ist ein regnerischer Tag, passend zu den Ereignissen im Haus de Fries. Schweigend serviert Lotte Kaffee und warme Brötchen. Jan starrt vor sich hin. »Dirk sagt das auch.«

»Er hat recht.«

»Wie stellt ihr euch das vor?«

Corinna schneidet ihr Brötchen auf. »Das weiß ich auch nicht. Aber du hast jetzt die Verantwortung. Ich meine, nicht nur für die Firma, sondern auch für deine Familie.«

Jan hat noch nichts gegessen. Er ist nicht hungrig an diesem Morgen. Nachdenklich rührt er in seinem Kaffee. »Ich bin Meeresbiologe, kein Geschäftsmann, Corinna. Würdest du deine Galerie aufgeben und die Bank übernehmen, wenn deinem Vater etwas zustoßen würde?«

Corinna zuckt mit den Achseln. »Wohl nicht.«

»Siehst du.«

»Aber bei deiner Familie ist es etwas anderes. Die Tradition ...«

»Ich verstehe vom Reedereigeschäft soviel wie du von Jointventures«, versucht Jan Corinna seine Lage zu erklären. »Und vom Schiffsbau verstehe ich erst recht nichts. Von Transportlogistik und Speditionskram erst gar nicht zu reden.«

»Helge wird dir bestimmt helfen.«

Schweigend leert Jan seine Tasse. Er erhebt sich. »Ich muß dann rüber.«

Corinna bleibt noch ein wenig sitzen. »Seh ich dich heute abend?« fragt sie.

»Natürlich. Ruf mich an, ja?«

Er gibt ihr einen zarten Kuß.

»Ich liebe dich«, sagt sie, die Augen geschlossen.

»Ich dich auch.«

Jan hat noch immer einen Kloß im Hals. Er fühlt, daß er noch längst nicht genug um seinen Vater geweint hat. Alles geht so schnell. Und jetzt muß so vieles geregelt werden. Mit schnellen Schritten eilt er ins Herrenzimmer. Dort wartet bereits Helge Lührs auf ihn. Er trägt einen schwarzen Anzug und sitzt hinter dem Schreibtisch des alten de Fries. Von der Standuhr schlägt es zehn.

»Morgen, Jan«, sagt Lührs und winkt ihn mit großer Geste zu sich heran. Er deutet auf einen Sessel gegenüber dem Schreibtisch.

Jan zögert. Irgend etwas gefällt ihm nicht an der Haltung seines Schwagers. »Sei mir nicht böse, Helge, aber ich glaube, du sitzt auf meinem Platz.«

Lührs reagiert blitzschnell. »Aber natürlich, bitte. Entschuldige…« Er erhebt sich mit einem unterwürfigen Lächeln. »Es ist nur, weil ich hier mit deinem Vater all die Jahre…«

Jan setzt sich an den Schreibtisch. Der Stuhl ist noch warm. Lührs nimmt im Sessel gegenüber Platz.

»Entsetzlich«, sagt er. »Ich kann es immer noch nicht fassen.«

Jan spürt, daß dieser Mann, obwohl sein Schwager, ihm völlig gleichgültig ist. »Hat Vater jemals über sein Testament mit dir gesprochen?« fragt er.

»Nein«, sagt Lührs. »Aber er wollte, daß die de-Fries-Gruppe nach seinem Tod ein Familienunternehmen bleibt. Das hat er mir oft gesagt. Auch wenn ich seit mehr als fünf Jahren mit der Geschäftsleitung betraut bin, hat mir Jens sehr viel abgenommen und mir vor allem geholfen, Entscheidungen zu treffen, wenn es um wichtige Dinge ging.«

Er macht eine kleine Pause, wohl um die Wirkung seiner Worte auf Jan abzuschätzen.

»Und so wollte ich dich bitten«, fährt er fort, »in die Geschäftsleitung einzutreten. Ich weiß, du hast mit deinem Wissenschaftskram, deiner Uni und deinem Nationalpark Nordsee genügend zu tun, aber du bist…«

»Und ich verstehe von deinem Geschäftskram nichts, Helge«, unterbricht Jan seinen Schwager. Er fühlt Trotz in sich hochsteigen. »Außerdem… wenn ich es gewollt hätte, säße ich längst an deiner Stelle.«

Lührs schmunzelt souverän. »Das war doch nicht abwertend gemeint«, sagt er, »ganz im Gegenteil. Ich bewundere dich für deine Arbeit. Aber du bist der letzte de Fries, Jan, und du bist mitverantwortlich für die Geschicke des Familienunternehmens – das übrigens besser dasteht denn je.«

Er beugt sich etwas vor. »Und, entschuldige, auch das ist

nicht abwertend gemeint, du würdest bei uns das erste Mal richtig Geld verdienen. Hundert im Monat, plus Auto und so…«

Jan ist sprachlos. »So viel verdienst du?«

Lührs ist nicht aus der Ruhe zu bringen. Er wird diesem Grünschnabel schon erklären, daß es bei dem Unternehmen nicht um Pfennige geht. »Bei mir ist's etwas mehr«, sagt er ruhig. »Aber ich schmeiße den Laden ja schließlich. Das würde ich natürlich auch weiterhin machen, weil dich Geld ja nie besonders interessiert hat. Aber die anderen Dinge, alles, was mit Innovation zu tun hat, sowohl hier als auch bei unseren Töchtern in Brasilien und Venezuela – um die hat sich ja dein Vater ausschließlich gekümmert –, dafür brauche ich dich jetzt, Jan. Und wenn es um Geld geht, ich kann dir auch hundertfünfzig im Monat…«

»Du?«

»Ich meine, wir… die de-Fries-Gruppe natürlich. Entschuldige, aber das verselbständigt sich, wenn du seit Jahren gewohnt bist, die Firma zu sein.«

Lührs hat aufgehört zu reden und sieht Jan aufmerksam an. Jan dagegen betrachtet geistesabwesend die vielen Fotos in den verschiedenen Rahmen auf dem Schreibtisch seines Vaters; Frauke und Helge, ein Bild aus glücklicheren Tagen, er, Jan, bei seiner Ernennung zum Professor, ein Foto von Kerstin mit Jan, Silke und Frauke als Teenager, ein Siegerinnenfoto von Silke mit Rennfahrerschutzhelm, Frauke, gesund und auf beiden Beinen stehend, im Bikini auf irgendeiner griechischen Insel…

»Jan?« reißt Lührs ihn aus seinen Gedanken.

»Mich interessiert die de-Fries-Gruppe nicht«, sagt Jan leise, so daß Lührs sich weiter vorbeugen muß, um ihn zu verstehen. »Und Geld… Wenn ich Vaters Andeutungen richtig verstanden habe, will er unser Vermögen zwischen uns aufteilen. Ich werde meinen Anteil, zum Teil zumindest, aus der Firma ziehen, um ihn in Dinge zu investieren, die ich für innovativ und wichtig halte. In den Nationalpark zum Beispiel und in Dirks neue Erfindung...«

Lührs muß lächeln. »Jetzt sag bloß, du würdest diesen Traumtänzer unterstützen.«

»Das würde ich.«

Lührs räuspert sich. »Du weißt, wie das damals mit seinem Vater war, Jan. Was haben wir Geld in den reingebuttert. Und dann – alles weg.«

Es gefällt Jan nicht, daß Lührs so über die Familie seines Freundes spricht. Mag er auch recht haben. Aber es gefällt ihm nicht.

»Ist ja auch nicht so wichtig«, winkt Lührs ab, der spürt, was in Jan vorgeht. »Wir haben überlebt, und darauf kommt's an. Du mußt dich ja nicht sofort entscheiden. Ich würde mich jedenfalls freuen.« Und mit einem etwas veränderten Ton fährt er fort: »Ich bin ja nur froh, daß ich deinen Vater davon überzeugen konnte, einen Ehevertrag zu schließen.« Jan horcht auf. »Nicht, daß ich etwas gegen Gloria hätte, im Gegenteil, aber die Vorstellung, daß sie nach zwei Jahren womöglich fünfzig Prozent...« Lührs kann eine gewisse innere Erregung nicht verbergen. »Warum hat dein Vater aus ihrer Herkunft eigentlich so ein Geheimnis gemacht? Hatte er Angst, daß sie nicht standesgemäß sein könnte?«

Jan wird blaß. Wie dreist! »Ich weiß nur, daß er mit ihr glücklich war, Helge«, sagt er. »Und deine Mutter war, soweit ich weiß, Kellnerin – oder?«

Lührs verzieht keine Miene. Aber seine Pupillen verengen sich ein wenig. »Sie konnte nichts dafür, daß mein Vater so früh...« Er rutscht auf seinem Sitz hin und her, macht eine wegwerfende Handbewegung. »Aber du hast recht, laß uns froh darüber sein, daß dein Vater seine letzten zwei Jahre genossen hat. Also, überleg es dir bitte.«

Jan bemüht sich, ruhig zu bleiben. »Du solltest dir auch etwas überlegen, Helge«, sagt er und fixiert sein Gegenüber wie ein Falke seine Beute. »Egal, ob ich in die Firma einsteige oder nicht, du warst und bist unser Angestellter. Und ich hoffe, das bleibst du auch, Helge. Aber was Entscheidungen anbelangt, wirst du mit mir rechnen müssen.«

Sein Schwager hält dem Blick stand. »Ja, natürlich«, antwortet er beherrscht. »Etwas anderes hätte ich niemals erwartet.«

Eine Polizistin geht an Bord

Von der de Friesschen Villa bis zur Reparaturwerft Paulsen im Hafen fährt man eine Dreiviertelstunde – allerdings nur sonntags. Jan lenkt seinen Wagen wie in Trance. Wie viele Male hat er die Strecke schon zurückgelegt, um seinen Freund zu besuchen, aber heute ist es ein Gefühl, als existierten die Wohnhäuser, Geschäfte und Ampelkreuzungen, die er hinter sich läßt, nicht wirklich.

Von heute an wird alles anders sein. Mit dem Tod seines Vaters ist eine Welt zerbrochen. Ist auch, in gewisser Weise, Jans Leben zu Ende gegangen. Sein altes Leben. Alles wird sich ändern müssen. Von Grund auf. Nur wie, das steht noch in den Sternen. Jan steuert in eine ungewisse Zukunft.

Dirk ist gerade dabei, mit einer Seilwinde eine Barkasse aufzuslipen. Der alte Paulsen hilft ihm dabei.

Jan springt aus dem Wagen. »Ihr seid aber fleißig«, stellt er anerkennend fest. »Sogar am Sonntag.«

»Der Kahn muß morgen früh flott sein«, brummt Dirk.

»Ich hab versucht, dich anzurufen«, sagt Jan.

»Tut mir leid, die Bank hat mir wieder mal den Hahn zugedreht.« Jan schüttelt mitleidsvoll den Kopf. »Da schuftet man Tag und Nacht«, stöhnt Dirk, »und es reicht gerade mal fürs nackte Leben und die Alimente…«

Der alte Paulsen geht auf Jan zu und hält ihm seine ölverschmierte Hand entgegen, die er vorher vergeblich an seinem

Arbeitsanzug abzuwischen versuchte. »Tach, mien Jung... tut mir leid mit deinem Vater.«

»Danke, Paul.«

Dirk blickt Jan neugierig an. »Und?«

»Lührs will auch, daß ich in die Firma eintrete.«

»Und was sagst du?« will Dirk wissen.

»Ich denke nicht, daß ich es tun werde.«

Paulsen spürt, daß er die beiden alleine lassen sollte. »Ich werd mich mal um die Küche kümmern«, meint er, und mit Blick auf Jan: »Kannst ja was mitessen, wenn du möchtest. Es gibt Bohneneintopf, von gestern.«

Jan lächelt Paulsen dankbar an, der schon in Richtung Küche davonschlurft.

Dirk wendet sich wieder seiner Arbeit an der Barkasse zu. Er setzt eine Gripzange an einen Schraubensplint und zieht – vergeblich. »Kannste mal helfen?«

Jan grinst. Er deutet auf seinen Armani-Anzug. »Wenn du mir deinen Blaumann gibst, gerne.«

Dirk seufzt. »Und das will ein Freund sein.« Aber er schafft es allein, nachdem er noch einmal an dem Splint gezogen hat.

»Na, siehst du, geht doch auch ohne mich«, lobt Jan ihn mit einem breiten Grinsen.

»Ich kann ja Lührs fragen, ob er mich nimmt statt deiner«, ist die trockene Antwort. »Dann wäre ich alle Sorgen los und könnte meine Traumerfindung auf eurer Werft bauen.«

Jan wird ernst. »Du weißt, daß ich nie Geld von meinem Vater wollte«, sagt er. »Aber jetzt sieht die Welt anders aus. Ich kann dir jetzt helfen. Wieviel brauchst du?«

Dirk lächelt. Er nimmt Jan beim Arm. »Komm, wir gehen zu Paulsen. Bohnensuppe essen.«

Paulsens Hausmacherküche hat Jan schon immer wie ein Magnet angezogen. In der kleinen Kombüse neben der Werkstatt kann es duften wie in einem Fünf-Sterne-Gourmetrestaurant. Sogar besser. Denn zwischen Maschinen und Werkzeug zu sitzen, an dem einfachen Holztisch, dabei durch die kleinen Fenster auf den Hafen zu schauen, von Paulsens zwar sauberen, aber doch schon recht angestoßenen geblümten Tellern zu essen und über dies und jenes zu klönen, all das schafft eine unvergleichliche Atmosphäre, die Jan jedesmal aufs neue genießt.

Paulsen muß immer wieder Nachschlag reichen, bis sie satt sind, und er freut sich darüber wie eine Mutter.

Über Paulsens Wohnung in der Werft, im Dachboden, hat Dirk sich seine Wohnung eingerichtet. Seit seiner Scheidung von Birgitta lebt er hier allein in einem großen Loft, der als Wohn- und Schlafraum, Werkstatt und Büro zugleich dient. Jan und Dirk sind nach dem Essen heraufgestiegen und genehmigen sich einen Verdauungsschnaps. Im Fernsehen läuft ein Sportmagazin ohne Ton.

In der Mitte des Raumes steht eine Werkbank mit dem Modell von Dirks allerneuester Erfindung, einem Mittelding zwischen Schiff und Flugzeug: Die *Albatros.*

»Wieviel brauchst du?« fragt Jan nochmals und deutet auf die Werkbank. »Damit du da weitermachen kannst.«

Dirk leert das zweite Glas in einem Schluck. »Wenn du's genau wissen willst: Dreitausend wären echt Klasse, Alter.«

Jan klaubt sein Scheckheft und einen Stift aus der Jackentasche und beginnt zu schreiben.

»Kriegst du auf Euro und Pfennig wieder«, beeilt Dirk sich zu sagen.

»Vergiß es.« Jan reicht seinem Freund den Scheck.

»He, ich hab drei gesagt!« protestiert Dirk. Er hat die Augen weit aufgerissen.

»Deswegen habe ich ja fünf geschrieben.«

»Danke.« Dirk strahlt über das ganze Gesicht. Zufällig streift sein Blick die Mattscheibe des Fernsehapparates, auf der ein Tourenrennwagen gezeigt wird.

»Sieh mal!«

Jan ist schon aufgesprungen und stellt den Apparat lauter. Silke ist zu sehen, Jans jüngste Schwester, die auf dem Siegertreppchen steht, ganz oben. Rechts und links von ihr lächeln zwei Rennfahrer in die Kamera.

»... zum Saisonauftakt zeigen, daß Silke de Fries nach ihrem Unfall letztes Jahr in Le Mans wieder voll in Form ist. Sie belegte mit ihrem Audi den zweiten Platz«, berichtet ein Journalist. Man sieht, wie Champagnerkorken knallen, den Siegern wird eingegossen, man prostet einander zu. Silke strahlt. Sie ist eine Schönheit und ihrer älteren Schwester Frauke sehr ähnlich. »Anscheinend hat Silke de Fries auch in dieser Saison vor, den Männern zu zeigen, wer im Automobilsport die Hosen anhat.«

»Daß dein Schwesterchen so strahlen kann«, bemerkt Dirk nachdenklich, »wo dein Vater gerade ...«

»Sie weiß es noch nicht«, sagt Jan. Er blickt auf seine Armbanduhr. »Jetzt müßte sie wohl schon im Hotel sein. Ich rufe sie gleich an.«

»Mein Telefon ist leider ... na ja, du kannst dir schon denken, warum's nicht geht.«

Jan holt sein Handy aus der Hosentasche. »Wann bringst du endlich Ordnung in dein Leben, Alter.«

Er erhebt sich und geht im Raum hin und her, während er die Telefonnummer von Silkes Hotelzimmer anwählt.

»Hallo, Silke, ich bin's, Jan. Gratuliere zum Sieg! Ich bin stolz auf dich!«

Während Jan mit seiner Schwester spricht, setzt Dirk in der Küchenzeile Wasser auf, für einen Kaffee. Er fühlt sich beschwingt; die Vorstellung, die Telefonrechnung bezahlen zu können und an *Albatros* weiterzuarbeiten, macht ihn glücklich.

Jan hat sein Gespräch beendet. Silke hat schon vom Tod des alten de Fries gewußt. Woher, hat Jan vergessen zu fragen. Sie war kurz angebunden, ist auf sein Angebot, sie am Flughafen abzuholen, gar nicht eingegangen.

»Gefühle zu zeigen ist nicht gerade eine Stärke der de-Fries-Familie«, tröstet Dirk seinen Freund, der sich wieder gesetzt hat und nachdenklich aus dem Fenster schaut.

»Da magst du recht haben«, nickt Jan.

Dirks Kaffee ist wie immer, rabenschwarz.

Die Blumenrabatten des de Friesschen Parks hinter der Villa leuchten in der Spätnachmittagsonne wie zartbunte Märchenteppiche: Der Frühling läßt sich in diesem Jahr nicht lumpen. In den Zweigen der Bäume zwitschern eine Vielzahl aufgeregter Vögel; sie scheinen ein Wiedersehen zu feiern nach dem langen, kargen Winter. Jan sitzt auf der weißen Bank, Frauke neben ihm im Rollstuhl; Lotte hat ihnen einen Tablettisch hinausgestellt mit einem kleinen Blumenstrauß darauf, friesischem Tee und feinem Gebäck. Drinnen, im Speisesalon, wartet eine festlich gedeckte Tafel darauf, daß die Familie zum gemeinsamen Abendessen zusammenkommen möge.

Frauke blickt auf ihre kleine goldene Armbanduhr. »Wo sie nur bleiben …?«

»Vielleicht hat das Flugzeug Verspätung«, meint Jan und beißt nachdenklich in einen Keks.

»Wenn sie so weitermacht, hat Silke eine wirklich große Karriere vor sich«, sagt Frauke. Ihre Stimme klingt ein wenig müde.

Für einen Augenblick schweigen sie. Frauke seufzt. »Vater hat nicht umsonst gesagt, jeder soll das tun, was er kann. Das gilt wohl auch für dich.«

Jan nimmt die Hand seiner älteren Schwester. »Wenigstens du verstehst mich.«

»Das weiß ich nicht einmal«, antwortet Frauke leise, »aber ich akzeptiere deinen Standpunkt.«

»Helge hoffentlich auch.«

Sie hören, wie ein Wagen vorfährt. »Da sind sie«, sagt Frauke nervös. »Endlich.«

Kurz darauf kommen Silke und Helge Lührs in den Garten. Silkes Augen leuchten; ihre Wangen sind leicht gerötet, sie strahlt, hell, unwiderstehlich – eine souveräne Siegerin. Helge neben ihr trägt ihre Reisetasche, auch er strahlt, mehr, als der Anlaß ihrer Zusammenkunft es gebietet. Für einen Augenblick kommt es Jan so vor, als seien die beiden ein Paar, ein gutaussehendes, strahlendes, erfolgreiches Liebespaar. Aber er schüttelt den Gedanken von sich ab, erschrocken, wie er auf derlei Ideen überhaupt kommen konnte. Als sich Silke zu ihrer Schwester im Rollstuhl beugt und sie umarmt, zeigen sich doch ein paar Tränen in ihren Augen.

»Hallo, große Schwester…«

Frauke hält sie fest umschlungen. »Wenigstens hat er nicht leiden müssen.« Langsam wendet sie sich ihrem Mann zu. »War wieder Stau?«

Lührs räuspert sich. »Nein, Schatz. Das Flugzeug hatte fast eine Stunde Verspätung.«

»Immer dasselbe«, sagt Frauke. Dabei blickt sie ihren Mann prüfend an.

Eine Stunde später sitzen alle an der Speisetafel im Eßzimmer. Alle bis auf Frauke. Sie fühle sich müde, erklärt Helge ihr Fortbleiben, als Jan nachfragt. Die Lührsschen Mädchen, Nico, Jana und Nana, haben an ihren jeweiligen Gedecken Platz genommen. Nana ist besonders blaß. Sie hat den Schock, ihren Großvater sterbend auf der Treppe vorzufinden, noch längst nicht verwunden. Auch Jana, die Siebzehnjährige, sieht verweint aus, während Nico, die Älteste – sie wurde vor ein paar Wochen volljährig –, von allen am gefaßtesten wirkt. Was nichts heißen muß, denn auch bei den Mädchen gilt das, was Dirk bei den de Fries schon oft feststellte: Gefühle zu zeigen ist nicht gerade die Stärke dieser Familie.

Alle tragen Schwarz.

Lotte serviert Fisch, Matjes. »Hat sich Gloria noch mal gemeldet?« fragt Lührs und blickt Jan an, der ihm gegenübersitzt.

»Nein, warum?«

Lührs Stimme nimmt eine merkwürdige Färbung an. »Na ja, ich meine...« Er räuspert sich. »Silke ist auch sofort gekommen, obwohl sie sogar berufstätig ist und...«

Es klingelt an der Haustür. Lotte will die Platte mit den Matjesfilets auf dem Tisch abstellen, um die Tür zu öffnen, aber Nico ist schon aufgesprungen. »Ich geh schon, Lotte.«

Jan wirft Lührs einen durchdringenden Blick zu. »Was wolltest du sagen, Helge?«

Lührs will erneut beginnen, seinen Unmut über Gloria zu äußern, als sich die Tür zum Eßzimmer öffnet und eine elegante, schwarzhaarige Frau mittleren Alters eintritt. Am Eßtisch bleibt sie stehen.

Es ist Gloria.

Jan ist der erste, der aufsteht und die zweite Ehefrau seines Vaters umarmt. »Warum hast du nicht angerufen? Ich hätte dich abgeholt«, sagt er überrascht. Ihr schweres Parfüm erfüllt den Raum. Sie blickt sich um.

»Ich hoffe, ich störe nicht.«

»Du und stören.« Jan küßt ihr die Hand. Sie sieht blaß aus, was sie noch schöner macht. Mit ihren dunklen, wilden Locken und dem weit ausgeschnittenen Kleid sieht sie eher wie eine rassige Tangotänzerin aus als eine trauernde Witwe. Lührs bleibt fast der Bissen im Hals stecken. Er fängt an zu husten, und erst als er genügend Mineralwasser getrunken hat, kann er wieder ruhig atmen. Er erhebt sich, geht auf Gloria zu und streckt ihr die Hand entgegen. »Mein Beileid.«

Gloria nimmt seine Hand nicht. »Danke«, sagt sie mit einem leichten belgischen Akzent in der Stimme. »Ich danke euch allen.«

»Möchten Sie etwas essen, Frau de Fries?« fragt Lotte.

»Nein, ich möchte mich nur hinlegen«, wehrt Gloria ab. Nico, die offensichtlich begeistert ist von der Ankunft ihrer jungen Stiefgroßmutter, springt auf und bietet ihr an, sie nach oben zu bringen. Gloria nimmt es dankend an. Beide verlassen den Raum, und nach einem kurzen Augenblick des sprachlosen Verharrens setzen die übrigen Familienmitglieder ihre Mahlzeit fort.

»Kaum wiederzuerkennen, die Arme«, gibt Lührs endlich von sich. Jetzt mischt sich sogar Silke ein. »Und das wundert dich?« fragt sie ihren Schwager provozierend.

»Großvater war ihr Leben«, flüstert Nana, die Jüngste, den Tränen nahe. Aber ihr Vater hat nur einen trockenen Kommentar für sie übrig: »Eines von einigen, nehme ich an.« Dafür trifft ihn ein böser Blick von Nana – und von Jan. Lotte sieht nervös von einem zum anderen. Sie zittert leicht, als sie die Salatplatte auf dem Tisch abstellt.

»Ich schau nur schnell, ob in den Räumen der gnädigen Frau alles in Ordnung ist«, sagt sie hastig und verläßt das Eßzimmer.

Schweigend wird gegessen, schweigend faltet jeder seine Serviette zusammen und verläßt den Tisch, ganz nach Belieben. Die Stimmung ist auf den Nullpunkt gesunken.

Jan hat es eilig, in seine Wohnung im Gartenhaus zu kommen. Das Bedürfnis, sich von all diesen Menschen in seine vier Wände zurückzuziehen, ist lange nicht so stark gewesen wie heute. Als trennten ihn und seine Familie auf einmal Welten. Er öffnet seinen CD-Schrank und sucht eine Aufnahme mit Stücken von Bizet heraus. Wirft das Jackett über einen Sessel, lockert seinen Schlips, schlüpft aus den Schuhen, ohne die Schnürsenkel zu öffnen, und legt sich auf das beigefarbene Sofa. Er schließt die Augen.

Warum hat die Familie Vaters zweite Frau Gloria eigentlich nie akzeptieren wollen? Jan schüttelt verständnislos den Kopf. Ist man nicht erwachsen? Kann man nicht nachempfinden, wieviel es für einen Menschen wie seinen Vater bedeutete, noch im Alter eine Partnerin zu finden? War Frauke eifersüchtig, sozusagen stellvertretend für die verstorbene Mutter?

Zwölf Jahre ist es her, daß Kerstin de Fries starb, qualvoll, an Leukämie. Jens de Fries hatte die fähigsten Mediziner mobilisiert, und Kerstin hatte gekämpft wie eine Löwin – aber der Tod war mächtiger. War es die große Liebe gewesen zwischen den Eltern? Wohl weniger. Sie hatten geheiratet, weil sie sich respektierten – auch Kerstin kam aus einem großbürgerlichen Hamburger Haus, ihr Vater war ein erfolgreicher Geschäftsmann. Bald kamen die drei Kinder auf die Welt, und das Leben in dem großen Landhaus fünfzig Kilometer außerhalb der Stadt lief weitgehend ohne den Vater ab, der in seinem Stadtbüro inzwischen sein Imperium aufbaute. Natürlich gab es regelmäßig gemeinsame Frühstücksmahlzeiten, und auch an den Wochenenden traf sich die Familie zumindest gemeinsam zum Sonntagsessen.

Waren sie glücklich? Wer fragte danach! Die Kinder waren zufrieden mit dem großen Grundstück, auf dem sie sich nach Herzenslust austoben konnten. An Geld fehlte es nie. Und die Mutter war mit der Organisation des Haushaltes, dem Anweisen der Hausangestellten und gewissen Repräsentationsaufgaben vollauf ausgelastet. Das Leben verlief ohne nennenswerte

Zwischenfälle, Konflikte wurden im Familienkreis nicht ausgetragen. Falls Probleme entstanden, sprach der Vater, Jens de Fries, ein Machtwort, und daran hatte man sich zu halten.

Auch die Schulbesuche verliefen reibungslos; Hauslehrer griffen den Kindern unter die Arme, falls es nötig war.

Als Kerstin de Fries krank wurde, waren alle Kinder schon aus dem Haus. Man war längst in die Stadtvilla gezogen. Es war ein Schock, als sie starb, und sie sahen ihren Vater, der sich vollständig in seiner Arbeit vergrub, noch seltener. Gelegentlich verbrachten sie Kurzurlaube miteinander, entweder in ihrem Haus an der Ostsee oder in dem auf Mallorca.

Ob sein Vater Freundinnen hatte? Vielleicht gelegentlich, aber Jan hat nie eine von ihnen zu Gesicht bekommen. Vater hielt diesen Teil seines Privatlebens geheim. Erst als er eines Tages – vor genau zwei Jahren und drei Monaten – Gloria der Familie vorstellte, war Jan klar: Das hier ist etwas Ernstes.

Jens de Fries hatte die Belgierin aus Südamerika mitgebracht, wo die de-Fries-Gruppe mehrere Tochterfirmen besitzt. Jan wird nie vergessen, welch Strahlen in den Augen seines Vaters zu sehen war, als er der schwarzhaarigen Schönheit, die ihn begleitete, den Mantel abnahm und vor der versammelten Familie erklärte:

»Das ist Gloria. Wir werden heiraten.«

Und er hat Wort gehalten. Einen Monat später waren sie Mann und Frau.

Lührs war der Unterkiefer heruntergefallen, als Gloria zum ersten Mal nach Hamburg kam. Er hätte wohl nicht vermutet, daß der alte de Fries noch in der Lage war, so eine Rassefrau für sich zu begeistern. Nicht, daß Jans Vater nicht noch sehr gut ausgesehen hätte – aber Gloria war schließlich über dreißig Jahre jünger als er. »Die ist nur auf sein Geld scharf«, war Lührs Meinung damals. Und daran hält er bis heute fest.

Jan erhebt sich vom Sofa und geht an die Bar. Er gießt sich einen Scotch ein, klaubt Eis aus einem Kühlbehälter. Vater hatte nie erzählt, woher Gloria eigentlich kommt. Das war natürlich der beste Nährboden für Gerüchte. Lührs behauptete einmal, der alte de Fries habe sie aus einem Bordell geholt; Silke mutmaßte, daß Gloria Performance-Künstlerin gewesen sei. Was auch immer – ihr rätselhaftes Vorleben hat die Familienmitglieder beschäftigt, ohne daß sie von Jens je eine zuverlässige Information erhalten hätten. Auch Gloria selbst hüllte sich in Schweigen oder gab vage Antworten, wenn man sie nach ihrer Herkunft und Familie fragte.

Jan konnte sie von Anfang an gut annehmen – es war ihm gleichgültig, woher sie kam. Er vertraute ihr vom ersten Augenblick an und konnte unumwunden zugeben, daß sein Vater auf seine alten Tage mit Gloria einen sehr guten Geschmack bewiesen hatte.

Jan schüttelt die Eisstücke in seinem Glas klirrend hin und her. Gedankenverloren schlendert er durch den Raum. Es klopft an der Wohnungstür.

»Gloria?«

Mit ihren schwarzen, traurigen Augen schaut sie aus wie ein schutzsuchendes Tier. »Darf ich dich um etwas bitten?« fragt sie, während sie ihre bunte, fein gewebte Stola enger um sich schlingt. »Du immer«, sagt Jan. »Komm rein.«

Gloria tritt ins Wohnzimmer, und schon glätten sich ihre Gesichtszüge. »Danke«, sagt sie erleichtert. Jan bittet sie, sich zu setzen.

»Kann ich bei dir wohnen?« fragt sie, als sie in einem der Sessel Platz genommen hat. »Ich kann unmöglich allein in dem Bett, in dem wir glücklich waren...« Sie blickt Jan flehend an. »Und jeden Tag mit den anderen...«, fügt sie leiser hinzu.

»Komm her.«

Jan hat die Arme nach ihr ausgestreckt. Gloria steht vom Sessel auf und setzt sich neben Jan aufs Sofa. Zart legt er einen Arm um ihre Schulter. Sie lehnt ihren Kopf an ihn und beginnt leise zu weinen. So sitzen sie beide minutenlang. Der Duft ihres Parfüms hat den ganzen Raum erobert.

Das Homehandy klingelt. Vorsichtig, ohne zu heftige Bewegungen zu machen, schaltet Jan es ein. Corinna ist am anderen Ende der Leitung.

»Hallo, Liebster«, sagt sie, »wie geht es dir?«

»So einigermaßen, Schatz. Gloria ist gerade bei mir.«

»Grüß sie bitte von mir. Bei mir ist immer noch kein Ende in Sicht. Ich werde wohl heute nicht mehr kommen können.«

»Schade. Das wäre die erste Nacht...«

»Ich weiß, Jan. Sei mir nicht böse.«

»Es ist in Ordnung, Schatz.«

»Dann schlaf gut. Ich liebe dich.«

»Ich dich auch.«

Gloria hebt den Kopf. »Ich will nicht stören«, meint sie. »Wenn du zu Corinna willst...«

»Nein«, wehrt Jan lächelnd ab. »Ich bleibe bei dir, meine Königin.« Gloria schmiegt sich an ihn. Tränen laufen über ihr Gesicht. »Es tut so entsetzlich weh«, schluchzt sie.

»Ich weiß«, murmelt Jan.

Die Trauerfeier ist für vierzehn Uhr angesetzt. Alles, was Rang und Namen hat, ist in der Michaeliskirche zusammengekommen: bekannte Persönlichkeiten aus Wirtschaft und Politik; kein geringerer als der Bischof von Hamburg steht am Rednerpult unweit des Altars. Schräg vor ihm, auf einem Podest, der Sarg, bedeckt von einem Meer von Blumen, unzähligen Kränzen mit Schleifen, auf denen letzte Grüße formuliert sind.

»Was hat er nicht alles für unsere Stadt und ihre Menschen

getan«, erinnert der Bischof an den Verstorbenen. »Stets war ihm das Wort ›Liebe deinen Nächsten wie dich selbst‹ erstes Gebot.«

In der vorderen Reihe sitzt Jan neben Gloria, die ihr Gesicht hinter einem schwarzen Schleier verborgen hält, eine weiße Rose auf dem Schoß. Neben Gloria hat Silke Platz genommen, daneben Lührs, Frauke zu seiner Rechten und anschließend ihre drei Mädchen. In der Kirchenbank dahinter: Georg zur Netten mit seiner Tochter Corinna – daneben sitzt Dirk, ganz in Schwarz.

»Stets war er mit Rat und Tat zur Stelle, wenn es zu helfen galt«, fährt der Bischof fort. »Stets hatte er ein offenes Ohr und wußte das, was er hatte, zu teilen.«

Ein Nachzügler kommt durchs Mittelschiff. Das klackende Geräusch seiner Absätze schreckt die Trauergäste hoch. Sie wenden sich um – wer ist das? Schwarzes Haar, dunkle Augen, ein Bild von einem Mann spanischer Herkunft. Er durchschreitet in einem eleganten dunklen Anzug das Mittelschiff bis zur ersten Bankreihe.

»Wir tragen heute nicht nur einen Vater und Gatten, sondern einen Mann zu Grabe, der schwer zu ersetzen sein wird. Denken wir nur an den Anfang. Jens de Fries war gerade mal fünfundzwanzig, als sein Vater starb und er das Unternehmen aufzubauen begann, das nach dem Krieg, nach der Währungsreform, am Boden lag…«

Der junge Mann setzt sich in die erste Reihe. Die Trauergäste machen lange Hälse. Hat er etwas mit dem Verstorbenen zu tun? Nein – der junge Mann scheint zu Gloria zu gehören. Er setzt sich neben die schöne Witwe, nimmt ihre Hand und behält sie in seiner.

Der junge Mann blickt Gloria tief in die Augen. Sie erwidert seinen Blick und murmelt: »Gracias, Carlos…«

»Unglaublich!« zischt Lührs seiner Frau zu. Seine älteste Tochter dagegen kann sich an dem Spanier nicht satt sehen. »Geiler Typ, oder?« zischt sie ihrer Schwester Jana hinter vorgehaltener Hand zu. Von ihrer anderen Schwester Nana fängt sie sich allerdings einen Tritt ein, vors Schienbein.

Auf dem Weg zum Grab folgen Gloria, Carlos und Jan als erste dem Sarg.

»Empörend, wie die Person sich vordrängt«, schimpft Lührs, der seine Augen nicht von der attraktiven Erscheinung Glorias nehmen kann und der den jungen Spanier wie einen Nebenbuhler fixiert.

»Sie war seine Frau, Helge«, ermahnt ihn Frauke, die von Helge über den Kies geschoben wird.

»Noch dazu mit diesem Flamencotänzer«, fährt Lührs unbeirrt fort.

»Sein Arsch ist super«, bemerkt Silke trocken, die an Lührs Seite über den Friedhof geht. Wütend bleibt Lührs stehen. »Du bist genauso unmöglich, Silke.«

»Wieso?« provoziert seine Schwägerin frech. »Das Leben geht weiter!«

Ehe Helge reagieren kann, beginnt es zu regnen. Hunderte von Schirmen werden aufgespannt, und als der Trauerzug das offene Grab erreicht hat, regnet es in Strömen.

»Erde zu Erde, Staub zu Staub und Asche zu Asche...«, rezitiert der Bischof, während er eine Hand voll gelbbraunen Lehms auf den Sarg in die Grube wirft. Nach ihm tritt, als erste der Trauergäste, Gloria an das Grab. Sie schlägt den schwarzen Schleier vor ihrem Gesicht zurück, besinnt sich und wirft dann ihre weiße Rose ins Grab. Jan ist der nächste, der von Jens de Fries Abschied nimmt. Tränen laufen über sein Gesicht, als seine rechte Hand die Bröckchen gelbbrauner Erde auf den Sarg fallen läßt.

Später, viel später, als der Leichenschmaus gemeinsam eingenommen worden ist und die Familie sich in die Villa zurückgezogen hat, scheint von Gloria eine Last abzufallen. Im Salon hat Lotte Getränke und einen kleinen Imbiß hingestellt, damit die Trauernden noch in Ruhe beisammensitzen können. Aber Frauke und Helge haben sich zurückgezogen – Helge mit einem argwöhnischen Blick auf Gloria –, und auch Silke sagte, sie wolle früh schlafen gehen. Ihre drei Mädchen allerdings wollen noch ein bißchen aufbleiben und mit Gloria und ihrem interessanten Freund Carlos und Jan im Salon sitzen und schwatzen.

Gloria findet in der CD-Sammlung im Salon eine Aufnahme traditioneller lateinamerikanischer Tanzmusik, und sie kann nicht länger an sich halten.

Flamenco! Glorias Blut kommt in Wallung. Endlich kann sie sich entspannen, endlich muß sie keine mißtrauischen und abschätzenden Blicke mehr auf sich spüren.

Flamenco! Herausgetanzt werden muß es, alles, die Trauer, die Anspannung, die Frustration, olé!

Sie wirft den Kopf in den Nacken, stampft mit dem Fuß auf und beginnt, sich im Takt der betörenden Musik zu wiegen, zu zucken, zu schütteln. Flamenco!

Jan geht zu ihr und nimmt sie in den Arm. Gemeinsam tanzen sie, schnell, leidenschaftlich, wild.

»Er schaut uns von oben zu«, sagt Gloria atemlos, »ich spüre, daß er uns zuwinkt.« Glücklich lächelnd versinkt sie in ihre Bewegungen, ist nicht mehr ansprechbar, wie gefangen von der berauschenden Wirkung der Musik...

Carlos, Nico, Jana und Nana klatschen rhythmisch dazu. Die Mädchen beobachten das Paar mit Bewunderung. Lange, lange tanzen sie so; auch für Jan verschwimmen allmählich alle Gedanken, nur noch Rhythmus ist da und feurige Melodien.

Die CD ist zu Ende. Einen Augenblick ist es still im Raum. Dann klatschen die Mädchen und Carlos. Gloria hat ihren Kopf gesenkt, das wirre Haar verdeckt ihr Gesicht. Ihre Brüste heben und senken sich, sie ist vollkommen erschöpft. Jan, ebenfalls atemlos, hält sie fest. Als beide etwas ruhiger geworden sind, sagt Jan: »Ich möchte dir danken.«

»Wofür?« fragt Gloria, wirft ihr Haar wieder in den Nacken und sieht ihn mit ihren dunklen Augen verwundert an.

»Für das, was du Vater gegeben hast.«

Sie schüttelt den Kopf. Wischt sich mit der Handfläche den Schweiß von der Stirn. »Er mir«, sagt sie. »Er mir.« Tränen stürzen aus ihren Augen, der Kummer schüttelt sie. Jan hält sie fest.

»Olé!« ruft Carlos aus, der eine neue CD eingelegt hat und sich jetzt mit einem rassigen Solo auf dem Parkett austobt – was für ein Tänzer. Die Mädchen halten den Atem an.

Zwei Stunden später – es ist Mitternacht – fährt Jan vor der Galerie vor. Corinna kommt ihm schon entgegen. Sie wirkt erschöpft, aber glücklich. Die Vorbereitungen für ihre Vernissage sind fast beendet, ihre beiden Mitarbeiter, Tino und Tim, werden noch ein wenig weitermachen, bis alle Bilder fachgerecht aufgehängt und gut ausgeleuchtet sind. Jan ist froh, sie zu sehen. Noch überwältigt von den Ereignissen des Tages, möchte er sich bei ihr ankuscheln, sie in seinen Armen halten, den nächsten Tag lange schlafen, sie genüßlich und ausgiebig lieben und lange frühstücken... Aber Corinna hat andere Pläne.

»Ich fliege morgen schon, muß um fünf Uhr raus.«

»Aber ich dachte, du bist mit den Vorbereitungen zur Vernissage fertig«, sagt er enttäuscht, während er mit seinen Fingern durch ihr blondes, verwuscheltes Haar fährt.

»Ich dachte es ja auch, aber Holly Salomon will einen Riesendeal mit mir machen. Ich soll ihre Künstler in Deutschland vertreten. Ich muß mit der ersten Maschine nach New York.«

Kein Zweifel – Corinna ist eine Karrierefrau. Galeristin mit Leib und Seele. Jan mag das. Aber manchmal hätte er es schon lieber, wenn bei ihr das Bedürfnis nach Kuscheln und Faulenzen stärker ausgeprägt wäre.

Viel zu früh, um vier Uhr dreißig, beendet der Wecker brutal ihre kurze, zärtliche gemeinsame Nacht.

Während Corinna hoch über dem Atlantik in die strahlende Zukunft ihrer Karriere hineinfliegt, sieht Jan auf hoher See, auf dem Forschungsschiff *Nationalpark Nordsee,* nach dem Rechten. Das Schiff hat sich bis in die Nähe einer Robbenbank vorgearbeitet. Heute müssen er und seine Mitarbeiter neue Robben markieren. Mit einem Farbgewehr ausgerüstet, klettert Jan an Deck. Er nimmt eines der Tiere ins Visier und schießt ihm einen Farbfleck aufs Fell. Unmittelbar neben ihm hockt sein Assistent Uwe Carsten an einem hölzernen Waschtrog, in dem ein Robbenbaby schwimmt. Er zieht es mit seinen kräftigen Armen an sich und füttert es mit einer Nuckelflasche. Als Jan schießt, zuckt der kleine Heuler ein wenig zusammen, läßt sich aber in seiner Mahlzeit nicht beirren.

»So, du kleiner Scheißer«, murmelt Uwe, als der Heuler die Flasche leer getrunken hat, »du schaffst das. Wirst schon sehen, auf unserer Robbenstation gefällt es dir bestimmt.« Dabei gibt er dem Jungtier einen leichten Nasenstüber.

Jan will das Gewehr wegstellen, als der Kapitän des Schiffes ihn zu sich ruft. Er reicht ihm sein Fernglas, weil er ein Küstenmotorschiff in der Nähe der Robbenbank entdeckt hat, eines, das hier im Nationalpark nichts zu suchen hätte – es sei denn, es gehörte, wie dieses Schiff, zur Forschungseinrichtung der Universität. Jan hält das Fernglas vor die Augen und versucht, den Namen des Schiffes zu entziffern.

»*Ökotrans II...*«

»Ist das nicht einer von euren Kähnen?« fragt Kapitän Larsen erstaunt, »ich meine, von der de-Fries-Gruppe?«

Jan läßt das Fernglas sinken. »Allerdings. Nur: Was macht der im Naturschutzgebiet?«

Jan und der Kapitän sehen sich an.

»Funk ihn mal an«, schlägt Jan vor. Kapitän Larsen geht ins Ruderhaus, Jan folgt ihm nachdenklich.

»Hier *Nationalpark Nordsee*«, funkt der Kapitän durch die Anlage, »*Ökotrans II,* bitte melden.«

Nach kurzer Zeit ertönt das Antwortsignal. »Hier *Ökotrans II*, was gibt's?«

Kapitän Larsen reicht Jan das Mikrophon. »Hier Jan de Fries. Was machen Sie da eigentlich?«

»Tag, Herr de Fries«, antwortet die Stimme vom anderen Schiff, »unser GPS ist ausgefallen. Wollen Sie Kapitän Lüders sprechen? Er nimmt gerade 'ne Peilung, um uns wieder auf Kurs zu bringen.«

Jan atmet erleichtert auf. »Nicht nötig«, gibt er der *Ökotrans II* zu verstehen, »wir geben euch eure Position durch.«

Jan gibt dem Kapitän das Mikro zurück, der die genaue Position des anderen Schiffes diktiert. Die Stimme bedankt sich. Jan will sich wieder der Arbeit mit seinen Robben zuwenden, als der Kapitän nach einem erneuten Blick durchs Fernglas sagt: »'nen Anstrich könnte der auch gebrauchen.«

»Sag das meinem Schwager«, antwortet Jan. Ein wenig peinlich ist ihm das Ganze allerdings schon.

»Aber die Firma bist doch jetzt du, oder?« will Larsen noch wissen.

Jan lacht. »Nein, nein – so weit wird es wohl nicht kommen.«

Gegen Mittag hupt es vor der Reparaturwerft Paulsen im Hamburger Hafen dreimal: Ein dunkelblauer Cherokee Cheef hält vor dem Tor. Eine schöne, aber etwas ungeduldige Frau sitzt am Steuer. Warum wird das Tor nicht gleich geöffnet, schließlich hat sie noch andere Dinge zu tun, als hier in alle Ewigkeit wieder einmal – wieder einmal – auf Dirk Hansen zu warten. Neben der etwa dreißigjährigen Schönheit mit den langen braunen Haaren und dem ebenmäßig geschnittenen Gesicht, in dem zwei rehbraune Augen etwas melancholisch umherblicken, thront auf dem Beifahrersitz ihr zwölfjähriger Sohn Kevin. Er hat eine kleine Reisetasche auf den Knien und schaut hellwach und gespannt auf die Toreinfahrt, in der Hoffnung, daß sein Vater ihnen gleich entgegenlaufen wird. In diesem Augenblick biegt er um die Ecke, im Blaumann, ein wenig ölverschmiert, und winkt seinem Sohn zu.

»So, Kevin«, sagt seine Mutter, »mach's gut. Und sau dich nicht wieder so ein wie das letzte Mal.«

»In Ordnung, Mami«, flötet der Junge und öffnet die Wagentür, um hinauszuspringen. Sein Vater, der das Tor geöffnet hat, kommt ihm entgegen, der Junge wirft sich ihm in die Arme, und Dirk wirbelt ihn in der Luft herum.

Ein wenig bitter schaut Birgitta, Dirks Exfrau, den beiden zu. Es hätte alles so schön sein können. Aber zuviel ist passiert. Nicht alles kann man verzeihen. Und es ist wohl besser so, wie sie es jetzt halten: Getrennte Wege, aber gemeinsame Verantwortung für das Kind. Nie wird sie ganz aufhören, diesen Mann zu lieben, denkt Birgitta, aber länger diese aufreibende Ehe aufrechtzuerhalten – dafür fehlt ihr die Kraft. Sie ist noch jung, und gerade deshalb will sie die Chance nutzen, sich ein eigenes Leben aufzubauen. Auch wenn gewisse Mißverständnisse zwischen ihnen wohl nie geklärt werden mögen.

»Willst du Papi nicht guten Tag sagen, Mami?« ruft Kevin.

Lächelnd hebt sie die Hand, winkt ein wenig. Ihre Augen treffen sich, sie spürt Abwehr bei ihm, sie signalisiert ihm Bitterkeit, Enttäuschung. Aber sie lächelt dabei, wie sie es schon im Elternhaus gelernt hat. Beherrsche deine Gefühle, und du beherrschst das Leben, war dort die Devise. Schon lange sind ihr Zweifel an diesem Satz gekommen. Aber es anders machen, dafür braucht sie viel, viel Zeit…

»Na, alles in Ordnung, Großer?« fragt Dirk seinen Sohn, als sie gemeinsam den Weg zur Werft hinunterspazieren.

»Alles cool, Papi. Was machen wir heute? Zoo oder Kino?«

»Viel besser. Wir reparieren eine große Maschine.«

»Wir?«

»Ja. Du mußt mir helfen.«

Der Junge macht einen Luftsprung. »Toll, Papi. Ich darf dir helfen!«

»Darf? Du mußt! Ich zahle dir einsfünfzig die Stunde.«

Wenig später sind Vater und Sohn ins Arbeiten vertieft. Ein Schlepper muß repariert werden, und die Sache eilt. Kevin reicht seinem Vater das Werkzeug, das er von ihm fordert.

»Mami sagt, ich bin für alles zu blöd«, beschwert sich der Junge.

»Aber wenn jemand blöd ist, dann ihr neuer Freund. Fährt ein rotes Cabrio.«

Dirk hält im Schrauben inne. »Da kotz ich ja gleich.« Er würgt theatralisch, so daß Kevin anfangen muß zu lachen.

»Du brauchst dringend 'ne Frau, Papi.«

»Ach ja? Und warum?«

»Weil du dann in geordneten Verhältnissen lebst und ich zu dir ziehen kann.«

»Verstehe«, sagt Dirk nachdenklich und schweigt einen Augenblick, während er sich wieder der sehr fest sitzenden Schraube zuwendet. Dann zwinkert er seinem Sohn zu:

»Aber da muß erst die richtige kommen.«

Der alte Paulsen schlurft heran. »Dirk!« ruft er. »Ich brauch dich 'n Augenblick, Junge!«

»Junge?« Kevin lacht. Daß sein Vater – für ihn uralt – noch als Junge bezeichnet wird, amüsiert ihn.

»Was gibt's denn, Paul?«

»Wir wollen essen, Paul«, mischt Kevin sich ein, ehe der alte Paulsen antworten kann, »Papi sagt, es gibt samstags immer klasse Eintopf...«

Paulsen grinst Kevin an. »Du sollst nicht verhungern, mein Sohn.« Er deutet auf ein Patrouillenboot der Polizei, das am Werftsteg festgemacht hat. »Kannst du bei dem Polizeikahn kurz die Glühkerzen nachsehen?« ruft er Kevins Vater zu. »Die haben's eilig, und das Ding läuft nicht so richtig.« Jetzt taucht ein junger Wasserschutzpolizist neben Paulsen auf, in Uniform. Kevin staunt nicht schlecht.

»Polizei! Geil!«

Der alte Paulsen lacht.

Kevin bekommt rote Wangen vor Aufregung. »Darf ich mitkommen, Papi?« fragt er und hüpft von einem Bein auf das andere.

»Na klar, Großer«, grinst Dirk, während er vom Schlepper herunterklettert, »und vergiß den Werkzeugkasten nicht.«

Der Junge darf im Polizeiboot nach getaner Arbeit sogar selbst den Motor starten – was für ein Tag! Aber... »Wie geht das?« fragt er seinen Vater, verwirrt von soviel Verantwortung. Dirk zeigt es ihm. Dann startet Kevin mit feierlicher Miene den Motor des Patrouillenbootes der Wasserschutzpolizei.

»Na bitte«, ruft Dirk anerkennend und wischt sich mit einem Taschentuch den Schmutz von den Fingern, »geschafft!«

Die beiden ahnen nicht, daß zwei Augen, umrahmt von langen, dunklen Wimpern, sie beobachten und daß diese Augen zu einem umwerfend hübschen Gesicht einer äußerst attraktiven, langbeinigen Wasserschutzpolizistin namens Vera gehören.

»Danke, sehr nett von Ihnen«, sagt sie warm.

Die beiden fahren herum. Dirk registriert drei goldene Streifen am Ärmel ihrer blauen Uniformjacke.

»Jetzt sagen Sie bloß, sie sind der Kapitän auf dem Dampfer...«

»Ja, der bin ich«, ist die Antwort. »Warum?«

Kevin ist sprachlos. »Eine echte Kapitänin, Papi!«

»Ist das Ihr Sohn?« fragt Vera. Die beiden gefallen ihr.

»Ja«, meint Dirk, »er hat gerade Ihren Kahn flottgemacht.«

Vera lacht. Sie reicht Kevin die Hand. »Danke.«

»Bitte«, sagt Kevin stolz. »Und wie heißen Sie?«

»Vera.«

»Ich bin Kevin, und mein Papi heißt Dirk.«

Dirk erhebt sich, wischt seine Hände noch einmal an seinem Blaumann sauber, begutachtet sie, schüttelt mißbilligend den Kopf und reicht Vera statt der rechten Hand den rechten Unterarm.

»Hansen, freut mich...«

Vera lacht, als sie seinen Arm ergreift. Ihre Blicke treffen sich, ein Funke springt über. Jedenfalls von Dirks Seite aus, das sieht Kevin ganz genau, denn er kennt seinen Vater. So etwas wie hier hat er bei ihm noch nie zuvor beobachtet.

Die junge Kapitänin überreicht ihm ein Formular. »Wenn Sie mir bitte diesen Wisch hier unterschreiben würden. Sie wissen ja, damit Sie bezahlt werden können.«

»Wie denn – für das bißchen wird bezahlt?« Kevin ist sprachlos. Vera lächelt. Gerade will sie dem Jungen erklären, warum auch kleinere Arbeiten ihre Kosten haben, da mischt Dirk sich ein:

»Genau«, grinst er, »für das bißchen?« und gibt Vera den Antrag zurück. »Das haben wir doch gern gemacht, Großer, oder?«

Kevin nickt heftig und schüttelt seine Lockenmähne.

»Ja dann...« Vera zögert und sucht nach Worten. Wie könnte sie sich erkenntlich zeigen? »Oder willst du mit uns eine Runde durch den Hafen fahren?« fällt ihr ein, »als kleines Dankeschön sozusagen?«

Kevin fällt der Unterkiefer herunter. Er ist perplex.

»Jaaa«, haucht er und sieht die Kapitänin mit großen Augen an.

»Ich denke, du hast Hunger«, bemerkt Dirk trocken.

»Hunger!« Sein Sohn hat die Sprache wiedergefunden. »Das ist ein Polizeiboot mit einer Kapitänin, Papi. So was gibt's nur einmal. Eintopf gibt's jeden Samstag, hast du gesagt.«

Wo er recht hat, hat er recht, findet Dirk. Am liebsten würde er selbst noch bleiben – wenn nicht Arbeit auf ihn warten würde. Merkwürdig – nichts zieht ihn zurück zur Werft, zum Schlepper, der noch nicht fertig repariert ist. Aber es hilft nichts, Dirk muß zurück. Sein Sohn, der Glückspilz, darf noch ein bißchen bei der Kapitänin bleiben.

Während das Patrouillenboot mit reparierten Glühkerzen das Hafenwasser durchpflügt, unterhalten sich Vera und Kevin am Bootsruder.

»Und das ist nicht gefährlich, hier zu arbeiten?« will Kevin wissen. »Manchmal schon«, antwortet Vera und amüsiert sich über das vor Aufregung verzerrte Gesicht des Jungen.

»Und jagst du auch Schmuggler und so?«

»Manchmal.«

Kevin schüttelt sich. »Wahnsinn.«

Aus dem Bordfunkgerät schnarrt eine Stimme: »WAPO zwölf... wo seid ihr?« Kevin legt automatisch seinen Zeigefinger auf die Lippen. Klar, jetzt darf nicht gequasselt werden. Vera muß antworten. Und das tut sie auch. »Höhe Landungsbrücken«, gibt sie der Stimme zu verstehen, »was gibt's?«

»'ne Meile elbabwärts ist 'ne Jolle mit zwei Kindern gekentert«, kommt es aus dem Funkgerät. Kevin wird unruhig: Zwei Kinder! Vera bleibt sachlich. Sie hält das Sprechfunkgerät wieder an ihren Mund und sagt: »Sind schon unterwegs. Over.« Und ihrem Steuermann gibt sie den Befehl: »Volle Kraft voraus«; dann schaltet sie Blaulicht und Martinshorn ein. Der Steuermann drängt den verdutzten Kevin freundlich zur Seite und übernimmt das Ruder. Der Motor heult auf, und das Polizeiboot beginnt, mit hoher Geschwindigkeit durch die Wellen zu rasen. Kevin tastet nach einem Haltegriff. Jetzt wird's unruhig.

»Hoffentlich geht alles gut«, sagt er leise.

Als sie die Jolle erreicht haben, treibt sie gekentert auf der Elbe. Zwei Jungen in Kevins Alter halten sich verzweifelt am Bootskörper fest.

Schnell ist das Patrouillenboot bei ihnen – im letzten Augenblick, denn gerade will einer der beiden Jungen aufgeben. Er ist völlig entkräftet. Kevin klettert an Deck und beobachtet, wie der andere Junge versucht, seinen Freund über Wasser zu halten.

»Hilfe!« ruft der Junge, »er kann nicht schwimmen!«

Zwei Besatzungsmitglieder werfen Rettungsringe über Bord. Aber die Jungen können sie nicht erreichen. Da reißt sich Vera kurz entschlossen ihre Uniformjacke vom Leib und springt ins Wasser.

Atemlos sieht Kevin zu, wie Vera sich im Wasser an die Jungen heranarbeitet. Kurz bevor sie die Jolle erreicht hat, taucht der Nichtschwimmer unter. Vera taucht ihm nach.

Inzwischen haben die beiden anderen Polizisten ein Schlauchboot mit Außenborder ins Wasser gelassen, klettern hinein und fahren auf die Jolle und die beiden Verunglückten zu. Beunruhigt sucht Kevin die Wasseroberfläche ab. Wo ist Vera? Wie lange will sie denn noch unter Wasser bleiben?

Endlich taucht sie wieder auf, prustend. Sie hat den Jungen im Arm.

Vera hat dem Zwölfjährigen das Leben gerettet.

Es ist schon fast dunkel, als Vera einen schwer beeindruckten Kevin mit ihrem Polo zurück zu seinem Papa bringt. Sie hat sich umgezogen, trägt jetzt eine lange Hose und einen sportlichen Pulli. Ihr langes blondes Haar fällt weich auf ihre Schultern hinab. Kevin mustert sie von der Seite; sie ist hübsch, ganz doll hübsch, findet er.

»Hoffentlich ist dein Papi nicht böse, daß wir so spät kommen«, sagt Vera, als sie vor dem Werfttor halten.

»Bestimmt nicht«, beruhigt Kevin sie. Er zögert einen Augenblick. Dann hat er einen Einfall. Er schmunzelt. »Aber vielleicht ist es besser, wenn du mit reinkommst und ihm alles erklärst.« Vera blickt den Jungen prüfend an. Ist er naiv, oder tut er nur so? Wie auch immer – wenn sie ganz ehrlich ist, hat sie Lust, seinen Papa noch einmal zu sehen. Warum auch nicht?

»Also gut«, sagt Vera und versucht, sich ihre leichte Aufregung nicht anmerken zu lassen.

»Du kannst ja vielleicht mit uns essen, wenn du willst«, schlägt Kevin vor, als sie aus dem Wagen steigen. »Papi ist der geilste Koch von hier bis Hongkong.«

Als Dirk die Tür öffnet, durchfährt ihn ein leichter, wohliger Schock. Vera, die Kapitänin, in Zivil, steht neben seinem Sohn, als gehöre sie zur Familie… Schnell reibt er sich mit der Hand über die Augen, als wolle er seine Wunschvorstellungen fortwischen, die urplötzlich in ihm hochschießen.

»Äh, hallo … Du bist aber spät dran, Kevin«, stößt er verlegen hervor.

»Sie mußte noch schnell einem Jungen das Leben retten, Papa«, sprudelt Kevin hervor, mit stolzem Blick auf Vera. »Sie ist eine Heldin!«

Vera lacht. Als Dirk ihr anerkennend zunickt, senkt sie bescheiden die Augen. »Es hat mir Spaß gemacht, Kevin alles zu zeigen«, sagt sie und will sich verabschieden. »Also, dann …«

»Sie ißt mit uns«, sagt Kevin bestimmt.

Dirk zögert. »Sie … du meinst, mit uns?«

Vera mißversteht Dirks irritierte Reaktion und beeilt sich zu gehen. »Nein, nein, ich habe noch was …«

»Sie haben noch was vor?« ergänzt Dirk ihren Satz, nachdem er sich gefangen hat. »Schade, denn im Prinzip stehen die Spaghetti schon auf dem Tisch.«

»Spaghetti! Super!« ruft Kevin begeistert.

»Tja, also, wenn das so ist …«, sagt Vera lächelnd.

Sie treten ein. »Wo sind denn die Spaghetti, Papa?« fragt Kevin, der sofort in die Kochecke gestürzt ist. »Ich denke, es ist alles fertig. Ich hab einen Bärenhunger!«

»Wenn du mir hilfst, geht's ganz schnell«, sagt Dirk, zwinkert ihm verschwörerisch zu und nimmt Tomaten und Zwiebeln aus einem Weidenkörbchen, das auf dem Küchentresen steht.

»Darf ich helfen?« fragt Vera, die ein wenig unschlüssig mitten im Raum stehengeblieben ist.

»Na klar«, sagt Dirk erfreut, »Tomaten schneiden …«

Eine halbe Stunde später sitzen sie um den Tisch herum, in dessen Mitte eine große Schüssel Spaghetti vor sich hin dampft. In einer Keramikschale das Gemeinschaftsprodukt Spaghettisauce: Vera hat die Tomaten, Dirk netterweise die Zwiebeln geschnitten, und Kevin, als Gewürzmeister – »gelernt ist gelernt, stimmt's, Papi?« –, hat sich einmal quer durchs Gewürzbord gearbeitet und von Curry bis Oregano so ziemlich alle Geschmacksrichtungen in der blubbernden Soße untergebracht, die im Hansenschen Junggesellenhaushalt zu finden waren.

»Spaghetti Kevin Spezial«, sagt Kevin stolz und kippt sich aus einem Bonbonglas eine Runde buntschimmernder Gummibärchen auf seine Portion. »Danach gibt's dann noch ganz viel Pudding – oder, Papi?« Dirk nickt. »Wenn wir noch ein Loch im Magen frei haben, ja.«

Sie beginnen zu essen. Es sind die längsten Spaghetti, die Vera jemals gegessen hat. Und es macht einen Heidenspaß, die Nudeln um die Gabel zu wickeln, wenn jemand wie Kevin einem gegenübersitzt, bei dem jedem Bissen eine komplizierte Aufwickelaktion auf dem Teller vorausgeht. »Ich kann's auch ohne Löffel«, behauptet Kevin. Aber dann dauert's ihm zu lange. »Wenn ich will!« sagt er und schiebt sich eine weitere Portion in den Mund. Vera hat Mühe, nicht laut loszulachen.

Sie essen eine Weile, ohne zu sprechen. Belustigt blickt Kevin zwischen Vera und Dirk hin und her. Daß nicht gesprochen wird, scheint ihn zu amüsieren. Als er seinen Teller fast leer gegessen hat, erzählt er von seinen Erlebnissen auf dem Polizeiboot. Sein Vater hört interessiert zu, indem er hin und wieder lächelnd Vera ansieht und Bemerkungen macht wie: »Das ist ja toll« oder »Nee – wirklich?«.

»Und Sie arbeiten hier?« beginnt Vera vorsichtig, Dirk ein wenig auszufragen, als Kevin seinen Bericht beendet hat.

»Das hier macht Papi nur, um Geld zu verdienen«, mischt sein Sohn sich ein, bevor Dirk antworten kann. »In Wirklichkeit ist er nämlich Erfinder.«

»Und was erfinden Sie so?«

Dirk schiebt den leeren Teller von sich. »Ach, das ist nicht so wichtig«, meint er und steht auf. »Aber ich glaube, Sie können jetzt einen Klaren gebrauchen, oder?«

»Ich – ich trinke nichts Scharfes«, wehrt Vera ab. Aber Dirk hat schon eine Flasche Schnaps aus dem Kühlschrank geholt. »Ich sonst auch nicht«, sagt er, »das ist rein prophylaktisch.«

»Aber wirklich nur 'n ganz lütten«, warnt Vera, überrumpelt.

Kevin beobachtet die beiden haargenau. »Da können Sie mit ihm gleich Bruderschaft trinken«, grinst er.

Ein wenig verlegen blickt Dirk Vera an. »Er ist manchmal wirklich furchtbar«, entschuldigt er sich, während er die beiden mitgebrachten Gläschen füllt.

»Wieso?« protestiert sein Sohn. »Du bist Erfinder, und Vera ist eine Heldin. Also trinken – und küssen!« befiehlt er.

Dirk schmunzelt. »Aber nur, wenn Sie wollen.«

»Sie werden mich schon nicht fressen.«

Sie haken ihre rechten Arme ineinander und trinken die Gläschen leer.

»Ich bin Dirk.«

»Und ich bin Vera.«

»Und jetzt küssen!«

Das tun sie auch. Mit gespitzten Lippen, ganz, ganz vorsichtig. Er riecht gut, denkt Vera. Sie fühlt sich gut an, denkt Dirk. Irgendwie passen sie zusammen, denkt Kevin.

»Darf ich in den Salon bitten?« fordert Dirk Vera auf. Sie sieht sich um. Wo hier ein Salon sein soll... Aber dann begreift sie, daß Dirk sie auf den Arm nehmen will. In diesem Raum ist alles, was man braucht, denkt sie beeindruckt, hier die Küche, dort die Sofaecke und dahinten das Bett...

Kevin hat den Fernsehapparat eingeschaltet, nachdem er eine Videokassette in den Rekorder geschoben hat. »Und jetzt zeigt Papi dir seine Erfindung«, sagt er. Gespannt setzt Vera sich in einen der Sessel. Auf dem Bildschirm erscheint ein wunderschöner Vogel, der sich in Zeitlupe aus dem Wasser erhebt.

»Ein Albatros!« ruft Vera aus.

»Du sagst es.« Kevin boxt seinem Vater auf den Arm. »Siehst du, Papi, ich hab's gewußt, daß sie Ahnung hat!«

Fasziniert verfolgt Vera den Flug des Vogels über das Wasser. »Das ist die Erfindung von Papi!« Vera grinst: »Sie haben... äh, ich meine, du hast diesen Vogel erfunden?« fragt sie, ein wenig spöttisch. Dirk hebt abwehrend die Hände: »Nicht doch!« Aber sein Sohn ist schon eifrig dabei, Vera alles zu erklären. »Papis Erfindung sieht aus wie ein Albatros. Es ist eine Fähre, die ganz schnell ist, die fliegen kann und die ganz viele Menschen übers Wasser transportieren kann.«

Vera ist sprachlos. »Ist das wahr?« fragt sie.

Dirk nickt. »Es ist ein Stauflügelboot«, sagt er. »Schnell, billig, umweltfreundlich.«

»Ihm fehlt nur noch das Geld, aber dann wird er berühmt«, kommentiert Kevin.

»Und wie lange arbeiten Sie schon daran?«

»Du.«

»... du schon daran?«

»Zu lange, fürchte ich... Ich habe gehört, daß ein Ingenieur im Ruhrgebiet an einer ähnlichen Sache arbeitet. Mir fehlt einfach die Kohle.«

»Aber wenn dieses Stauflügelboot soviel besser ist als normale Fähren, dann müßte doch die Regierung... ich meine, Gelder für Forschung werden doch en masse ausgegeben...«

Kevin baut sich vor ihr auf. »Die Politiker sind doch für alles zu dämlich«, sagt er altklug. Er dreht sich um und legt eine andere Kassette ein. »Schau mal, das ist mein Opa.«

Hajo Hansen ist auf der Mattscheibe aufgetaucht. Er wirft eine Champagnerflasche an einen Schiffsbauch.

»Das ist...« Vera blickt Dirk an.

»Mein Vater, ja. Ihm hat die Hansen-Werft gehört. Na ja, jetzt hat sie die de-Fries-Gruppe.«

»Dann sind Sie der Dirk Hansen...«

»Opa hat ganz viele Schiffe gebaut. Der hätte Papi schon längst mit seiner Erfindung geholfen.«

Es klingelt an der Tür. Kevin springt auf. Vera räuspert sich. »Tja, ich muß dann...« Sie erhebt sich. »Vielen Dank, und alles Gute für Sie... äh, für dich.«

»Ja, ich weiß nicht, wie ich es sagen soll«, stammelt Dirk, während er ihr in die Jacke hilft. »Unter der Woche, ich meine, wenn mein Großer nicht da ist, dann koche ich nämlich anders. Ohne Gummibärchen, meine ich.«

Vera lacht.

Jan tritt ein, gefolgt von Kevin, der ihm die Tür geöffnet hat.

»Sag mal, du wolltest doch deine Telefonrechnung bezahlen...« Er verstummt, als er Vera erblickt. »Hallo...«

»Das ist mein Freund Jan de Fries – und das ist Vera.« Jan reicht ihr die Hand, nachdem er mit einem kurzen Blick in Dirks Augen ein ungewohntes Leuchten festgestellt hat.

»Kapitänin bei der Wasserschutzpolizei!« ruft Kevin stolz.

»So? Freut mich.« Jan kann sich ein leichtes Grinsen nicht verkneifen.

»Ich habe das mit Ihrem Vater in der Zeitung gelesen«, sagt Vera. »Mein Beileid.«

»Danke.«

Dirk bittet Jan und Kevin, ihn für einen Moment zu entschuldigen, und begleitet Vera hinaus. Vor dem Werfttor steht ihr Auto. Der Wind hat aufgefrischt, Veras Haare werden in alle Richtungen gezaust; erfolglos streicht sie es immer wieder aus dem Gesicht. Am Auto angekommen, dreht sie sich zu ihm um.

»Es war ein sehr netter Abend. Danke.«

»Für mich auch«, beeilt Dirk sich zu sagen. »Und, wie gesagt, ich würde mich wirklich freuen… Ich meine, wir könnten mal zusammen mit dem Segelboot, äh, wir wollen morgen alle zusammen… und das Wetter wird auch…« Zum Teufel noch mal, denkt Dirk, warum kriege ich denn keinen ganzen Satz mehr zustande?

»Ich habe leider Dienst.«

»Verstehe. Aber wenn Sie, du… im Laufe der Woche am Abend…«

»Vielleicht rufe ich dich an. Ich meine, wenn dein Telefon wieder geht.«

»O ja, das bezahle ich gleich Montag früh! Auf jeden Fall!«

Sie reicht ihm die Hand. »Also dann: Gute Nacht.«

»Gute Nacht«, sagt er zahm und nimmt ihre Hand. Sie entzieht sie ihm sanft, steigt in ihren Wagen, klappt die Tür hinter sich zu und dreht den Schlüssel in der Zündung herum. Als der Motor anspringt, lächelt sie ihm noch einmal zu. Verzaubert blickt der große, bullige Mann hinter dem Auto her.

»Aufwachen, Alter«, sagt er hilflos und schlägt sich an die Stirn.

»Niedlich, die Kleine«, meint Jan, ohne vom Computerbildschirm aufzuschauen. Er und Kevin spielen gerade eines von Kevins Lieblingsspielen. Dirk macht sich daran, den Eßtisch abzuräumen.

»Hat's dich erwischt, oder was?« bohrt Jan weiter.

»Du kennst mich, Alter«, wehrt Dirk ab, während er Veras Besteck auf ihren leer gegessenen Teller legt.

»Deshalb frage ich ja…«, frotzelt sein Freund am Computer. Aber auch Kevin scheint heute nicht so ganz auf das Spiel konzentriert zu sein. »Hast du nicht gesagt, es muß die Richtige kommen, Papi?«

»Das sage ich noch immer«, brummt Dirk und nimmt Veras Schnapsglas in die Hand. Ein Tropfen ist noch darin. In Windeseile führt er es an seinen Mund, leert es ganz und stellt es dann auf den Tisch zurück. Was hat er getan? Er hat aus dem Glas getrunken, das Vera mit ihrem Mund berührt hat… Kindskopf!

»Also, ich würde die nehmen«, kommt es von Kevin. »Was meinst du, Jan?«

Dirk fährt sich mit seinen Fingern über die Lippen.

»Ich auch. Sofort«, sagt Jan und stupst Kevin in die Seite. »Du bist dran.«

»Redet keinen Schwachsinn«, sagt Dirk unwirsch und bringt das Geschirr in die Küchenecke. »Und du solltest längst im Bett sein, Großer.«

Maulend trollt sich Kevin. Nachdem er aus dem Bad zurückgekommen ist, trägt Dirk ihn in seine Kajüte, die sein Vater ihm in eine Ecke des Lofts gebaut hat. Als er ihn – traditionsgemäß – in sein Bett wirft, sagt der Junge:

»Du Papi, ich werde für dich beten.«

»Das ist nett von dir.«

»Ich meine, wegen Vera«, fügt Kevin hinzu. Dirk lächelt. »Wenn du das wirklich tun willst – ich hab nichts dagegen. Und jetzt Augen zu, klar?« Er streicht ihm noch einmal übers Haar.

»Klar bei Auge, Käpt'n.«

Dirk reckt und streckt sich, als er sich von Kevins Nachtlager erhebt. Er hat heute eine Frau kennengelernt, deren Name ihm nicht aus dem Kopf geht. Vera. Er will den Namen abschütteln, das Bild von ihr – aber es funktioniert nicht. Vera, Vera, Vera, gräbt es sich immer tiefer in sein Hirn.

Als er sich in den Sessel geworfen hat, fällt ihm plötzlich etwas ein. »Verdammt!«

Jan horcht auf. »Was ist?«

»Ich weiß ihren Familiennamen nicht.«

»Na und?«

»Und wie soll ich sie finden, wenn sie nicht anruft?«

Jan blickt seinen Freund lange an. Die verzerrten Gesichtszüge, die vor Angst weit aufgerissenen Augen: den Mann hat's erwischt. Aber heftig.

»So viele Superfrauen, die Vera heißen, wird es bei der Wasserschutzpolizei wohl nicht geben, oder?«

»Logisch.« Dirk atmet tief ein und aus. Darauf wäre er in seinem Schockzustand gar nicht gekommen. Wild packt er seinen Freund und wirbelt ihn im Kreis herum:

»Attacke!!«

Die *Poseidon* ist ein Schoner wie aus dem Bilderbuch. Halb vor dem Wind pflügt das Boot durchs azurblaue Wasser. Im Bugkorb sitzen Jan und Gloria. Kevin steht am Ruder, und Dirk gibt ihm das Gefühl, als assistiere er ihm nur. Dirk ist mit seinen Gedanken nicht so recht dabei. Wäre doch zu schön gewesen, wenn Vera hätte dabeisein können.

Wieder und wieder wählt er eine Nummer auf Jans Handy. Aber die Wasserschutzpolizei will partout Veras Nachnamen nicht herausgeben.

»Sag doch einfach, du liebst sie«, schlägt Kevin vor.

Dirk schüttelt verärgert den Kopf, als am anderen Ende der Leitung einfach aufgelegt wird.

»Ich mach das für dich«, sagt Kevin entschlossen, der seinem mürrischen Vater nicht mehr länger tatenlos zusehen möchte. Er hat eine geniale Idee. »Übernimm du das Ruder.« Er läßt sich das Handy geben und drückt die Wahlwiederholungstaste. Es tutet lange, bevor sich eine Stimme meldet.

»Guten Tag«, sagt Kevin beherzt. »Sie haben gerade mit meinem Vater gesprochen. Ich bin der Junge, den die Frau Kapitänin gestern gerettet hat. Ich wollte mich nämlich bei ihr bedanken. Und zwar persönlich. Wie ist denn ihr Nach…«

Kevins Vater schaut seinen Sohn mit einer Mischung aus Bewunderung und Entgeisterung an. Der hat offensichtlich gerade den Nachnamen von Vera erfahren. »Danke«, sagt er professionell. »Haben Sie auch eine Nummer und eine Adresse?« Er deutet seinem Vater an, schnell Papier und Bleistift zu holen. Doch der ist einfach zu aufgeregt.

Jan, vom Bug herbeigekommen, schüttelt den Kopf. Er zieht einen Block und einen Kugelschreiber aus seiner Jackettasche und reicht beides seinem Freund. Kevin diktiert die Zahlen, die ihm gerade per Telefon mitgeteilt werden: »Zwo, zwo, neun, null, sechs, acht, drei.«

Zitternd schreibt Dirk mit.

»Das war wirklich sehr nett von Ihnen«, flötet Kevin formvollendet ins Handy. »Und wissen Sie auch, womit man ihr eine besondere Freude machen kann?«

Mit offenem Mund starrt Dirk seinen Sohn an. Jan nickt anerkennend: Der Junge hat's drauf.

Kevin schaltet das Handy aus, nachdem er sich besonders freundlich bei dem Polizeibeamten am anderen Ende der Handyleitung bedankt hat.

»Sind Orchideen teuer?« fragt er.

»Wieso?« Sein Vater begreift nicht gleich.

»Weil sie die mag.«

»Na, bestens«, sagt Dirk. »Und? Sag schon: Wie heißt sie?«

»Rate mal…«

»Man glaubt es nicht… Nun sag schon!«

»Müller!« stößt Kevin hervor und grinst.

Dirk lacht glücklich. »Ist doch ein schöner Name.«

Kevin geht auf seinen Vater zu. »Das finde ich zwar nicht – aber sie wird sowieso nicht mehr lange so heißen.«

»Und wieso nicht?«

Kevin greift sich an die Stirn. Kapiert dieser Mensch, der ausgerechnet sein Vater ist, überhaupt nichts vom Leben?

»Na, weil sie dich heiraten wird, das ist doch klar!«

Dirk verstummt. Daß sein Sohn die Sache so kristallklar einschätzt, ist ihm fast unheimlich. Wie auch immer, ihren Namen hat er jetzt. Und ihre Adresse? Die hat Sohnemann noch nicht herausgerückt.

»Und wo wohnt sie?«

»Das sage ich dir nur, wenn du ein Eis springen läßt!« ruft ihm Kevin zu, der Jan bereits das Handy zurückgegeben hat. Liebevoll streicht Gloria dem Jungen übers Haar.

»Süßer Kerl...«

Kevin grinst ein wenig verlegen.

»Wenn meine Kinder später auch mal so werden...«, sinniert Jan träumerisch.

»Und mein Jens«, sagt Gloria.

Jan blickt sie irritiert an. »Was meinst du – dein Jens?«

»Jens zwo.« Gloria lächelt breit über das ganze Gesicht. Ihre dunklen Augen funkeln glücklich.

»Du bist schwanger?« fragt Jan perplex.

»Ja«, sagt Gloria. »Im sechsten Monat.«

Jan blickt an ihrem Körper hinab. Sie spannt ihre weit geschnittene Bluse über ihren Bauch, nimmt Jans Hand und legt sie darauf. »Fühlst du?« Jan nickt ehrfürchtig. Er blickt Gloria an, betrachtet sie mit ganz anderen Augen. Seine Stiefmutter trägt seinen Bruder unter dem Herzen. Was für eine Neuigkeit! Doch dann wird ihm bewußt, was die Nachricht für Konsequenzen haben wird, in der Familie, im Geschäft. Er schüttelt fassungslos den Kopf.

»Na, das wird eine Überraschung geben«, murmelt er.

Eine schwere Entscheidung

In dem alten Birnbaum, direkt vor den Fenstern des Notariats Dr. Stehle, bauen Elstern ihr Nest. Schmunzelnd wirft Jan Gloria einen Blick zu, die sich instinktiv über ihren Bauch streicht und in sich hineinlächelt. Zur Testamentseröffnung ist die Familie bereits um acht Uhr morgens bei dem Hamburger Prominenten-Notar versammelt. Jan hat seinen Anwalt Holm Tippner mitgebracht, einen braungebrannten, sportlich-durchtrainierten Mann. Lührs wird von dem weißhaarigen Dr. Harms begleitet, der schon seit langem die de-Fries-Gruppe anwaltlich vertritt.

Frauke sieht noch immer sehr blaß aus. Silke schiebt ihren Rollstuhl, unterstützt von den drei Lührs-Mädchen, Nico, Jana und Nana, die sich in die zweite Stuhlreihe setzen. Dr. Stehle, der Notar, ein Mittsechziger, hat an dem schwarzen, kompakten Schreibtisch Platz genommen. Während er das Testament verliest, blickt er immer wieder prüfend über den Rand seiner Lesebrille auf die Gruppe der de Friesschen Familienangehörigen:

»Mein privates wie auch das Firmenvermögen gehen zu gleichen Teilen an meinen Sohn Jan de Fries und meine Töchter Frauke Lührs, geborene de Fries, und Silke de Fries über. Meine Frau Gloria, geborene Straaten, soll eine angemessene lebenslange Apanage erhalten, deren Festlegung ich meinem Sohn Jan überlasse, und mein Haus auf Mallorca. Mein Freund

Carlos Montalban erhält in diesem Haus Wohnrecht auf Lebenszeit. Meine Liegenschaften in Hamburg und auf dem Alten Land werden wie folgt…«

Jan räuspert sich und gibt mit dem erhobenen Zeigefinger zu verstehen, daß er etwas sagen will. Der Notar stutzt und unterbricht die Verlesung.

»Ja, Herr Professor?«

»Ich muß Ihnen und der Familie eine Mitteilung machen, von der mein Vater zu Lebzeiten noch nichts wußte.«

»Bitte.«

Alle Augen sind auf Jan gerichtet. Lührs rückt nervös seine Krawatte zurecht. Frauke und Silke blicken ihren Bruder überrascht an, während Gloria lächelt und dabei leicht errötet.

»Mein Vater wird Vater… sozusagen«, sagt Jan. »Das heißt, seine Frau Gloria de Fries erwartet von ihm ein Kind.«

»Stimmt das, Frau de Fries? Sie bekommen ein Kind?« fragt der Notar.

»Ja«, antwortet Gloria, »einen Sohn.«

»Wahnsinn!« ruft Nico aus.

»Und was ist der dann für uns?« grübelt Jana.

»Ganz klar: Wir kriegen unseren Onkel!« Die Mädchen kichern. Draußen vor dem Fenster bricht ein Elsterweibchen in wildes Tschacka-Tschacka aus – wohl um eine Katze zu vertreiben, die ihre Eier rauben will. Frauke, sprachlos, sieht ihren Mann an, der – aschfahl geworden – wiederum sofort mit dem Anwalt Dr. Harms zu flüstern beginnt. Silke, ebenfalls fassungslos, versucht vergeblich, mit ihrem Schwager Helge Lührs Blickkontakt aufzunehmen.

»Mama, du kriegst einen Bruder!« ruft Nico ihrer Mutter zu. Die nestelt ungläubig an ihrer Handtasche, indem sie vorgibt, etwas darin zu suchen.

»Ich darf um Ruhe bitten«, versucht der Notar die drei

Mädchen, die untereinander tuscheln, zum Schweigen zu bringen. Jetzt ist es Lührs, der sich räuspert und nach einem verschwörerischen Blick zu Dr. Harms, dem de-Fries-Anwalt, zu Wort meldet:

»Ich möchte bezweifeln, daß mein geliebter Schwiegervater der Vater dieses Kindes ist.«

Gloria holt tief Luft und schließt gedemütigt die Augen. Jan will Lührs ins Wort fallen, aber der Notar ruft ihn mit einer Handbewegung zur Ordnung.

»Sie werden verstehen, daß ich dieses Testament als unanfechtbar ansehen muß – im Interesse meiner Frau und meiner Kinder.« Lührs ist beim Sprechen rot angelaufen. Ganz offensichtlich kann er sich in seiner Erregung kaum zurückhalten. »Herr Kollege Strehle, ich werde nicht zulassen, daß eine Person, die sich an meinen Schwiegervater herangemacht hat...«

Jetzt kann Jan nicht mehr an sich halten. »Paß auf, was du sagst, Helge!« platzt er heraus.

»Bitte!« warnt der Notar und schlägt mit der Hand auf den Schreibtisch. Die drei Mädchen blicken erschrocken zwischen ihrem Vater und Jan, dem Notar und Gloria hin und her.

»...daß diese Person den Namen de Fries in den Schmutz zieht«, beendet Lührs unbeirrt seinen Satz. Dabei würdigt er Jan keines Blickes. Inzwischen hat Jan Glorias Hand genommen. Sie hat Mühe, nicht in Tränen auszubrechen. Dr. Harms erhebt sich und verkündet, mit Blick auf Lührs: »Ich beantrage im Sinne meiner Mandanten, das Testament bis zur Geburt des Kindes auszusetzen und die Vaterschaft des Verstorbenen durch einen DNS-Test beweisen zu lassen.«

»Wie Sie meinen, Herr Dr. Harms«, sagt der Notar sachlich und wendet sich an Frauke. »Ist das auch in Ihrem Sinne, Frau de Fries?«

Frauke fühlt sich hin und her gerissen. Sie sieht Gloria lange an. »Ja…«, antwortet sie schließlich zögernd. Jan fühlt einen Stich in seinem Herzen. Seine eigene Schwester… Nun, sie ist mit diesem Lührs verheiratet, in gewisser Weise kann er sie auch verstehen. »Und wie siehst du das, Silke?« wendet er sich an seine jüngere Schwester. Die würdigt ihren Bruder keines Blickes. »Ich finde, daß mein Schwager recht hat«, sagt sie. »Schließlich geht es immerhin um ein paar Milliönchen.«

»…die ich als Treuhänder meiner Frau und meiner Schwägerin verwalten werde«, ergänzt Lührs mit einem triumphierenden Blick zu Jan, »da mein Schwager, wie er selbst sagt, von Geld keine Ahnung hat…«

»Sind Sie auch dieser Ansicht, Herr Professor de Fries?« fragt der Notar nun Jan. Der erhebt sich. »Wie sooft kann ich Herrn Doktor Lührs nicht verstehen, aber angesichts der Lage tut meine Meinung wohl nichts zur Sache.«

Aber der Notar besteht darauf, daß Jan seine Meinung äußert. Herr Doktor Lührs gehöre ja nicht unmittelbar zur Familie.

»Ich freue mich auf das Kind, das Gloria von meinem Vater erwartet«, sagt Jan feierlich. »Im Gegensatz zum Rest der Familie habe ich Vaters Liebe zu ihr immer verstanden.«

Wieder ist es still im Raum. Nur Nico dreht sich um und schickt Gloria ein stummes Küßchen, was sie zum Lächeln bringt.

»Dann darf ich Sie darauf hinweisen, daß ich Frau Gloria de Fries auch anwaltschaftlich vertrete«, teilt der Notar den Versammelten mit, bevor er die Sitzung für beendet erklärt. Schweigend geht die Familie auseinander; nur die Mädchen umringen Gloria und bombardieren sie mit Fragen über ihre Schwangerschaft. Ihre Eltern dagegen verlassen, gemeinsam mit Silke und Dr. Harms, das Notariat so schnell sie nur können. Anwalt Tippner streckt Gloria die Hand entgegen. »Herzlichen Glückwunsch, Frau de Fries«, sagt er herzlich.

»Danke, Herr Tippner«, antwortet Gloria.

Jan ist sehr nachdenklich geworden. Seine Schwestern haben seinen Schwager als Treuhänder eingesetzt. Somit verfügt Helge Lührs über zwei Drittel des Stimmrechts. Sie scheinen Lührs blind zu vertrauen, auch was dessen Einstellung zu Gloria betrifft, sein Mißtrauen ihr gegenüber. Nie zu Vaters Lebzeiten hat Lührs den Mund aufgemacht und gewagt, etwas gegen Gloria vorzubringen. Aber indem er ihr unterstellt, durch einen miesen Trick an das Geld ihres verstorbenen Ehegatten heranzukommen, beschmutzt er damit auch das Leben des alten de Fries.

Das Gefühl, daß sein Schwager versucht, die Macht in der Firmengruppe an sich zu reißen, verfestigt sich bei Jan. Wenn er, Jan, nur nicht so ahnungslos in Geschäftsdingen wäre! Noch lange sitzen er, Gloria und der Anwalt Holm Tippner anschließend in einem Café an der Alster zusammen, um über alles nachzudenken.

»Die Firma heißt de Fries und nicht Lührs. Wie kann ich den Kerl nur unter Kontrolle halten, Tippner?«

»Indem du ihn zwingst, einen Status zu erstellen und eine Zwischenbilanz zu machen.«

Jan nickt. Er leert seinen Kaffee. Er mag ein blutiger Laie sein, aber er wird sich von den richtigen Leuten helfen lassen. Und dann wird man ja sehen…

Ein paar Tage später befindet sich Jan wieder auf dem Weg in die Hamburger Speicherstadt, wo die de-Fries-Gruppe in zwei Stockwerken eines alten Backsteinhauses ihr Kontor hat; er hat Status und Zwischenbilanz der Firma in seiner Aktentasche. Gerade hat er sie sich von seinem Anwalt und Freund Tippner zurückgeholt, der die Papiere mit ihm ausführlich durchgegangen ist. Und der mit seinen Adleraugen so manche Ungereimtheit entdeckt hat, die Jan wild entschlossen ist jetzt aufzuklären.

Lührs gibt sich diplomatisch. »Toller Mann, dieser Tippner«, sagt er, als Jan seinen Anwalt erwähnt. »Meinst du, wir sollten ihn für uns gewinnen? Dr. Harms ist schließlich nicht mehr der Jüngste.«

»Gute Idee«, leitet Jan geschickt zum eigentlichen Anliegen über. »Mein Freund Tippner fragt sich nämlich – und ich mich natürlich auch –, wie die *Ökotrans* so hohe Gewinne erwirtschaften kann.« Er deutet mit seinem Zeigefinger auf die Unterlagen, die ausgebreitet auf Lührs Schreibtisch liegen. »Denn laut unseres Angebots liegt die Gewinnspanne bei knapp acht Prozent.«

Lührs lächelt souverän. »Das kann ich ganz einfach erklären«, sagt er und bittet Jan, sich zu setzen. »Wir zahlen unserem Altölabnehmer in Polen für die Entsorgung des Öls natürlich nicht den Preis, der im Angebot steht. Der ist froh, wenn er gerade mal ein Drittel davon bekommt. Na, und das bedeutet, daß wir auf diese Weise mit den staatlichen Subventionen für die Altölentsorgung ganz anders rechnen können.«

Jan ist sprachlos. So etwas sagt ihm Lührs ins Gesicht. Und er lächelt auch noch freundlich dabei, als sei es das Normalste der Welt, die Regierung mit ihren Finanzförderungen zu hintergehen.

»Und Vater war mit diesen Methoden einverstanden?«

»Einverstanden?« Lührs lacht gedehnt. »Er hat die Verträge gemacht.«

Jan atmet einmal tief ein und aus. Was wird hier für ein Spiel gespielt? »Und die Verträge mit der *Lux-Con* – hat er die auch gemacht?« Jan deutet auf ein anderes Papier auf dem Schreibtisch.

»Unsere Marketingcracks in Luxemburg? Also, die sind wirklich ihr Geld wert! Die machen alles für uns. Von der Logistik bis zur Werbung – alles. Ganz junge Leute. Die hat auch dein Vater aufgetrieben.« Lührs lehnt sich im Sessel zurück und blickt sinnierend an die Zimmerdecke. »Das ist auch so etwas, was ich von ihm gelernt habe: im richtigen Augenblick den richtigen jungen Menschen eine Chance zu geben, damit sie eines Tages …«

»Dann sollte ich mich vielleicht bei denen bewerben, statt in unsere Geschäftsleitung einzutreten. Allein im letzten Jahr fast fünf Millionen«, unterbricht ihn Jan mit ironischem Unterton. Lührs gibt sich freudig: »Heißt das, du hast dir's überlegt?«

»Ich denke noch nach«, sagt Jan. »Ich bin ja wirklich ein Vollidiot. Nicht nur, daß ich das Nationalpark-Objekt ehrenamtlich leite… an der Uni verdiene ich im Jahr fast dasselbe, was du mir im Monat bezahlen würdest…«

»Nicht ich, die Firma, Jan.«

»Die Firma bist ja jetzt du, wie du selber gesagt hast.«

Lührs lächelt geschmeichelt. »Und ich werde euch bestimmt nicht enttäuschen.«

»Noch eine Frage…« Jan lehnt sich vor und fixiert seinen Schwager mit den Augen. »Der Kapitän der *Ökotrans II* konnte mir das nicht so richtig erklären.Unsere Schiffe bringen Altöl zur Wiederaufbereitung nach Danzig, nicht wahr?« Lührs nickt ruhig. »Trotzdem habe ich den Kahn vor ein paar Tagen im Nationalpark gesehen. Fast fünfzig Meilen von der üblichen Route entfernt.«

Lührs hält seinem Blick stand. »Da bin ich überfragt«, antwortet er souverän. »Ich bin kein Seemann, aber ich werde das umgehend klären.«

Jan erhebt sich und verabschiedet sich von seinem Schwager.

Das Gespräch hat ihn aufgewühlt. Er spürt, wie er innerlich zittert.

Dirks Kaffee und Paulsens Bohneneintopf bringen den Erschöpften wieder auf die Beine. Kopfschüttelnd sitzt er im Loft am Küchentresen, während Dirk ihm zum Nachtisch noch einen Apfel schält.

»Der Typ ist glatt wie ein Frachterdeck«, murmelt Jan. »Aber solange ich keine Beweise habe...«

»So ein Küstenmotorschiff hat doch ein Logbuch, oder?« überlegt Dirk, während er peinlich genau darauf achtet, daß ihm die Schale nicht einreißt.

»Das schreibt heutzutage der Computer.«

»Dann schau dir das doch mal an«, schlägt Dirk vor. Jan lacht trocken. »Wenn das stimmt, was wir glauben, dann wird er mir das garantiert nicht zeigen. Der weiß doch, wer ich bin.«

Dirk schweigt einen Augenblick, bis er den Apfel fertig geschält hat. »Aber mich wird er nicht kennen«, sagt er dann, mit einem Funkeln in den Augen. »Falls du verstehst, was ich meine...«

Am nächsten Morgen verläßt Dirk seine Reparaturwerft schon gegen sieben Uhr. Er hat sich ein wenig verkleidet, zu dem üblichen Blaumann trägt er Mütze und Sonnenbrille. Mit seinem Pick-up fährt er so dicht wie möglich an ein ganz bestimmtes Schiff heran, das an der Pier liegt – die *Ökotrans II.* Vom Tankwagen wird gerade Giftmüll in das Schiff gepumpt. Dirk springt aus seinem Fahrzeug, greift sich die Werkzeugtasche und geht mit großen Schritten das Fallreep hoch. Die Männer an Bord des Schiffes, die mit den Vorbereitungen für die Fahrt beschäftigt sind, bemerken Dirk gar nicht. Es gelingt ihm, unbemerkt zur Brücke zu gelangen und das Ruderhaus zu betreten.

Ein Matrose, der einen ziemlich ungepflegten Eindruck macht, lehnt an einer Wand und liest. Eine russische Zeitung.

Dirk gibt sich locker und harmlos. »Tag, da bin ich Kumpel!« Er blickt sich fröhlich um. Der Russe zuckt zusammen. »Was wollen?«

»Mit eurem Navigationsinstrument ist was nicht in Ordnung«, sagt Dirk. »Ich soll es reparieren.« Dabei hält er dem Matrosen seine Werkzeugtasche entgegen. »Du verstehen? GPS kaputt.«

Der Matrose verschwindet, um den Kapitän zu holen. Darauf hat Dirk gewartet. Mit gezielten Handgriffen schaltet er den Bordcomputer ein und kopiert mit einem Handscanner die Logbucheintragungen der letzten Fahrten der *Ökotrans.* Schritte nähern sich, Stimmen werden laut. Er läßt den Scanner in der Tasche verschwinden und nimmt ein elektronisches Meßgerät heraus. Der Matrose hat den Kapitän und einen zweiten Matrosen herbeigeholt. Die Männer sehen zum Fürchten aus. Als sie das Ruderhaus betreten, spielt Dirk den fleißigen Handwerker.

»Hallo, da staunen Sie, was? Ich habe eigentlich erst morgen Zeit, aber für so alte Kunden wie de Fries machen wir alles.«

»Was wollen Sie hier?« fragt der Kapitän drohend.

»Na, ihr GPS reparieren«, flötet Dirk.

»Der ist in Ordnung«, sagt der Kapitän und kneift die Augen zusammen.

»In Ordnung? So 'ne Scheiße. Ihr glaubt wohl, ich habe meine Zeit gestohlen«, regt Dirk sich künstlich auf.

Der Kapitän tritt näher an ihn heran. »Wenn Sie ein Bulle sind, zeigen Sie mir Ihren Ausweis.«

Dirk spielt seine Rolle perfekt: »'n Bulle?« stößt er aus. »Ich bin der letzte Arsch bei Bruns und Partner, und hier ist mein

Auftrag...« Er hält dem Kapitän ein Auftragsformular hin. »Bei Kapitän Huismann melden.«

»Und warum haben Sie sich nicht gemeldet?«

Dirk ist um keine Antwort verlegen. »Na, weil ich dachte, daß es schnell gehen soll. Das Büro hat mir extra über Funk...« Doch bevor er den Satz noch beenden kann, befiehlt Kapitän Huismann seinen Männern auf russisch: »Schafft ihn von Bord.« Dirk kann gerade noch seine Werkzeugtasche greifen – und schon haben die Matrosen ihn gepackt, über das Fallreep getragen und unsanft auf die Straße geworfen, direkt neben seinen Pick-up. Dirk erhebt sich geistesgegenwärtig, bürstet den Schmutz von seinem Blaumann, wuchtet die Werkzeugtasche ins Führerhaus seines Wagens, nimmt ein Formular vom Armaturenbrett und einen Kugelschreiber aus seinem Anzug und geht zurück zu einem der Matrosen, die gerade wieder auf die *Ökotrans II* zurückgehen wollen.

»Wenn du nur unterschreibst, daß ich da war...«, sagt er mit Unschuldsmiene. Überrumpelt ergreift der Matrose das Formular, obwohl er nichts von dem, was Dirk gesagt hat, verstanden hat. In diesem Augenblick packt Dirk ihn an den Ohren, gibt ihm einen Kopfstoß und wirft ihn – unter den Augen des Kapitäns, der oben vom Schiff aus alles beobachtet hat – über seine Schulter ins Wasser zwischen Pier und Bordwand.

Dann steigt er in den Pick-up, startet und braust davon. Fast zärtlich klopft er auf die Werkzeugtasche neben sich, in der der Scanner schon darauf wartet, ausgewertet zu werden.

Jan wartet auf ihn in seinem Arbeitszimmer im Institut. Zur Belohnung hat er Dirk einen der stärksten Kaffees gemacht, die die Maschine je produzierte. Noch immer im Blaumann, rauscht Dirk mit seiner Werkzeugtasche quer durch die Räume, vorbei an Sekretärin und studentischen Mitarbeitern, die ihm erstaunt hinterhersehen, bis ins Professorenzimmer. Nachdem er sich den ersten Schluck des tiefschwarzen Gebräus genehmigt hat, packt er aus – im wahrsten Sinne des Wortes. Während Dirk den Scanner auswertet und Jan ihm dabei über die Schulter sieht, kommen mehr und mehr Ungereimtheiten zutage.

»Interessant. Laut Logbuchausdruck ist der Kahn bei jeder Fahrt von Hamburg nach Danzig in der Deutschen Bucht in schlechtes Wetter geraten. Und hat deshalb für die Strecke statt der üblichen siebzig Stunden neunzig bis fünfundneunzig gebraucht.«

»Und wir haben die *Ökotrans II* Im Nationalpark gesehen, stimmt's? Auf dem Weg nach Danzig liegt das bestimmt nicht.« Jan ist an die große Nordseekarte getreten, auf der das Gebiet des Nationalparks eingezeichnet ist. »Jetzt müssen wir nur noch eins und eins zusammenzählen.« Aus einer Schublade zieht Jan mehrere Seekarten, von denen er eine aufrollt. Es ist eine Übersichtskarte über sämtliche Ölbohrtürme in der Nordsee. Er greift zu einem Navigationsdreieck und kontrolliert, welche Bohrinsel in der Deutschen Bucht in der Nähe des Nationalparks liegt.

»Drei von den Bohrinseln sind stillgelegt«, sagt er und blickt seinen Freund vielsagend an. »Ahnen wir beide das gleiche?« Dirk nickt. »Ich fürchte, ja.«

Er erhebt sich, geht zur Kaffeemaschine und gießt sich den Becher noch einmal randvoll. »Attacke!« murmelt er, während er drei Löffel Zucker einrührt.

»Genau.«

»Und wie, Alter?«

Sie schweigen für einen kurzen Augenblick. Dann scheinen sie beide gleichzeitig dieselbe Idee zu haben. »Deinen Schein für den Teigrührer hast du noch?« fragt Jan, während Dirk schon seine Brieftasche gezückt und sein Patent herausgeholt hat. »Kleine Spritztour gefällig?«

Lachend boxen sie sich gegenseitig in die Rippen.

»Alter, da haben wir echt Glück«, sagt Dirk ernst. »Bald bin ich den Lappen nämlich aufgrund eines unerklärlichen finanziellen Engpasses los.« Er seufzt laut auf. Jan schüttelt den Kopf. »Wann bringst du endlich Ordnung in dein beschissenes Leben?«

»Ich war ja schon dabei«, brummt Dirk, »aber ein Freund hat mich gezwungen, meine Telefonrechnung zu bezahlen.« Jan gibt seinem Freund eine Kopfnuß, worauf der ihn in den Schwitzkasten nimmt. In diesem Augenblick öffnet sich nach leisem Klopfen die Tür, und die Sekretärin steht im Zimmer.

»Herr Professor!« ruft sie erschrocken aus. »Kann ich Ihnen helfen?« Fast läßt sie die Arbeitsbogen fallen, die sie in Jans Zimmer bringen wollte.

»Lassen Sie mal, Frau Reichhardt«, grinst der, mit hochrotem Kopf, »wenn mir einer helfen kann, dann nur er.«

Dirk ist schon lange nicht mehr mit dem Helicopter geflogen, aber in einer kurzen Zeit der Konzentration hat er sich alles wieder ins Gedächtnis gerufen. Das Wetter spielt auch mit: Am Himmel ziehen nur Schönwetterwolken vorbei. Aber wie stellt man es an, einen geschützten Nationalpark anzufliegen? Dirk regelt die Sache souverän, indem er vorgibt, schlechten Funkkontakt zu haben.

»Ich verstehe euch nicht, Freunde!« ruft er in sein Headset. »Ich werde versuchen, die Insel Föhr anzufliegen«, sagt er und zwinkert Jan zu, der neben ihm im Cockpit sitzt. »Was? Ich höre kein Wort mehr! Dieser Drecksfunk!«

Grinsend nimmt er das Headset ab und schaltet das Funkgerät aus. Dann läßt er den Helicopter im Sturzflug nach unten fallen.

»Bist du verrückt?« Jan bekommt es mit der Angst zu tun. »Keine Sorge«, beruhigt ihn sein Freund. »Ich habe alles im Griff. Aber du mußt dir fürs Luftfahrtaufsichtsamt 'ne plausible Erklärung einfallen lassen – ich habe keine Lust, meine Pappe loszuwerden.«

»Da!« schreit Jan plötzlich. Tief unten in der Nordsee sehen sie die Bohrinsel, an der die *Ökotrans II* festgemacht hat. Dirk steuert den Helicopter direkt auf die Bohrinsel zu. Jetzt ist er nur noch wenige Meter über dem Bohrturm. Jan hat seine Kamera aus der Tasche herausgerissen und fotografiert, soviel er kann. Und jetzt ist es ganz deutlich zu sehen: Dicke Schläuche führen aus dem Schiff in den Bohrturm hinein. Ganz offensichtlich wird hier Giftmüll in ein stillgelegtes Bohrloch verklappt. Als letztes knipst Jan den Namen des Schiffes. Das Herz klopft ihm bis zum Hals.

»Und das mir«, sagt Jan erschöpft, als sie auf dem Festland aufsetzen. »Wer hätte das gedacht...«

Stunden später knallt Jan seinem Schwager Helge Lührs die entwickelten Fotos auf den Schreibtisch. Aber Lührs spielt den Fassungslosen. »Das ist ja unglaublich!«

»Deswegen macht die Firma so hohe Gewinne! Weil ihr das Altöl in der Nordsee verklappt, statt es in Polen abzuliefern!« Jan ist außer sich vor Wut. Er fühlt, daß er seinem Schwager am liebsten an die Gurgel gehen würde. Er, dessen Lebensziel es ist, die Natur zu schützen, muß feststellen, daß in seinem eigenen Haus das Gegenteil betrieben wird – aus reiner Profitgier!

»Was heißt hier ›Ihr‹!« protestiert Lührs. »Du glaubst doch nicht im Ernst, daß ich so etwas mitmachen würde!« Er kann kaum noch an sich halten. »Außerdem kümmere ich mich hier nicht um jeden Dreck persönlich. Ich bin fürs Große zuständig, kapiert?«

Jan hat sich erschöpft in einen der Ledersessel geworfen. Verzweifelt starrt er aus dem Fenster. Er weiß nicht, ob er Lührs' Worten glauben soll oder ob es wirklich so ist, wie dieser behauptet – daß er keine Ahnung davon hat, was die Kümos, die Küstenmotorschiffe, da draußen in der Nordsee so alles treiben.

Auch Lührs schweigt für einen Augenblick, zündet sich eine Zigarette an und nimmt ein paar tiefe Züge, um sich zu beruhigen. Dann greift er zum Telefon und sagt ruhig: »Schicken Sie sofort Voss zu mir rüber.«

Lührs hat sich wieder im Griff. Während sie auf Voss warten, lächelt er Jan über den Schreibtisch hinweg schmerzlich zu.

»Weißt du, was das für unsere Firma bedeuten würde?« sagt er und macht eine wegwerfende Handbewegung. »Aber das ist mir nicht einmal so wichtig.« Er beugt sich vor. »Ich denke an die Umwelt, Jan. Das Bohrloch ist doch keine achtzig Meilen vom Nationalpark entfernt. Nicht auszudenken, was das heißt, wenn dieser Dreckskapitän das schon seit Jahren gemacht hat...« Er zieht wieder an seiner Zigarette und blickt dem Dunst nach, wie er sich im Zimmer ausbreitet.

Jan ist stutzig geworden. Wie will Lührs den Fotos entnommen haben, daß es gerade das Bohrloch gewesen ist, das achtzig Meilen vom Nationalpark entfernt ist? Die Fotos sind nicht beschriftet gewesen!

Es klopft. Jochen Voss tritt ein.

»Herr Doktor Lührs?« Er macht eine leichte Verbeugung. Der Junge ist aalglatt, stellt Jan fest, ein echter Yuppie, im Grunde noch grün hinter den Ohren – nun ja, vielleicht hat er die Dreißig gerade überschritten.

»Das ist Professor de Fries«, stellt Lührs ihm seinen Schwager vor. »Sie kennen ihn sicher.«

»Ich hatte noch nicht das Vergnügen«, flötet Voss galant, »habe aber viel von Ihnen gehört.«

Lührs hat sich erhoben. »Wie auch immer«, sagt er mit zunehmend drohende Unterton. »Wie erklären Sie sich als Geschäftsführer, der, wie ich weiß, sehr gut bezahlt wird, diese Fotos?« Er reicht ihm drei der Bilder. Voss gibt sich ahnungslos. »Wo sind die aufgenommen?«

»In der Deutschen Bucht«, sagt Jan ruhig. Er reicht ihm die gescannten Papiere. »Und das sind die Logbuchauszüge der *Ökotrans II.*« Mechanisch nimmt Voss die Unterlagen entgegen. Er verzieht keine Miene. »Ich möchte so schnell wie möglich die Logbücher der übrigen Kümos unserer Firma sehen«, fügt Jan hinzu.

»Du glaubst, daß alle anderen auch …?« ruft Lührs aus.

»Also, das wäre mir mit Sicherheit aufgefallen«, behauptet Voss schnarrend.

»Das kann ich nur für Sie hoffen, Voss«, sagt Lührs streng. Und mit Blick auf Jan: »Das wäre das Ende der *Ökotrans.* Und was das bedeutet, wissen Sie. Wir wären alle Aufträge los, von den Subventionen gar nicht zu reden. Und von der Presse erst recht nicht.«

Voss verzieht noch immer keine Miene.

»Wie heißt das Schwein von Kapitän noch mal, Voss?« fragt Lührs seinen Geschäftsführer, der unbeweglich im Raum steht.

»Hein Huismann.«

»Verbinden Sie mich mit ihm.«

»Sehr wohl«, sagt Voss, wie ein Ober, bei dem ein Essen bestellt wurde, und geht auf die Weltkarte zu, die fast die gesamte Fläche der Wand neben der Tür einnimmt; in verschiedenfarbigen Linien sind dort die Routen eingezeichnet, die von den

Schiffen der Reederei de Fries gefahren werden. Unter der Weltkarte, auf einem Tisch, steht ein Funkgerät.

»Tag, Herr Huismann, Voss hier. Der Chef möchte Sie sprechen...«

Lührs hat ihm schon das Sprechgerät aus der Hand gerissen. »Kümmern Sie sich um die Logbücher der anderen vier Schiffe«, herrscht er Voss an, der kopfnickend aus dem Raum verschwindet. Dann knöpft er sich Huismann am anderen Ende der Leitung vor. »Wo sind Sie? Vier Stunden vor Danzig? Wenn Sie dort sind, ist das nächste Flugzeug nach Hamburg Ihres... Warum?« Lührs Stimme überschlägt sich fast. »Das fragen Sie noch? Eins kann ich Ihnen jetzt schon sagen: Den Reeder, der Sie noch mal heuert, gibt's auf diesem Planeten bestimmt nicht!«

Er legt auf. Seine Gesichtszüge entspannen sich. Zufrieden blickt er Jan an. »Ich bringe die Sache in Ordnung, Jan, verlaß dich auf mich. Und wenn Köpfe rollen. Der Ruf der Firma wird mir nicht durch den Dreck gezogen – von niemandem!«

Jan spürt, daß ihm die Knie weich werden, als er die Treppe hinuntergeht. Lührs hat einen entscheidenden Fehler gemacht. Woher konnte er wissen, daß das bewußte Bohrloch achtzig Meilen vom Nationalpark entfernt ist? Er muß über die Schweinerei informiert gewesen sein! Was ist das für eine Firma, die sein Vater aufgebaut hat, mit diesem glänzenden Namen, mit Anerkennung in aller Welt? Was ist das für ein Mensch, dieser Lührs – warum mußte ausgerechnet seine Schwester, Frauke, dieses Schlitzohr heiraten und ihm damit eine so große Macht über die Firma verschaffen?

Was war sein Vater für ein Mensch?

Jan spürt, daß es kein Zurück mehr gibt. Er wird die Machenschaften aufklären müssen, bis zum bitteren Ende, und koste es den Ruf der Familie. Er als Umweltschützer, als ein

Mensch, dem der Schutz des Lebens in der Nordsee zur Berufung geworden ist, kann nicht mehr anders handeln.

Ausgerechnet an diesem Wochenende findet das Nordsee-Symposium in Den Haag statt; Jan hat sich verpflichtet, einen Vortrag zu halten. Es bleibt weder Zeit, Corinna zu umarmen, noch, mit Dirk in aller Ausführlichkeit die Lage zu besprechen. Jan fährt nach Hause, duscht, springt in frische Kleidung und ist schon auf dem Weg zum Flughafen. Unterwegs erreicht er Dirk per Handy.

»Ich sag dir nur eins: Lührs hat sich verplappert. Wir müssen nach Danzig, am besten Montag. Ich will mir die *Chemcomp* ansehen, diese Vertragsfirma...« Bevor Jan auflegt, schallt ihm ein wild entschlossenes »Attacke!!« aus dem Hörer entgegen. Trotz allem – Jan muß grinsen.

Und als er anschließend Corinna in der Leitung hat, ist in ihm der Entschluß gereift.

»Die größten Schweine sitzen in unserer Firma, Corinna. Unser Ruf hin oder her, es gibt Wichtigeres als Geldverdienen. Du wolltest, daß ich in die Firma einsteige, und ich sage dir: Das tu ich jetzt!«

Als er eine halbe Stunde später im Flugzeug sitzt und sich im Sessel zurücklehnt, fühlt er, daß er ganz ruhig geworden ist. Er weiß, daß die Entscheidung sein Leben verändern wird. Aber er weiß auch, daß es für ihn die richtige Entscheidung ist.

Giftiges Erbe

Es ist das erste Nordsee-Symposium, bei dem Jan wünscht, nicht dabeizusein. Während draußen am Strand vor dem *Kurhaus Hotel* die Kanalwellen ans Ufer rollen, hält er die Eröffnungsrede vor den Vertretern der Nordseeanrainerstaaten, in fließendem Englisch. Die Vorstellung, aus der Familie zu stammen, die seit Jahren vielleicht schon damit beschäftigt ist, mit ihrer Firma die Nordsee zu verschmutzen, ist ihm unerträglich. Aber es gilt erst einmal, die Fassade aufrechtzuerhalten.

Einer der ersten Tagesordnungspunkte ist Jans Gutachten gegen eine erweiterte Pipelineführung aus der Nordsee nach Emden. Es wird heftig diskutiert. Fernseh- und Filmkameras halten die Diskussion fest, Scheinwerfer werden an- und ausgeschaltet, Fotoapparate klicken. Eine Reporterin, deren Augen Jan an die einer wilden Katze erinnern, fixiert ihn unentwegt.

In der Mittagspause wirft sich ihm die blonde Hamburger Umweltsenatorin an den Hals. »Ich freue mich, neben Ihnen sitzen zu dürfen, Herr Professor de Fries«, zwitschert sie, während sie ihr Rumpsteak blutig schneidet. »Aber ich muß auch sagen, Ihr Gutachten gegen die Pipeline... das ist doch nicht Ihr Ernst – oder?!« Sie schiebt sich das abgeschnittene Fleischstückchen in den Mund und sieht ihn, während sie kaut, aus unschuldig wirkenden Rehaugen an.

»Mein voller Ernst, Frau Senatorin«, anwortet Jan und fragt

sich, wie diese Dame eigentlich zu dem Titel Umweltsenatorin gekommen sein mag. »Der Bau der Pipeline würde neun Jahre Renaturierungsarbeit zunichte machen.«

»Entschuldigen Sie bitte, Herr Professor de Fries«, unterbricht ihn eine forsche Stimme. Jan dreht sich um. Die Fernsehjournalistin mit den Katzenaugen ist an seinen Tisch getreten. »Mein Name ist Esther Wilms, ich bin von *Nord TV* und würde Ihnen gern ein paar Fragen stellen.«

»Aber gern«, sagt Jan, für den jedes Interview, in dem er sein Anliegen noch einmal darlegen kann, willkommen ist. »Treffen wir uns nach dem Essen an der Bar?«

Die Reporterin lächelt ihr schönstes Lächeln. Der Umweltsenatorin scheint es nicht ganz zu passen. »Eine unverschämte Person«, warnt sie ihren Tischnachbarn. »Passen Sie bloß auf, was Sie da sagen.«

»Ich kann schon auf mich aufpassen«, kontert Jan. Die Senatorin räuspert sich, als habe sie seine Bemerkung überhört. »Sie wissen, daß das Gutachten von Doktor Prescher ganz anders aussieht als das Ihre, Herr Professor de Fries«, versucht sie es erneut. »Verstehen Sie mich bitte nicht falsch. Sie sind noch sehr jung und ...«

Jan wischt sich den Mund mit der Serviette ab. »Verzeihen Sie, daß ich Sie unterbreche, Frau Senatorin«, sagt er ruhig. »Ich bin nicht einzuschüchtern. Und falls Sie versuchen sollten, Ihr Projekt durchzudrücken, das absolut umweltschädigend ist, dann verspreche ich Ihnen, daß ich ein Volksbegehren initiieren werde. Und das wird Ihrer Karriere sicher nicht hilfreich sein.«

Die Senatorin stochert in ihrem Fleisch herum. »Sie werden wissen, was Sie tun, Herr Professor de Fries«, meint sie süffisant. »Ihr Idealismus in Ehren, aber irgendwann werden auch Sie sich auf dem Boden der Tatsachen wiederfinden.« Ihrem

Adlerblick ist, während sie spricht, nicht entgangen, daß die junge Fernsehreporterin mit ihrem Kamerateam bereits Ausschau nach Jan hält und dabei ein wenig gestreßt auf ihre Armbanduhr schaut.

»Wollen Sie nicht noch ein Dessert?« versucht sie ihn zum Bleiben zu bewegen. »Die Mousse au chocolat hier ist eine Sensation! Gab es auch beim letzten Symposium...«

»Danke für den Tip – vielleicht das nächste Mal«, winkt Jan galant ab und erhebt sich. »Sie entschuldigen mich bitte.«

Die Senatorin nickt gnädig und wirft ihm begehrliche Blicke nach. Als Mann ist er ungeheuer anziehend, denkt sie, aber seine Ansichten. Nein! Seufzend macht sie sich über die Schokoladencreme her, die ihr ein Kellner auf einem kleinen silbernen Tablett serviert hat.

Jan steht inzwischen vor der Kamera. Esther hält ihm das Mikro vors Gesicht, starrt ihn unverwandt an und fragt ihn mit einem süffisanten Lächeln, ob sein Umweltkonzept nicht im Widerspruch zu den Interessen des Unternehmens seiner Familie stehe.

Wenn sie wüßte, denkt Jan, aber er gibt sich locker. »Fragen, die den de-Fries-Konzern betreffen und dessen Verhältnis zur Umwelt, nun, die müssen Sie Herrn Doktor Lührs, unserem Geschäftsführer, stellen. Ich habe mit der de-Fries-Gruppe nur soweit zu tun, als ich einen Teil der Anteile halte.«

Das Interview ist beendet, die Fotografen umlagern Jan. Esther Wilms, die Fernsehreporterin, wirft ihm heiße Blicke zu. Als sie sich voneinander verabschieden, bedankt sie sich bei ihm für das Interview. Doch dann sieht sie ihn prüfend an, mit ihrem Katzenblick, legt den Kopf zur Seite und fragt:

»Vögeln Sie eigentlich gerne?«

Jan ist perplex. Aber ihr Blick ist eindeutig. Jan grinst, kratzt sich ein wenig verlegen am Kopf.

»Unser Interview läuft heute abend um acht«, sagt sie geschäftig, als habe sie von nichts anderem geredet. »Nicht vergessen. Sehen Sie sich's an!«

Dirk wartet schon am Flughafen. Wie geplant, werden sie sofort ins de Friessche Kontor fahren, um die Logbücher der anderen Kümos einzusehen und zu hören, was Lührs durch Voss sonst noch so alles in Erfahrung gebracht hat. Keine Zeit darf vergeudet werden, denn Jan weiß, daß Lührs vorhat, noch am selben Tag nach Brasilien zu fliegen.

Als sie eintreten, warten Lührs und Voss bereits. Sie sind überrascht und irritiert, Dirk zu sehen, verlieren darüber aber kein Wort.

»Herrn Doktor Hansen kennst du ja«, stellt Jan seinen Freund vor. »Ich dachte, daß sechs Ohren mehr hören als vier.« Lührs schweigt, während Jochen Voss eine Mappe vom Schreibtisch nimmt und sie Jan mit einem triumphierenden Lächeln überreicht.

»Also, Sie haben Gott sei Dank Unrecht gehabt. Hier sind die Ausdrucke der vier anderen Logbücher der *Ökotrans*-Kümos.« Jan würdigt die Mappe keines Blickes und reicht sie wortlos an Dirk weiter. »Ich habe Ihnen auch sämtliche Transportpapiere und die entsprechenden Empfangsbescheinigungen der *Chemcomp* besorgt – unsere polnischen Partner.« Voss reicht Jan einen dicken Packen Computerauszüge, den Jan ebenfalls Dirk übergibt. Voss und Lührs wechseln Blicke.

»Wir können aufatmen, Jan«, sagt Lührs beifallheischend. »Ich habe diesen Huismann sofort entlassen.« Er macht eine Kunstpause. »Ich nehme an, es ist auch in deinem Sinne, wenn ich ihn nicht anzeige.« Jan stimmt ihm zu. »Wir können uns jetzt in aller Ruhe auf die Hundertjahrfeier konzentrieren«, fügt Lührs hinzu.

Die Hundertjahrfeier, denkt Jan – das wird wohl eine eher traurige für die Firma werden – bei den Enthüllungen! Er ahnt nicht, daß es noch viel schlimmer kommen wird, als er in diesem Augenblick annimmt.

Dirk hat sich auf einen Stuhl gesetzt und blättert schon mal locker die Unterlagen durch. Lührs zündet sich eine Zigarette an. »Tja, man glaubt's einfach nicht«, sagt er kopfschüttelnd, »der Kerl war überhaupt nie in Danzig. Er hat den Polen bestochen, mit dem Treibstoffklademeister gemeinsame Sache gemacht und das Geld für das Dieselöl eingesteckt.« Voss schüttelt ebenfalls den Kopf, als sei er tief betroffen. Jan und Dirk zeigen keine Regung. »Wegen dieser paar Mark versaut das Schwein die Nordsee.« Lührs scheint tief betroffen. »Wenn ich könnte, wie ich wollte – und die Firma nicht wäre –, der Typ würde sein Leben lang sitzen.«

Kaum haben Dirk und Jan das Gebäude verlassen, platzt es aus Dirk heraus: »Jan, die verkaufen dich für blöd!« Jan bleibt stehen. »Was meinst du?« Dirk fuchtelt erregt mit den Logbuchausdrucken vor Jans Gesicht herum. »Die Logbücher sind alle von einem Computer in einer Stunde erstellt worden.«

Zwei Tage später sitzen die beiden in einem Taxi in der Danziger Innenstadt. Der Fahrer bringt sie zu der Firma *Chemcomp*. Sie fahren durch ein Viertel mit heruntergekommenen Häusern, nur wenige haben noch Putz an der Fassade. An einem dieser Häuser hält das Taxi. Jan blickt hinaus. Das Haustor hängt schief in den Angeln, die Fensterscheiben sind ungeputzt, teilweise blind. An der Hauswand hängt ein Schild: *Chemcomp*.

Im Treppenhaus mischen sich Essensgerüche mit Kohlendunst von Heizungen. Die Stufen knarren, das Geländer ist wackelig. Sie klingeln an der Tür zum Büro. Nichts rührt sich. Sie schauen einander an, ratlos. Aber über der Tür befindet sich ein Oberlicht. Dirk, als der Stärkere, macht eine Räuberleiter, und Jan kann durch das Glasfenster ins Innere der Räume spähen.

In einem Zimmer, das vom Wohnungsflur abgeht und dessen Tür weit offen ist, stehen ein paar verschlissene Möbelstücke aus den fünfziger, sechziger Jahren herum. Weit interessanter ist jedoch ein Tisch mit einem nagelneuen PC und einem Faxgerät in einer Ecke. Die wertvollen technischen Geräte wirken in dem heruntergekommenen Raum wie Boten aus einer anderen Welt.

»Was wollen Sie?« ertönt plötzlich eine scharfe Frauenstimme auf polnisch. Erschrocken springt Jan auf den Boden. »Wir wollen Geschäfte machen mit Mann von Firma«, radebrecht Dirk schlagfertig. Jan muß grinsen. »Man merkt doch gleich, daß du studiert hast«, zischt er ihm zu. Die Frau, die in einer buntgeblümten Kittelschürze schlurfend die Treppe hinaufsteigt, ist offensichtlich die Hausmeisterin.

»Wir suchen Herrn Lukaczeviz. Den Chef dieser Firma«, sagt Jan und bemüht sich darum, deutlich zu sprechen.

Aber die Frau kann ein wenig Deutsch. Sie erklärt den beiden, daß jener Herr Lukaczeviz nur ganz selten da sei, aber daß sie ihnen zeigen werde, wo er privat wohne. Gemeinsam gehen sie die Treppe hinunter. Draußen vor der Tür hakt sich die Hausmeisterin bei Dirk vertrauensvoll unter und erklärt ihnen den Weg. Schmunzelnd überreicht Jan ihr einen Einhundertmarkschein. Die Hausmeisterin macht große Augen und bedankt sich überschwenglich.

Zum Gehen ist es zu weit, also nehmen sie sich wieder ein Taxi. Während der Fahrer sie durch die Straßen Danzigs steuert, wählt Jan auf dem Handy die private Telefonnummer des Herrn Lukaczeviz von der *Chemcomp.* »Good morning, Paul Verheugen speaking«, sagt er ins Telefon, »Mister Lukaczeviz?

Sprechen Sie Deutsch?« Lukaczeviz spricht Deutsch. »Ich habe in Brandenburg ein Chemiewerk errichtet«, fährt Jan fort, »und ich habe gehört, daß sie Giftmüll aufbereiten, zu erstaunlichen Konditionen... Hallo?«

Lukaczeviz hat aufgelegt.

Urplötzlich verändert sich die Gegend, die Slums liegen hinter ihnen, und der Taxifahrer hält vor einer Villa, bei der es Jan und Dirk den Atem verschlägt.

»Sagen Sie – was kostet hier so ein Haus?«

»In Mark? So um die 700 000«, antwortet der Taxifahrer und schaut Jan dabei im Rückspiegel an.

Jan ist erstaunt. »Woher können Sie so gut Deutsch?« Der Taxifahrer dreht sich um. »Ich war in München. Hab auf dem Bau gearbeitet«, sagt er. »Ich hab mir damit mein Taxi verdient.«

Dirk holt sein Walkie-Talkie aus der Tasche und steigt aus, Jan bleibt im Taxi sitzen. Während Dirk auf den Hauseingang der Villa zusteuert, öffnet Jan seinen Koffer und holt ein Richtmikrophon und einen Rekorder heraus. Er koppelt das Mikro an den Rekorder und richtet es auf das Haus.

Eine leichtbekleidete Dame öffnet, nachdem Dirk geläutet hat. Jan sieht, wie er ihr flüchtig seinen Segelclubausweis zeigt, sie zur Seite schiebt und in den Hausflur tritt. Er weiß, daß Dirk in diesem Augenblick behauptet, er komme von der Umweltschutzpolizei. Er setzt die Kopfhörer auf und schaltet den Rekorder auf Aufnahme. Er wird alles mitverfolgen können, was in der Villa geschieht.

Dirk dringt mit großen Schritten bis zur Treppe vor. Die Dame läuft ihm nach. Sie ist zu verblüfft, um etwas sagen zu können. Oben, an der Brüstung, erscheint ein Mann in den Vierzigern, eine schwere goldene Kette um den Hals und eine teure Rolex am linken Handgelenk. Er raucht ein Zigarillo und bläst den Qualm über die Brüstung.

»Polizei? Was wollen Sie?« fragt er.

Dirk bleibt am Treppenabsatz stehen. »Verzeihen Sie die Störung, Herr Lukaczeviz«, sagt er, »das hier hat nichts mit Ihnen direkt zu tun. Es geht lediglich um eine Ermittlung, die wir gegen ein Hamburger Unternehmen führen... Die *Chemcomp* gehört Ihnen, richtig?«

»Was wollen Sie?« fragt Lukaczeviz noch einmal. Diesmal klingt es drohender.

»Entschuldigung, ich hab mich noch gar nicht vorgestellt«, spielt Dirk seinen Part elegant, »Decker, Umweltschutzpolizei.« Er hält ihm den Ausweis entgegen. Sein Blick fällt auf ein Luxustelefon auf einem Tischchen am Treppenrand. »Toll, Ihr Telefon. Kommt aus Deutschland, stimmt's? Darf ich mal kurz telefonieren? Ich sag nur Bescheid, daß ich Sie gefunden habe.« Er nimmt den Hörer ab und drückt auf die Wiederholungstaste. Mit wem mag er wohl zuletzt telefoniert haben, unmittelbar nach Jans Anruf? Tatsächlich – eine Hamburger Nummer erscheint im Display. Es ist die Nummer des de Friesschen Kontors, Helge Lührs' Nummer.

»Ach«, meint Dirk grinsend, »Sie haben Herrn Lührs schon angerufen? Oder war es Herr Voss? Na, egal – er hat sicher schon alles mit Ihnen besprochen?«

Lukaczeviz steigt langsam die Treppe herunter. Er hat seine Augen zusammengekniffen. »Ich habe keine Ahnung, wovon Sie reden«, sagt er scharf, während er an seinem Zigarillo zieht. »Und jetzt machen Sie, daß Sie weiterkommen!«

Er geht auf Dirk zu, bläst ihm den blauen Dunst seines Zigarillos ins Gesicht und reißt ihn am Arm. Aber Dirk läßt sich nicht vom Fleck bewegen. Er steht da wie ein Fels. »Tätlichkeiten gegen einen Ermittlungsbeamten? Nicht doch, Herr Lukaczeviz!« warnt er ihn überfreundlich. »Ich habe doch nur ein paar Fragen, die gar nicht Sie betreffen, sondern die *Öko-*

trans in Hamburg. Für die entsorgen Sie ja Altöl, für ein Spottgeld, nicht wahr?«

»Welche *Ökotrans*?« brummt Lukaczeviz.

Dirk entwindet sich seinem Griff, öffnet den Flugkoffer und sucht ein paar Papiere heraus. »Diese Übernahmebestätigungen«, meint er, »die Sie für die *Ökotrans* ausgestellt haben, tragen Ihre Unterschrift. Und die Frachtpapiere sind auch immer von demselben Lademeister unterschrieben worden.« Er reicht ihm die Papiere. »Ich kann die Schrift zwar nicht lesen, aber ich bin sicher, daß Sie mir weiterhelfen können. Sie müssen den Mann ja kennen.«

»Ja, das kann ich!« sagt Lukaczeviz. Blitzschnell packt er Dirks rechte Hand, in der er die Papiere hält, und versucht, ihn über die Schulter zu werfen. Aber Dirk ist wie am Fußboden angeklebt. Er legt dem Polen den rechten Arm um den Hals und drückt zu. Lukaczeviz röchelt.

»Sie müssen sagen, wenn's weh tut«, fordert Dirk ihn auf. Und während die Dame wie vom Donner gerührt an der Treppe steht und verzweifelt an ihrem Negligé nestelt, schnürt Dirk Lukaczeviz' Hände mit Plastikfesseln zusammen. »Draußen wartet mein Kollege Jerry Cotton«, witzelt Dirk und schiebt den gewichtigen Mann vor sich her bis zum Ausgang.

»Wohin bringen Sie mich?« will Lukaczeviz wissen, als Dirk ihn unsanft in den Fond des Taxis befördert.

»Zu Ihrer Aufbereitungsanlage«, erklärt Jan ihm knapp.

»Ich habe keine Ahnung, wovon Sie sprechen«, behauptet der Pole. Jan gibt dem Taxifahrer ein Zeichen. »Zur Hafenkommandantur.« Der Taxifahrer gibt Gas.

Am Hafen warten Dirk und der Taxichauffeur – Lukaczeviz sitzt im Wagen – auf Jan, der in der Kommandantur verschwunden ist. Als er zurückkehrt, hat er handfeste Beweise.

»Tja, Herr Lukaczeviz, dumm gelaufen«, japst er, noch ganz außer Atem. »Seit Sie den Vertrag mit der *Ökotrans* haben, nämlich seit fast sieben Jahren, ist kein einziges Schiff von denen in den Hafen von Danzig eingelaufen. Und einen Lademeister mit der bewußten Unterschrift gibt es auch nicht.«

»Und was kann ich dafür?« versucht Lukaczeviz sich reinzuwaschen. Aber Jan antwortet ihm nicht. Er geht auf den Taxifahrer zu. »Was hat Sie der Wagen gekostet?« Der Taxifahrer schaut ihn überrascht an. »Sie meinen mein Taxi?«

»Sind zehntausend in Ordnung?« Jan holt zehn große Scheine aus seinem Koffer.

»Der hat vor zwei Jahren acht gekostet…«, stammelt der Fahrer, der nicht weiß, wie ihm geschieht und warum. Jan zählt dem Taxifahrer Schein für Schein in die geöffnete Hand.

»Oldtimer kosten heutzutage«, sagt er. »Den Papierkram macht mein Büro in den nächsten Tagen. Aber seien Sie so freundlich und nehmen das Taxischild ab, ja?«

Zitternd vor Freude verabschiedet sich der Taxichauffeur von Jan und Dirk. Jan setzt sich hinters Steuer, startet und braust los. Der Taxifahrer winkt ihnen nach, das Leuchtschild in der Hand, auch als sie schon längst nicht mehr zu sehen sind.

Kurz vor der polnisch-deutschen Grenze muß Lukaczeviz noch einmal umsteigen: von den bequemen Rücksitzen des Wagens in den Kofferraum. Schließlich soll der Zoll nichts merken. Er sieht nicht gerade begeistert aus, als Dirk ihn bittet, es sich zwischen Decken und Werkzeug »bequem« zu machen.

Auf der langen Fahrt durch die einsamen Landstriche der Uckermark sprechen sie nur wenig. »Hättest du das jemals von deinem Alten gedacht, Jan?« bricht Dirk schließlich das Schweigen. Mit dieser Frage trifft er genau den wunden Punkt seines Freundes, wenn der es auch noch nicht zugeben mag.

»Wie kommst du darauf, daß mein Alter…? Ich meine, du siehst doch, wie Lührs und Voss…«

Er bricht ab und schweigt. Kann er beweisen, daß sein Vater mit dem Umweltskandal, den sie hier aufdecken, nichts zu tun hatte? Nein, beweisen kann er es nicht, aber er glaubt es zu wissen. Er hat seinen Vater immer geschätzt, verehrt, große Stücke auf ihn gehalten. Ja, er war Vorbild für ihn, den einzigen Sohn. Sicher, er war ihm oft fern, fremd. Kein Wunder, ein Geschäftsmann seines Formats ist nun einmal zuerst mit dem Beruf verheiratet – Frau und Kinder kommen an zweiter Stelle. Aber Vater war ein Geschäftsmann, der edle Prinzipien zu verfolgen schien. Oder etwa nicht?

»Irgendwie freut's mich sogar«, sagt Dirk mit einem unverhohlenen Grinsen. »Nicht nur meiner – auch dein Vater war ein Verbrecher… Bingo! Das wird Schlagzeilen geben.«

Verbrecher! Unwillkürlich zuckt Jan zusammen. Nein, das ist nicht wahr. Sein Vater war nicht kriminell. Das hatte er doch wohl gar nicht nötig – bei den Erfolgen, die er vorweisen konnte.

»Vater hätte so etwas nie gemacht – warum auch?« sagt Jan fest. Aber Dirk läßt nicht locker. »Das habe ich über meinen auch gedacht«, meint er. »Und dann: Krimineller Konkurs, und weg war er, ohne sich abzumelden.« Er boxt seinem Freund, der bleich am Steuer sitzt und sich auf die Fahrt auf den schmalen, kurvigen Landstraßen konzentriert, aufmunternd in die Seite. »Du schaffst das schon. Ich hab's ja auch geschafft, damit zu leben.«

Erst auf dem Werfthof in Hamburg darf Lukaczeviz wieder aus dem Kofferraum. Dem alten Paulsen fällt die Kinnlade herunter. Beim Aussteigen bietet Lukaczeviz Dirk und Jan, die er noch immer für Polizisten hält, Geld an. »Fünfzigtausend, für jeden von euch.«

Aber damit beeindruckt er sie nicht. Dirk bringt ihn zu einem Lattenverschlag im Keller der Reparaturwerft Paulsen und schließt ihn dort ein. In seiner Verzweiflung steigert er sein Angebot auf zweihundertfünfzigtausend.

Vergeblich.

Dirk schließt die Kellertür und kehrt in Paulsens Küche zurück, wo schon wieder ein leckerer, frisch gekochter Erbseneintopf mitten auf dem Tisch einladend vor sich hin dampft. Aber Paulsen ist mißgestimmt, als er das Besteck für alle auf der Tischplatte verteilt, denn Dirk hat seine Arbeit in der Werft einfach liegenlassen. Und der Kunde wartet nicht gerne. Paulsens Sorgenfalten auf der Stirn sind nicht zu übersehen. »Ich hol das schon nach«, sagt Dirk.

Jan hat inzwischen Esther Wilms am Apparat. »Jetzt passen Sie mal auf und machen Sie Karriere! Morgen früh geht's los!«

Paulsen schüttelt verständnislos den Kopf, als er mit einer Kelle für jeden etwas Suppe in tiefe Teller verteilt. »Was ihr da macht, ist Freiheitsberaubung.«

Mit dem Forschungsschiff des Instituts arbeiten sich Jan, Dirk, Jans Assistent Uwe Carsten und die Fernsehreporterin Esther Wilms von *Nord TV* am nächsten Morgen bei stürmischer See durch den Nationalpark Nordsee, bis Jan im Fernglas den stillgelegten Bohrturm erkennt. Wieder hat ein Schiff dort festgemacht, diesmal die *Ökotrans I,* ein Schwesterschiff der *Ökotrans II.*

Jan greift zum Handy und gibt der Polizei Bescheid, die sich schon bereit hält. Gleichzeitig ruft Esther per Funk ihr Team an, das in einem Hubschrauber bereits darauf wartet, das Schiff zu filmen, während illegal Giftmüll in das Bohrloch verklappt wird.

Und dann geht alles ganz schnell: Der Helicopter von *Nord*

TV fliegt in einem kühnen Bogen den Bohrturm an und sendet starkes Scheinwerferlicht direkt zu den Turmaufbauten. Die Kamera läuft. Esther reibt sich die Hände. Sie bekommt ihre Story. Jan dagegen beobachtet mit gemischten Gefühlen, wie hinter dem News-Helicopter ein Hubschrauber der Wasserschutzpolizei auftaucht, der ebenfalls grelles Licht auf das Kümo richtet, direkt in die Gesichter der Seeleute, die am Verklappungsschlauch gearbeitet haben und sich die Hand vor die Augen halten.

Das soll sein Vater gebilligt haben?

Lührs Maschine aus Bahia landet planmäßig auf dem Fuhlsbütteler Flughafen. Jan wartet schon auf ihn.

»Du?« Lührs ist überrascht, seinen Schwager hier zu sehen. Aber Jan – voll von angestauter Wut – hat einen Plan, bei dem, so hofft er, Lührs und seinen Männern Hören und Sehen vergehen wird. Corinnas Vernissage muß dafür herhalten, leider, aber er hat Corinnas Einverständnis. Jan hofft, daß ihre Liebe zu ihm das verschmerzen wird – denn es wird ein heißer Abend werden, soviel ist sicher.

Die Feier hat schon begonnen, seit achtzehn Uhr drängt alles, was in der Hamburger Kunstwelt Rang und Namen hat, in die Räume von Corinnas Galerie am Jungfernstieg.

»Ich wollte nur sicher sein, daß du auch zur Vernissage kommst«, sagt Jan süßlich und nimmt seinem Schwager den Gepäckwagen ab. »Da warten alle schon auf dich. Bin gespannt, was du sagst.«

In der Innenstadt angekommen, parkt Jan sein Auto so, daß sein Schwager Dirks Pick-up nicht sehen kann. Darin sitzt nämlich, neben Dirk, ein unrasierter und ziemlich derangierter, noch immer gefesselter Lukaczeviz. Aber der Pole kann Lührs sehen! Er erstarrt, als er beobachtet, wie Lührs und Jan aus dem Wagen steigen und auf den Eingang der Kunstgalerie zugehen.

»Schau mal, dein Brötchengeber«, sagt Dirk und schlägt dem Polen auf den Hinterkopf. »Du darfst dann auch gleich rein. Kannst dir ein Bild für deine Zelle aussuchen.« Er zieht sein Handy aus der Jackentasche und wählt eine Nummer. »Herrn Kommissar Reichelt bitte.«

Corinna begrüßt Lührs mit einem familiären Küßchen, als sie ihn hereinkommen sieht. »Da bist du ja endlich. Gefallen dir die Bilder?« Lührs verspricht ihr, sie sich gleich anzusehen; er möchte erst noch im Büro telefonieren. Als er sich einen Weg durch die Menschen bahnt, entdeckt er Corinnas Vater in der Menge, Georg zur Netten, den Banker, der sich gerade zu Frauke im Rollstuhl herunterbeugt. Er winkt ihm freundlich zu. »Wir sehen uns dann gleich.«

Corinna blickt Jan ernst an. »Es ist ein Wahnsinn, was du vorhast. Aber ziehe bitte nicht Vater da mit rein, ja?« In diesem Augenblick betritt Dirk den Raum. Die Gäste weichen zurück, als Dirk den schmuddeligen, gefesselten Lukaczeviz vor sich herschiebt. Corinna wird blaß. »Wen hat Dirk denn da mitgebracht?« fragt sie erstaunt. So genau hat Jan sie offensichtlich doch nicht eingeweiht.

Lührs, der im Büro mit Voss telefoniert, ahnt nicht, daß der Pole im Ausstellungsraum nebenan bereits den Bildern die Schau stiehlt. Lührs ist ziemlich aufgebracht, denn Voss teilt ihm gerade mit, daß just in diesem Augenblick auf *Nord TV* ein Fernsehbericht über die Verklappung von Altöl in der Nordsee gezeigt werde – mit Jan de Fries als Interviewpartner. Lührs sieht sich um und entdeckt ein kleines TV-Gerät im Büro. Schnell schaltet er es an. Tatsächlich, Jan wird von einer attraktiven Reporterin auf dem Forschungsschiff befragt.

»Und trotzdem haben Sie diese Wahnsinnsaktion eingeleitet?« fragt die Journalistin. »Sie wird der de-Fries-Gruppe doch sehr schaden.«

Lührs wird bleich. Er zieht einen Stuhl heran und setzt sich, während seine Augen nicht von der Mattscheibe weichen.

»Überlegungen dieser Art gibt es für mich nicht«, sagt Jan ins Mikrophon, während er direkt in die Fernsehkamera schaut. »Ich bin zuallererst Wissenschaftler und Leiter des Nationalparks Nordsee.«

Lührs hat das Gefühl, Jan sehe ihm direkt ins Gesicht. Sein Herz klopft bis zum Hals. »Bewundernswert, meine Damen und Herren«, kommentiert die Reporterin, »es gibt tatsächlich noch Männer, die Rückgrat haben.« Sie dreht sich wieder zu Jan. »Und wer ist Ihrer Meinung nach verantwortlich für diesen wohl größten Umweltskandal, den es je in Deutschland gegeben hat? Doktor Lührs, der die Geschäftsleitung innehat?«

Lührs zuckt zusammen. Die Kamera zoomt näher an Jans Gesicht. »Das müssen die Ermittlungen der Polizei ergeben«, sagt Jan. »Und die wird gleich da sein, Helge.« Jans Stimme kommt jetzt allerdings nicht mehr aus dem Fernseher, sondern von der Tür. Von Lührs unbemerkt, sind Jan und Dirk mit Lukaczeviz ins Büro gekommen.

Lührs fährt herum. Er hat noch das Handy in der Hand. »Ich melde mich wieder«, brüllt er in den Apparat und schaltet ihn aus. »Das ist Wahnsinn«, ruft er. »Welches Schwein macht so etwas?« Fassungslos blickt er auf den Polen in Handschellen, während Esther mit ihrem Team das Büro betritt und zu filmen beginnt. Von dem grellen Licht der Scheinwerfer geblendet, hält Lührs die Hände schützend vor sein Gesicht. »Schalten Sie sofort Ihre Kamera aus!« Aber Esther steht schon mit dem Mikro in der Hand vor ihm. »Esther Wilms, *Nord TV*«, stellt sie sich vor. »Ich berichte über diesen Skandal, Herr Doktor

Lührs. Haben Sie schon eine Vermutung, wer von Ihren Mitarbeitern dafür verantwortlich sein könnte?« Lührs sackt in seinem Stuhl zusammen und schüttelt nur fassungslos den Kopf. Esther bekommt keine Antwort von ihm.

Als die Polizei anrückt, haben es auch die letzten Pressefotografen, die für die Vernissage eingesetzt worden waren, begriffen: Hier bahnt sich eine Sensation an. Lührs und Lukaczeviz, die von zwei Zivilbeamten durch die neugierige Menge geführt werden, müssen ein wahres Blitzlichtgewitter über sich ergehen lassen. Lukaczeviz trägt jetzt echte Handschellen. Esthers Kameramann verfolgt sie noch bis zum Polizeibus auf die Straße. Frauke starrt fassungslos durch die Fensterscheibe der Galerie, als Dirk und Jan und zwei weitere Zivilbeamte in ein ziviles Polizeifahrzeug steigen.

Georg zur Nettens Gesichtszüge sind seltsam entgleist, als er sich hinter Frauke stellt und sich an ihrem Rollstuhl festhält. Corinna reicht ihrem Vater einen Drink. Er trinkt kurz, hastig. Er kann nicht verhindern, daß die Eiswürfel in dem länglichen Glas wie wild hin und her klappern.

Noch in derselben Nacht durchkämmen zwanzig Zivilbeamte das de Friessche Kontor. Jede Schublade wird geöffnet, jedes Regal, jeder Schrank genau durchsucht. Alles, was ihnen wichtig erscheint, packen die Polizisten in Umzugskartons, die sofort abtransportiert werden. Wie ein gehetztes Tier läuft Lührs im Büro hin und her und beobachtet, wie die Beamten seine Unterlagen kontrollieren. In einem der Räume beantwortet Jan die Fragen eines etwas dicklichen Herrn mit schütterem Haar. Es ist der Staatsanwalt, der danach zu Lührs ins Büro geht, um auch mit ihm zu sprechen. Er schickt den Zivilbeamten, der Lührs bewacht, aus dem Zimmer.

»Es sieht übel aus, Helge.«

Lührs kennt den Staatsanwalt vom gemeinsamen Jurastudium. »Ich hatte nicht die geringste Ahnung«, stammelt er.

»Und das soll ich dir glauben?«

Der Staatsanwalt blickt ihn über den Rand seiner Brille skeptisch an.

»Gib mir zwei Stunden, Holger«, bettelt Lührs seinen Exkommilitonen an, »und ich bringe dir das Schwein.« Der Staatsanwalt blickt aus dem Fenster. Kaum merklich nickt er.

Wenig später findet im Rathaus eine Pressekonferenz statt. An einem langen Tisch, auf dem Mikrophone aufgebaut sind, sitzen der Innensenator, der Staatsanwalt, Lührs und Jan, dem der Streß der letzten Tage ins Gesicht geschrieben steht. Journalisten und Reporter überschütten die Anwesenden mit Fragen. Natürlich ist auch Esther Wilms dabei. Jan und die TV-Reporterin tauschen Blicke aus, während der Innensenator gerade eine Frage beantwortet. »Inwieweit außer den Kapitänen, die sich bereits alle in Untersuchungshaft befinden, noch andere Mitarbeiter der Firma *Ökotrans* in den Fall verwickelt sind, wird die Untersuchung ergeben.«

»Aber als Hauptschuldiger steht Herr Voss fest, Herr Senator?« ruft Esther ihre Frage durch den Saal. Der Innensenator nickt. »Ja. Er ist voll geständig.«

Die Presse räumt den Saal. Lührs und der Staatsanwalt schlendern gemeinsam den langen Gang entlang, der zum Treppenhaus führt.

»Sehe ich dich am Sonntag beim Golfen?« fragt Lührs und zwinkert dem Staatsanwalt zu. Der sieht sich vorsichtig um. Als er sich unbeobachtet fühlt, meint er: »Am besten um sieben. Da sind wir allein.«

Esther hat ihr Kamerateam schon vorgeschickt; sie wartet noch auf Jan. »Vor ein paar Tagen hast du mir besser gefallen«, sagt sie fürsorglich. »Du siehst müde aus.«

Jan grinst. »Und das wundert dich?«

»Ruf mich an«, sagt sie und läßt ihre Katzenaugen funkeln. »Ich vögle nämlich immer noch gerne.« Sie winkt ihm zu und beeilt sich, aus dem Haus zu kommen. Draußen wartet das Team schon auf sie im Übertragungswagen.

Voss ist geständig, Lührs aus dem Schneider. Die de-Fries-Gruppe ist durch die Presse gegangen – mit einem handfesten Skandal, nicht mit Lob und Ehre. Was hat Jan der Familie angetan! Hätte nicht alles erst einmal intern geklärt werden können? Mußte alles an die große Glocke gehängt werden?

Es ist schon spät, aber im Speisezimmer ist die ganze Familie versammelt. Lotte, die müde aussieht, serviert Getränke und Knabberzeug. Sie blickt unsicher von einem zum anderen, streicht ihre weiße Schürze glatt, serviert lieber schweigend, als ein falsches Wort zu sagen. Frauke ist außer sich. Sie ist der Meinung, Jan hätte die Familie nicht so ungeschützt der Öffentlichkeit preisgeben dürfen. Lührs beeilt sich, Jan in Schutz zu nehmen. »Ich hätte genauso wie dein Bruder gehandelt«, behauptet er. »Die Schuldigen sind ja Gott sei Dank gefunden.«

Nana, die sich neben den Rollstuhl ihrer Mutter gesetzt hat, weint still vor sich hin.

»Du hast wohl nicht begriffen, um was es hier geht, Frauke«, sagt Jan, der seinen Arm um Corinna gelegt hat.

»Das habe ich sehr wohl«, verteidigt sich seine Schwester, »und ich finde es entsetzlich. Aber du hast ein ungeschriebenes Gesetz gebrochen, das unserem Vater heilig war.«

»Und ich finde, zu Recht«, wirft ihr Mann ein. »Ich bin stolz auf Jan.«

Jetzt kann Nana nicht mehr an sich halten. »Weißt du, wie sie mich in der Schule nennen?« wirft sie Jan vor. »Nordseemörderin! Und kein Mensch spricht mehr mit mir.«

»Da wächst Gras drüber«, versucht ihr Vater sie zu trösten. Nana schüttelt nur ungläubig den Kopf.

»Über die Nordsee wächst kein Gras«, verteidigt Nico ihren Onkel. »Und du weißt, daß dem Prof das weh tut!«

»Deshalb habe ich an den Nationalpark auch eine kräftige Summe überwiesen«, verkündet Lührs; Corinna nimmt Jans Hand und drückt sie fest.

»Mit der Hundertjahrfeier der Firma werden wir gleichzeitig auch ein neues Kapitel aufschlagen«, prophezeit Lührs optimistisch.

Es ist ein strahlender Frühsommertag. Das Werftgelände ist über und über beflaggt; eine Bigband sorgt im Trockendock für Stimmung.

Etwas weiter weg, auf der Reparaturwerft Paulsen, bringt ein quietschlebendiger Kevin seinem Vater Kaffee ans Bett und ruft: »Papa, wir gehen heute zu Jans Feier, oder?« Aber Dirk schüttelt nur den Kopf.

»Warum denn nicht, Papi?«

»Weil die Werft, auf der das Fest stattfindet, einmal deinem Opa gehört hat.« Enttäuscht setzt der Junge sich auf den Fußboden. Während Dirk seinen Kaffee schlürft, grübelt Kevin. »Dann machen wir heute was mit Vera«, schlägt er vor. Dirk verschluckt sich fast. »Nein, Kevin.«

»Und warum nicht?« bohrt sein Sohn nach.

»Weil sie sich melden würde, wenn sie uns sehen wollte.« Dirk klingt fast trotzig.

»Wie denn, wenn dein Telefon nicht geht?« Kevin weiß, daß sein Vater die Rechnung immer noch nicht bezahlt hat.

Dirk leert die Tasse. »Ich zahl's am Montag. Ganz bestimmt.«

Er fühlt sich heute mulmig. Drüben begehen sie das hundertste Jubiläum der Werft, die sein Vater aufgebaut hat. Zugegeben, zu so hohen Ehren wie die de-Fries-Gruppe hat er sie nicht bringen können. Aber daß das Engagement in einer Katastrophe enden würde, das hätte sich sein Vater sicher nicht träumen lassen. Und heute? Die makellose Weste der Firma de Fries hat plötzlich Schmutzflecken bekommen. Jans Vater – Gott habe ihn selig – muß Mitwisser der jahrelangen illegalen Giftmüllentsorgung gewesen sein, auch wenn Jan es nicht wahrhaben will. Mit dem Fest scheint man allerdings Ungebrochenheit demonstrieren zu wollen. Als sei nichts gewesen.

Dirk hat recht: In bester Gastgeberlaune tänzelt Lührs im Trockendock der de-Fries-Werft von Tisch zu Tisch. »Auf der Reeperbahn, nachts um halb eins!« spielt die Bigband, und die Gäste schunkeln. An einem der Tische sitzt die Umweltsenatorin, ein paar Tische hinter ihr der Staatsanwalt. Lührs geht galant von einem Gast zum anderen und begrüßt jeden mit den passenden Worten. »Frau Senatorin, alles in Ordnung?« ruft er der blonden Senatorin zu. »In bester, mein Bester!« ruft die ein wenig lallend zurück und winkt ihn zu sich. »Wenn Sie im Laufe des Abends eine Minute Zeit für mich hätten«, raunt sie ihm zu, als er näherkommt. »Sie haben doch auf Ihren Schwager einen guten Einfluß, und … Ich nehme an, Sie wissen, was er vorhat?« Sie blickt ihn mit ein wenig glasigen Augen bittend an.

»Das weiß man bei ihm nie so genau«, antwortet Lührs, »aber ich habe gleich Zeit, und dann werden Sie's mir erzählen.« Sie nickt zufrieden und wirft ihm eine angedeutete Kußhand zu, während Lührs auf den Staatsanwalt zugeht und ihm freudig die Hand entgegenstreckt. »Schön, daß Sie kommen konnten, Herr Staatsanwalt.«

»Herr Doktor Lührs!« ruft der formvollendet, aber ein wenig zu laut, »ich habe Sie seit Ewigkeiten nicht mehr auf dem

Golfplatz gesehen!« Er reicht ihm ebenfalls die Hand. Der Staatsanwalt hat sich erhoben, und die beiden Männer gehen ein paar Schritte miteinander. Als er sich unbeobachtet glaubt, greift Lührs in die Innentasche seiner Anzugjacke und holt einen dicken Briefumschlag heraus. »Tut mir leid... es hat etwas länger gedauert«, sagt er leise, »aber ich habe die Papiere, die Sie dringend brauchen, erst gestern gefunden.« Süffisant lächelnd nimmt der Staatsanwalt den Briefumschlag entgegen.

Sie bemerken nicht, daß Jan sie dabei beobachtet.

In diesem Augenblick erscheint Silke in einem atemberaubenden Hosenanzug. Sie steuert direkt auf Lührs zu.

»Da bist du ja, meine Schwägerin«, sagt er und will sie zärtlich an sich ziehen und küssen. Aber Silke hält nur ihre Wange hin. Lührs begreift sofort. Frauke, seine Ehefrau, schaut den beiden zu, denn Silke hat auch sie gerade eben begrüßt.

»Ich habe mich auf den dritten Platz im Gesamtklassement hochgearbeitet«, sagt sie voller Stolz.

»Gratuliere!« Lührs nickt anerkennend und tastet mit den Augen Silkes stromlinienförmigen Körper ab. Aber dann muß er sich losreißen – schließlich ist er es, der die Gäste gleich im Namen der Firma zu begrüßen hat. Während Lührs auf das Podium zugeht, auf dem die Bigband gerade bei der letzten Strophe eines Shanties angekommen ist, stellt Silke sich wieder zu ihrer Schwester, um mit ihr zu plaudern. Das Orchester verstummt. Applaus. Lührs steht am Mikrophon, lächelt, räuspert sich, rückt seine Brille zurecht.

»Meine Damen und Herren, nicht mir sollten Sie applaudieren, sondern meinem von uns allen geliebten Schwiegervater. Ich bin kein Mann großer Worte. Aber ihm wie mir war und ist klar, daß wir ohne Sie, liebe Mitarbeiter, heute nicht dort wären, wo wir sind. Dafür möchte ich Ihnen in meinem und in seinem Namen danken. Und glauben Sie mir, es ist mir nicht nur eine Freude, sondern auch eine Ehre, mit Ihnen allen zusammenarbeiten zu dürfen. Dafür möchte ich mich auch im Namen meiner Frau und meiner Kinder bedanken.«

Applaus. Lührs blickt geschmeichelt vom Podium herab auf die Geladenen in eleganter Robe, die vor der Bühne stehen und zu ihm hinaufschauen. Er kennt sie alle, Mitarbeiter, Politiker, Leute aus der Wirtschaft. »Nur eines noch«, sagt er, »und dann bin ich auch schon fertig. Ich möchte Sie an diesem großen Tag unseres Unternehmens – trotz allem, was in den letzten Wochen hier passiert ist – bitten, mir Ihr Vertrauen...«

Lührs stockt plötzlich. Ein Mann geht durch das Publikum, schlängelt sich an Paaren, an einzeln und in kleinen Grüppchen stehenden Festgästen vorbei, den Blick fest auf die Bühne gerichtet, auf ihn, Lührs, der am Mikrophon steht und dessen Stimme weit über das riesige Trockendock hinausschallt.

Lührs kennt diesen Mann, zu gut kennt er ihn. Doch dieser Mann ist der letzte, den er an diesem Tag erwartet hätte – den er überhaupt erwartet hätte. Lührs reißt sich zusammen und spricht weiter: »...mir Ihr Vertrauen zu schenken und keine Angst davor zu haben, mit Ihren Problemen zu mir zu kommen. Denn glauben Sie mir, in Zeiten wie diesen gibt es nichts, was wir nicht gemeinsam lösen könnten...«

Lührs möchte sich noch abschließend bedanken, aber die Worte bleiben ihm im Hals stecken.

Der Mann, der jetzt die drei Stufen zur Bühne hinaufsteigt, direkt auf ihn, Lührs, zu, ist Hajo Hansen, vormals Besitzer der Hansen-Werft, des Unternehmens, das vor zehn Jahren von der de-Fries-Gruppe übernommen wurde.

Es ist der totgesagte Hansen, der gemessenen Schrittes die Bühne überquert und auf das Mikrophon zusteuert.

»So, wie Sie meine Probleme vor zehn Jahren gelöst haben, Herr Doktor Lührs. Als diese Werft noch mir gehörte.« Die

Stimme des alten Mannes klingt ungebrochen. »Viele von Ihnen kennen mich noch, aber ich glaube, daß auch die anderen ein Recht darauf haben, zu erfahren, was für ein Mensch Sie in Wirklichkeit sind und was Jens de Fries für ein Mann war. Sie haben, gemeinsam mit ihm, nicht nur mich, den Staat und die Treuhand betrogen, sondern auch mehr als tausend Menschen um ihre Arbeitsplätze gebracht.«

Im Trockendock ist es still geworden. Die Gäste starren wie hypnotisiert nach vorn, lauschen den Worten des alten Herrn, der im hellen Leinenanzug und spanischem Strohhut vor ihnen steht und mit fester, ernster und unverfälschter Stimme zu ihnen spricht. Lührs hat inzwischen dem Werkschutz einen Wink gegeben. Zwei bullige Männer in Uniform springen auf die Bühne.

»Aber eines verspreche ich Ihnen an diesem historischen Tag, wie Sie ihn vorher nannten, Herr Dr. Lührs. Ich werde alles daransetzen, Sie hinter Schloß und Riegel zu bringen...«

Rücksichtslos haken die Männer vom Werkschutz Hajo Hansen links und rechts unter und führen ihn unsanft von der Bühne.

»...und diese Werft zu meiner zu machen!« ruft Hajo Hansen noch ins Publikum.

Einige lachen, andere schauen betreten, wieder andere zeigen sich erstaunt, wie der alte Herr aus dem Saal transportiert wird. Esther hat blitzschnell ihre Leute angewiesen zu drehen. Lührs tritt wieder näher ans Mikrophon. Er tut, als sei nichts geschehen. Sein Herz klopft jedoch bis zum Hals. War der Kerl nicht tot? Ertrunken? Schließlich hat man damals seine umhertreibende Jolle in der Nordsee gefunden.

»Und nach dem nächsten Tanz dürfen wir uns alle auf die Tombola freuen!« ruft er mit aufgesetzter Munterkeit ins Publikum. Die Bigband spielt einen Tusch. Frauke sitzt wie versteinert da. Silke ist sprachlos. Jan, der mit Gloria, die sich ein wenig verspätet hatte, weiter hinten im Gewühl Platz gefunden hat, jeder ein Glas Champagner in der Hand, verschlägt es die Sprache.

»Wer war das?« fragt Gloria ihn beunruhigt.

»Das …«, sagt Jan, und er kann dabei die Augen nicht vom Ausgang abwenden, durch den man den alten Hansen soeben geführt hat, »… das war Dirks Vater. Hajo Hansen.«

Eine Legende kehrt zurück

Jan ist wie betäubt hinterhergelaufen. Ist Hajo Hansen von den Toten auferstanden?

Und vor allem: Weiß Dirk schon, daß sein Vater lebt?

Die beiden Männer vom Werkschutz haben mit Hansen das Werfttor erreicht. Jan beschleunigt seinen Schritt. Petersen kommt aus dem Pförtnerhaus, direkt am Tor. Er zieht ein Bein etwas nach, eine Kriegsverletzung. Er gestikuliert wild. »Seid ihr noch ganz dicht?« herrscht er die Männer an, die Hansen fest am Oberarm gepackt haben wie einen Verbrecher.

»Hast du den Penner hier reingelassen?« motzt ihn einer der jungen Uniformierten an. Petersen schnappt nach Luft. »Das ist unser Chef, ihr Grünschnäbel.«

Vor dem Werfttor stoßen die Männer Hajo von sich, so daß er auf die Straße taumelt. »Du gehörst in die Klapse, Alter«, ruft einer der beiden ihm hinterher. Der andere ist stutzig geworden nach dem, was Petersen gesagt hat. Unschlüssig und ein wenig verlegen schaut er von einem zum anderen und zupft seinen Kollegen am Ärmel. »Komm!« Sie entfernen sich in Richtung Trockendock.

Petersen stürzt auf Hajo Hansen zu. »Alles in Ordnung?«

»Nein«, seufzt Hansen und wischt mit der Hand den Straßenschmutz von der Hose, »aber ich werde es in Ordnung bringen, Petersen.« Er sieht sich um und winkt einem Taxi, das in einigen Metern Entfernung geparkt ist.

Inzwischen ist Jan herangekommen. »Hans Joachim!« brüllt er, als er sieht, daß Hansen gerade in den Wagen steigen will. »Hans Joachim!«

Hansen dreht sich langsam um. Atemlos bleibt Jan bei ihm stehen. »Soll ich dich nach Hause bringen?« Er zögert und fügt nach kurzem Überlegen hinzu: »Ich meine... wo immer das auch ist.«

»Ich habe kein Zuhause, Jan«, sagt Hansen. Er will ins Auto steigen. Jan sucht nach Worten. Er darf ihn jetzt nicht aus den Augen verlieren. Nicht nach alldem, was in den letzten Tagen geschehen ist.

»Wenn das stimmt, was du meinem Schwager vorwirfst, Hajo, dann kannst du mit mir rechnen.«

»Nicht nur deinem Schwager werfe ich etwas vor«, erwidert Hansen. »Auch deinem Vater.«

Jan schluckt. Petersen ist am Pförtnerhaus mit offenem Mund stehen geblieben. Er spitzt seine Ohren, um mehr zu erfahren, schaut aber betreten zu Boden, als Jan sich nach ihm umsieht. Jetzt kommt auch Esther mit ihrem Kamerateam angerauscht. Blitzschnell hält sie Hansen ihr Mikrophon unter die Nase. »Entschuldigen Sie, Herr Hansen, Esther Wilms, *Nord TV*...«

Aber Jan geht dazwischen. »Nicht jetzt, Esther, bitte...«

Hansen steigt in das Taxi, ohne von den anderen weiter Notiz zu nehmen. Er wirft die Wagentür zu, und der cremefarbene Mercedes fährt los.

»Ein schönes Firmenjubiläum«, kommentiert Esther spöttisch. Jan nickt nur und sieht sich suchend nach einem zweiten Taxi um.

Er muß Hansen hinterherfahren.

Daß Hansen zur Reparaturwerft Paulsen fahren würde, ist Jan klar. Er hält sich in gebührendem Abstand. Falls Vater und Sohn sich jetzt zum ersten Mal wiedersehen, überlegt er, brauchen sie zumindest eine Schrecksekunde für sich allein. Aber mehr Zeit will Jan den beiden nicht gönnen. Es steht so viel auf dem Spiel.

Dirk ist gerade dabei, gemeinsam mit dem alten Paulsen das Unterwasserschiff einer Barkasse zu schleifen. Als das Taxi am Werfteingang hält, schenkt er dem Mann, der da aussteigt, keine Beachtung. Aber Paulsen erkennt Hajo Hansen auf den ersten Blick.

»Nee…«, sagt er fassungslos und schaltet seine Schleifmaschine aus. »Ich hab 'ne Erscheinung…«

»Was ist denn?« fragt Dirk, der Paulsens Blick folgt, aber von der untergehenden Sonne geblendet wird. Sicherheitshalber schaltet er auch seine Maschine aus.

Und dann sieht er ihn.

Seinen Vater.

Nicht mehr graumeliert wie einst, nein, weiß geworden ist er in all den Jahren. Erst langsam, dann immer schneller geht Dirk auf seinen Vater zu, vorbei an Maschinen, Teilen von Booten, Werkzeug.

»Vater…?«

Er geht auf Hajo Hansen zu und umschlingt ihn mit seinen ölverschmierten Armen. Dirk fühlt sich in diesem Augenblick wie ein kleiner Junge.

»Ich hab's gewußt. Ich hab gewußt, daß du noch lebst«, stammelt er, während ihm die Tränen über das Gesicht laufen. Lange halten sie einander fest. Auch Paulsens Augen füllen sich mit Tränen, als Hajo ihm schließlich die Hand reicht.

Jan geht langsam zum Eingang der Reparaturwerft. Niemand hat ihn kommen hören.

»Ich glaub's nicht, Alter!« ruft Dirk ihm unter Lachen und Weinen zu, »schau mal, wer da ist! Der Chef!«

Sie sitzen bis spät in die Nacht in Dirks Loft und reden und reden. Hajo Hansen erzählt die Geschichte – die wahre Geschichte – seines Verschwindens vor genau zehn Jahren. Seine Augen leuchten, als er sich an die Zeit erinnert, da die Hansen-Werft noch ihm gehörte. Als er noch unabhängig war.

Die Abhängigkeit kam mit der politischen Wende – ironischerweise, sagt er. Die Bundesregierung schrieb Subventionen aus für den Aufbau von Werftanlagen im ehemaligen Osten. »Natürlich wollte ich auch mit dabeisein.« Gelder für eine Werft in Rostock flossen. Hajo Hansen tat sich mit der de-Fries-Gruppe zusammen. »Aber dann ging es abwärts, die Gelder reichten nicht, ich war einziger Geschäftsführer, und die Sache wuchs mir über den Kopf. Die Schulden vermehrten sich wie die Fliegen, ich mußte Konkurs anmelden. Aber der war zu dem Zeitpunkt schon kriminell.«

Hajo zündet sich ein Zigarillo an. »Ich sollte verhaftet werden«, sagt er. »Lührs und dein Vater, Jan, haben dann meine Flucht organisiert. Sie hatten das alles perfekt durchgeplant. Zeit zum Nachdenken hatte ich nicht. Ich war auch sehr durcheinander und geschockt über die Ausweglosigkeit der Lage.«

Jan ist bleich geworden. »Du sagst also, daß mein Vater deine Flucht geplant hat...«

Hansen nickt. »Ich war ihm sogar noch dankbar. Er gab mir ja eine Menge Bargeld. Wovon hätte ich in meiner Situation leben können?«

»Und das Boot... du bist doch mit der Yacht gekentert...«, fragt Jan. Hansen lächelt traurig. »Alles Theater. In der Nacht bin ich auf einen Frachter übergestiegen. Der hat mich nach Brasilien gebracht.«

»Und das… das war alles so organisiert?« Jan will die schreckliche Wahrheit nicht in seinen Kopf hineinbekommen.

»…von deinem Alten und Lührs, du hast es gehört!« sagt Dirk. »Sie wollten im Grunde an die Subventionen ran – wahrscheinlich hat die Rostocker Werft von den Geldern keinen Pfennig gesehen.«

»Ich vermute, das Geld wurde ganz woanders hingeschoben«, sagt Hajo bitter. »Aber davon hatte ich natürlich keine Ahnung.«

Jan zuckt zusammen. Hört er eben einen leichten Triumph im Tonfall seines Freundes? Und falls ja, kann man es ihm verdenken? Wendet sich auf einmal das Blatt? Ist möglicherweise Dirks Vater jetzt das Opfer und Jans Vater der Täter? Mit welchem Trugbild ihrer Väter haben sie zehn Jahre lang gelebt?

Dirk erhebt sich. Unruhig geht er im Raum hin und her. »Und seitdem gehört uns unsere eigene Werft nicht mehr. Aus der Hansen-Werft wurde die de-Fries-Werft.« Hajo nickt. »Ja, so war das damals.«

»Warum hast du dich nie gemeldet?« fragt Dirk seinen Vater. »Warum hast du mir nie ein Zeichen gegeben?«

»Das habe ich doch!« empört sich Hajo. Dirk bleibt stehen. »Ich habe nichts bekommen. Keinen Brief, kein Telegramm, kein Fax – nichts.«

»Ich habe dir zig Mal über die de-Fries-Schiffe Nachrichten zukommen lassen.«

Verstört blickt Jan in die Glut des Aschenbechers auf dem kleinen Couchtisch. »Und die Leute auf den de Friesschen Schiffen haben die Nachrichten nicht weitergeleitet?« fragt er tonlos.

»Nein.«

Jan sinkt in sich zusammen.

»Ich habe gedacht, du willst nichts mehr von mir wissen,

Dirk.« Hansen schluckt. »Irgendwann habe ich es dann sein lassen.«

»Diese Schweine.«

Dirk tritt gegen einen Stuhl. Jan zuckt zusammen, als habe er ihn getreten.

»Und wie lange bin ich schon tot?« fragt Hansen seinen Sohn.

»Sieben Jahre.«

»Und ich hab noch zu dir gesagt, meen Jung, mach das nicht«, mischt sich der alte Paulsen ein. »Laß den Mann nicht für tot erklären, er lebt, das weiß ich...« Er kratzt sich am Kopf und seufzt, als mache er sich heute noch Vorwürfe, daß er Dirk nicht an der Entscheidung gehindert hat.

»Ich mußte es einfach tun. Die Unsicherheit hat mich fertiggemacht. Begreifst du das nicht?«

Hansen wiegt den Kopf. Er versucht, seinen Sohn zu verstehen. »Schon wegen Kevin, weißt du. Er hat immer und immer nach dir gefragt. Nach seinem Opa.«

Sie schweigen. Wieder huscht ein Lächeln über Hajo Hansens Gesicht. »Ich freue mich schon auf meinen Enkel«, sagt er leise, zieht an seinem Zigarillo und inhaliert tief. Seine Hände zittern leicht. Dirk geht im Raum hin und her wie ein Tiger im Käfig. Er hat die Hände zu Fäusten geballt.

»Und du bist sicher, daß mein Vater...«, versucht Jan es noch einmal. »Ich meine, daß er mit Lührs gemeinsam und nicht Lührs allein...«

»Ich verstehe, was du durchmachst, Jan«, sagt Hansen warm, »aber was ich euch erzählt habe, ist die reine Wahrheit.«

Jan schüttelt immer wieder den Kopf, als wollte er all das, was er gerade eben gehört hat, abschütteln.

»Und wegen der Wahrheit bin ich nach Hause gekommen. Der Fall ist nach zehn Jahren verjährt, ich kann mich in diesem

Land wieder frei bewegen. Aber ich habe vor, die Schuldigen zur Rechenschaft zu ziehen, Jan, das wirst du mir nicht verdenken können. Allen voran deinen Vater.«

Hansen drückt sein Zigarillo im Aschenbecher aus.

»Das… das wird nicht gehen, Hajo«, sagt Jan langsam und vorsichtig, während Dirk und er Blicke wechseln. Der alte Paulsen räuspert sich und sieht zu Boden.

»Und warum nicht?«

»Mein Vater ist vor drei Wochen gestorben.«

Hajo Hansen kann es nicht fassen. Jens de Fries – tot? Die letzten Jahre in Brasilien hat er sich von der Vorstellung, sich eines Tages zu rächen, regelrecht ernährt. Vielleicht hätte er sonst nicht überlebt. Denn die Sehnsucht hätte ihn manchmal fast zerfressen. Die Sehnsucht – nach seinem Sohn; nach Else, seiner Geliebten, die ihm nach dem viel zu frühen Tod von Dirks Mutter endlich wieder Geborgenheit gegeben hatte. Nach seiner Stadt, seiner Werft. Niemand kannte die Wahrheit – außer den Schuldigen. Von keinem hat er sich verabschieden können. Grausame zehn Jahre. Einzelhaft. Natürlich hat er Menschen gefunden, die ihn mochten, da drüben in Brasilien, freundliche Menschen. Aber keinem wagte er seinen wirklichen Namen zu verraten. Er lebte immer auf dem Sprung, immer gefangen in der Angst, plötzlich doch noch entdeckt zu werden.

Nein, diese zehn Jahre waren verlorene Jahre.

Und jetzt soll er sich an dem Hauptschuldigen nicht rächen können?

Hansen muß das Grab sehen. Er fühlt, daß er erst begreifen kann, wenn er die letzte Ruhestätte von Jens de Fries mit eigenen Augen gesehen hat.

Jan bringt ihn zum Familiengrab. Der Name ist ganz frisch

in den geschliffenen Granitstein eingraviert. Die Goldbuchstaben schimmern in der Mittagssonne. Jens de Fries. Geboren am 11. März 1926 – gestorben am 21. April 1999.

»Stirbt mir vor der Nase weg«, murmelt Hajo Hansen, als er das Grab betrachtet.

»Ich habe bis zuletzt an meinen Vater geglaubt«, sagt Jan erschüttert.

»Es tut mir sehr leid für dich, mein Junge.«

»Was wirst du jetzt tun?« fragt Jan, als sie sich auf dem breiten Kiesweg dem Friedhofsausgang nähern.

»Kämpfen«, sagt Hajo. »Deswegen bin ich hier.«

»Ich helfe dir.«

Hajo bleibt stehen. »Bist du dir da ganz sicher?« fragt er und blickt Jan skeptisch an. Jan sieht ihm fest in die müden, rot unterlaufenen Augen.

»Ganz sicher.«

Noch am selben Abend bittet Jan seinen Schwager ins Herrenzimmer. Er wolle mit ihm die Ereignisse am Rande der Hundertjahrfeier besprechen. Für Lührs steht fest: »Ich wüßte ganz bestimmt Bescheid, wenn die Anschuldigungen von Hajo Hansen berechtigt wären, Jan. Auch wenn ich damals noch nicht in der Geschäftsleitung war.« Er lehnt sich entspannt im Sessel zurück. »Aber wem sage ich das? Du kanntest schließlich deinen Vater besser als ich.«

Jan trommelt mit den Fingern auf die Schreibunterlage. »Da bin ich mir seit heute morgen nicht mehr so ganz sicher.«

»Weißt du, was du damit sagst?« empört sich Lührs. Er schnappt nach Luft. Als er sich wieder beruhigt hat, fährt er etwas leiser fort: »Alles, was damals lief, war legal. Bis auf den Konkurs. Aber den hat Hansen gemacht. Wenn dein Vater gewußt hätte, wie es damals um ihn stand, hätte er ihm doch geholfen. Die zwei waren Freunde.«

Jan schüttelt den Kopf, als wolle er alle Zweifel an seinem Vater von sich abschütteln. Er fühlt sich verwirrt, fast schwindelig ist ihm. Er möchte Lührs so gerne glauben. Aber ein untrügliches Gefühl sagt ihm deutlich, daß Lührs lügt. Und daß er schon immer ein Lügner gewesen ist.

Eine Stunde später ist Jan bei Corinna. Sie wird blaß, als Jan ihr von den Ereignissen des Tages berichtet.

»Paps auch?« Nervös fährt sie sich mit der Hand immer wieder durch ihr strubbeliges Haar. »Jan, das wäre nicht auszudenken…«

»Hajo sagt, es sei ein abgekartetes Spiel gewesen, Corinna. Dein Vater hat damals mit meinem Vater Kontakt aufgenommen. Er hat ihm einen Kredit in Millionenhöhe für die Werft in Rostock versprochen,wenn er mit seiner Werft gegenüber den Behörden bürgt. Natürlich damit die Fördermittel fließen konnten – der alte Hansen war ja bis dahin ein angesehener Unternehmer. Er hat Bundesmittel von über fünfzig Millionen bekommen und von der Treuhand achtzig. Und mein Vater hat ihm Aufträge für Containerschiffe gegeben. Als dann die Gelder flossen, ging alles ganz schnell: Mein Vater zog die Aufträge zurück, dein Vater seine Kreditzusagen. Hajo war in kurzer Zeit vollkommen überschuldet und hätte Konkurs anmelden müssen.«

»Du meinst also, daß mein Vater…« Corinna ist den Tränen nahe. »Noch glaube ich gar nichts«, will Jan sie beruhigen, »und selbst wenn es so wäre – dein Vater ist Banker und mußte an sein *Creditcontor* denken, damals wie heute…«

»Und warum ist Hansen ausgerechnet jetzt wiedergekommen?«

»Weil der Fall verjährt ist.«

Corinna tritt ans Fenster ihrer elegant möblierten Dreizimmerwohnung. Draußen vor dem Haus, im Vorgarten, tummelt sich ein Katzenpärchen. So ein Leben, denkt Corinna, so frei, so völlig ohne die Probleme, mit denen wir Menschen uns das Leben zur Hölle machen... Sie versucht, sich zu erinnern. Wie war das damals mit ihrem Vater und dem Konkurs der Hansen-Werft? Sie selbst hatte gerade das Abi gemacht, wollte raus aus dem Haus. Mutter blieb immer häufiger nächtelang fort, bis sie eines Tages der Familie ganz den Rücken kehrte. Das war alles zu jener Zeit, vor ungefähr zehn Jahren. Ja, jetzt erinnert sie sich an etwas.

»Ich weiß noch genau«, sagt Corinna, ohne ihren Blick von den balgenden Katzen zu nehmen, »wie Paps damals deinem Vater geholfen hat, eine Auffanggesellschaft zu gründen, die die Hansen-Werft gerettet hat. Die Zeitungen waren voll davon.«

»Das weißt du noch?«

Corinna nickt. »Weil ich deshalb sehr stolz auf meinen Vater war.«

»Ich hab davon nichts mitbekommen«, seufzt Jan. Vor zehn Jahren war er am anderen Ende der Welt, in Neuseeland. Es war sein Traumprojekt. Sie haben damals viele, viele Wale retten können.

»Warum bist du nicht in Neuseeland geblieben?« fragt Corinna. »Wenn du da so glücklich warst?« Ihre Stimme klingt grell, ihr Blick flackert unruhig.

Jan erhebt sich und geht auf sie zu. »Corinna«, sagt er fast feierlich und nimmt ihre Hand. »Wir lassen uns nicht entzweien durch irgendwelche schlimmen Dinge, die unsere oder, entschuldige, zumindest mein Vater verbrochen hat, ja?«

»Nein, Liebster.«

»Gut. Dann werde ich dir jetzt sagen, warum ich aus Neuseeland zurück nach Hamburg gekommen bin.« Corinna blickt ihn aufmerksam an. Ihre Mundwinkel zittern. Am liebsten würde sie losheulen. Sich in Jans Arme werfen und nie wieder an die Dinge denken, die sich so machtvoll und unvermeidbar in ihr Leben zu drängen beginnen.

»Weil ich dich sonst nicht getroffen hätte.«

Sie halten einander ganz fest.

»Sag mal«, meint Corinna plötzlich, »welche Bank hat eigentlich vorher eure Geldgeschichten geregelt?«

Jan blickt sie verwundert an. »Wieso? Warum fragst du?«

»Ich erinnere mich, daß es damals das erste Mal war, daß Paps mit de Fries gearbeitet hat.«

Lotte trägt das Frühstück ins Speisezimmer. Sie hat dunkle Ringe unter den Augen an diesem Morgen. Während sie serviert, bemüht sie sich, niemandem etwas von ihrer inneren Verfassung zu verraten. Lotte ist die perfekte Haushälterin. Und doch – diesmal fällt es ihr schwer, die Contenance zu wahren. Zeugin zu sein, wie eine Familie auseinanderbricht, noch dazu stumme Zeugin, tut weh, besonders dann, wenn man, wie Lotte, diese Familie in all den Jahren liebgewonnen hat. Jens de Fries hat sie verehrt. In Lottes Augen war er ein Gentleman. Ein Patriarch, zugegeben, der auch im Hause keine Unregelmäßigkeiten duldete. Aber seine Wesensart war ruhig, besonnen – abgesehen davon, daß sie ihn kaum während des Tages zu Gesicht bekam. Zu ihr war er stets freundlich, zuvorkommend, und sie beeilte sich immer, alles zu seiner Zufriedenheit zu erledigen. In den letzten Jahren war es sogar vorgekommen, daß er ihr gelegentlich zugezwinkert hatte, verschwörerisch fast, schließlich gehörten sie ja der gleichen Generation an.

Die Frauen sitzen an der langen Frühstückstafel, als befinde sich jede von ihnen ganz allein im Raum: Frauke, am Ende des Tisches, im Rollstuhl, gegenüber dem Platz des alten de Fries am anderen Ende der Tafel, der jetzt grausam verwaist wirkt. In die Mitte der Tafel hat Silke sich plaziert, hektisch kaut sie an einem Brötchen. Ihr schräg gegenüber, so weit weg wie möglich, trinkt Gloria ihren Tee. Die Ruhe, die sie ausstrahlt, das weiß Lotte, ist nur Schau. Gloria muß sich entsetzlich fühlen, vermutet die Haushälterin, schließlich braucht man nur eins und eins zusammenzuzählen.

»Noch etwas Tee, Frau de Fries?«

Gloria zuckt zusammen. »Gerne.« Lotte hat sie aus ihren Gedanken gerissen. »Und wenn Sie mir meinen Vitamintrunk machen würden? Den braucht Jens zwo nämlich.«

»Selbstverständlich.«

Lotte schenkt Gloria Tee nach. »Könnte ich wohl auch noch etwas Tee haben, Lotte?« meldet sich Frauke von der anderen Seite des Tisches her wie aus einem anderen Land.

»Selbstverständlich.«

Lotte eilt zu Frauke, beugt sich leicht über den Rollstuhl und gießt ihr Tee ein. Bis heute ist Frauke ihr ein Rätsel geblieben. Schon als Lotte in die Villa kam, gelang es ihr nur schwer, an das damals fünfzehnjährige Mädchen heranzukommen. Sie war immer sehr verschlossen, lebte in ihrer Traumwelt, aus welchem Grund auch immer. Und dann, später, dieser entsetzliche Unfall. Lotte empfindet tiefes Mitgefühl für diesen Menschen, der ihr stets fremd geblieben ist. Sie wendet sich Silke zu. »Noch etwas von der Selbstgemachten?« Silke schüttelt den Kopf. »Nein danke, Lotte«, sagt sie, »ich muß gleich weg. Um sieben geht mein Flieger.« Lotte blickt auf die Uhr. »Dann wird es aber Zeit!« ruft sie erschrocken aus.

»Ich weiß. Ich hab verschlafen.«

Silke springt von ihrem Platz auf und eilt durch den Raum.

Sie klaubt verschiedene Utensilien aus einer großen Tasche und verstaut sie in einer kleineren. Silke, die jüngste der drei de-Fries-Kinder, hat Lotte damals als erste in ihr Herz geschlossen. Sie war ja auch gerade mal sechs Jahre alt, als Lotte in den Haushalt kam. Silke konnte – und kann – sich fast alles bei ihr erlauben. Wenn Lotte auch so manches Mal betrübt ist über ihren Liebling, denn es entgeht ihr nicht, daß Silke ihrem Schwager Helge schöne Augen macht. Natürlich nur platonisch – so hofft sie jedenfalls –, doch es schmerzt sie, für Frauke, die davon, gottlob, nichts mitzubekommen scheint. Und es schmerzt sie für Silke selbst, für die sie es lieber sähe, wenn sie sich in einen anderen Mann verlieben würde. Warum nicht in einen dieser attraktiven Rennfahrer, mit denen sie tagtäglich zu tun hat? Lotte seufzt, während sie ein neues Teelicht in das Messingstövchen legt.

»Das wäre ja unglaublich«, sagt Gloria, nachdem sie sich das letzte Stückchen Toast aus der Brotschale genommen hat. Es dauert eine Weile, bis Frauke spürt, daß die Äußerung ihr gilt.

»Was?« fragt sie.

»Wenn das stimmt, was Hajo Hansen deinem Mann vorwirft.«

Fraukes Nasenflügel zittern leicht. »Der Hansen war schon damals nicht ganz richtig im Kopf«, meint sie.

»So ein Mist!« ruft Silke plötzlich. »Lotte!«

»Ja?«

»Ich kann meine Lederhandschuhe nicht finden!«

Lotte überlegt einen Augenblick. »Waren sie nicht...«

»Jetzt weiß ich wieder. Sie liegen auf der Kommode...« Silke will aus dem Zimmer stürmen, als Helge Lührs hereinstürzt, fast ebenso hektisch.

»Du bist noch da?« fragt er überrascht.

»Sie hat verschlafen«, meint Gloria knapp. Sie sagt es in

einem merkwürdigen, fast schadenfroh klingenden Tonfall. Frauke sieht ihren Mann arglos an. »Setz dich doch, Helge. Wir sind alle schon mit dem Frühstück fertig.«

Aber Helge hat nur Augen für Silke. »Soll ich dich zum Flughafen bringen?« fragt er.

»Du mußt doch ins Kontor – oder nicht?« bemerkt sie kokett.

Lührs räuspert sich, wirft einen kurzen, prüfenden Blick auf Frauke, die das nicht bemerkt. »Die werden auf mich auch mal warten können.«

Silke und Helge verlassen eilig das Speisezimmer, nachdem Helge noch einmal auf Frauke zugegangen ist, um ihr einen flüchtigen Kuß auf die Wange zu hauchen. Gloria kann sich eines kleinen, spöttischen Lächelns nicht erwehren.

Helge Lührs hat mit seiner Behauptung, man könne auch mal auf ihn warten, tatsächlich recht gehabt. Man wartet auf ihn. Es ist jedoch nicht der, mit dem Lührs gerechnet hat, und er wartet auch nicht im Kontor, sondern auf dem Parkplatz. Kaum hat Lührs seinen Jaguar auf dem für ihn reservierten Stellplatz abgestellt, die Handbremse gezogen und die Wagentür geöffnet, da setzt sich jemand neben ihn auf den Beifahrersitz.

Es ist Dirk Hansen.

»Was wollen Sie?« fragt Lührs.

»Ich würde jetzt gerne ins Alte Land mit Ihnen fahren«, presst Dirk hervor. Der Mann, das fühlt Lührs sofort, hat eine unbändige Wut im Bauch.

»Schön für Sie«, sagt Lührs ruhig, »aber ich habe zu tun.«

Er will aus dem Auto steigen, doch Dirk packt ihn am Arm und zieht ihn zurück. »Fahr los, du Drecksack.«

Lührs starrt ihn an. Was fällt dem Hansen-Sohn ein? Aber der scheint es ernst zu meinen.

Lührs weiß, daß er keine andere Wahl hat. Er startet den Motor, tritt aufs Gas und fährt los.

Den Anblick der zartrosa und weiß blühenden Obstbäume links und rechts der Chaussee kann Lührs nicht genießen. Er ahnt, daß er neben einem Vulkan sitzt, der jeden Augenblick ausbrechen kann.

Der Vulkan schweigt. Eine Dreiviertelstunde lang. An einer Straßenkreuzung herrscht er Lührs an, links abzubiegen, dann rechts, dann wieder links. Sie halten vor dem riesigen Grundstück einer Mülldeponie. Weit und breit ist niemand zu sehen. Verglichen mit den strotzenden Obstplantagen zuvor ein trostloser Anblick, eine gottverlassene Mondlandschaft.

Dirk öffnet die Wagentür, springt heraus, läuft um den Jaguar herum und zerrt Lührs heraus. Der schmächtige Mann sinkt gleich zu Boden. Dirk reißt ihn hoch und versetzt ihm einen kräftigen Kinnhaken. Lührs Brille verrutscht. Blut spritzt aus seiner Nase.

»So. Und jetzt raus mit der Sprache«, brüllt Dirk ihn an. »Wie war das damals?«

Lührs, der schlaff zwischen Dirks Fäusten hängt, halb auf dem Boden liegt, halb an den Kotflügel seines Autos geklammert ist, stöhnt: »Sie müssen wahnsinnig sein.«

»Ich will wissen, wie ihr das damals gedeichselt habt«, brüllt Dirk ihn an. Er ist halb besinnungslos vor Wut.

»Ich habe keine Ahnung, wovon…«, will Lührs sich verteidigen, aber da landet schon der nächste Faustschlag in seinem Gesicht.

»Keine Ahnung davon, wie ihr meinen Vater reingelegt habt?«

»Ihr?« fragt Lührs japsend.

»Du und dein feiner Herr Schwiegervater«, hilft Dirk ihm auf die Sprünge.

»Herr de Fries hat Ihrem Vater das Leben gerettet und ...«

Der Schlag, der ihn jetzt trifft, läßt ihn einige Meter rückwärts taumeln. Instinktiv hält er seine Hände vor den Magen.

»Sein Leben ruiniert, wolltest du sagen«, schreit Dirk.

»Das bringt Ihnen mindestens ein Jahr, Sie Irrer!« warnt Lührs, der inzwischen auch aus dem Mund blutet.

»Meinen Vater haben Sie zehn Jahre gekostet«, zischt Dirk ihn an. »Und sehen Sie irgendwo Zeugen?« Lührs blickt sich um. Nein, außer ihnen und ein paar aufgeschreckten, hühnergroßen Nebelkrähen hat sich heute noch keine Seele hierher verirrt.

Geld kennt keine Moral

Als Jan am Nachmittag im Kontor der Speicherstadt seinem Schwager einen Besuch abstattet, hat er einen ziemlich derangierten Mann vor sich: Ein Auge ist von einem blauroten Bluterguß umkränzt, die Nase geschwollen, die Lippe leicht verzerrt.

»Es war ein Unfall«, antwortet Lührs, als Jan ihn erstaunt auf seine Blessuren anspricht. Aber Jan kann sich schon denken, was vorgefallen ist. Das hier sieht nach Dirks Handschrift aus.

Um so besser. Auch Jan hat eine Riesenwut im Bauch. Stunden zuvor hat es ein Treffen in der Kanzlei seines Freundes und Rechtsanwaltes Holm Tippner gegeben. Dessen Kollegin Manuela von Manteuffel – im übrigen eine verdammt attraktive Frau, wie Jan feststellte – hat den Fall Hajo Hansen übernommen und schon etliches herausbekommen. Zum Beispiel, daß Hansen völlig grundlos aus Deutschland geflohen ist, da es damals gar keinen Haftbefehl gegen ihn gegeben hat. Helge Lührs und Jans Vater müssen es ihm nur glaubhaft eingeredet haben, um ihn loszuwerden und dann seine Werft an sich reißen zu können.

Und einer der Mitarbeiter Tippners, ein Mann namens von der Heydt, hat etwas über die Geschäfte der beiden brasilianischen Tochterfirmen der de-Fries-Gruppe herausgefunden, der Firmen, um die sich Jans Vater überwiegend kümmerte. Nach den Informationen von der Heydts hat die Firma für den Anbau von Futtersoja im Land achtzigtausend Quadratkilometer kostbaren Regenwalds gerodet …

Jan ist in der Kanzlei übel geworden. Er ist aus dem Zimmer gestürzt und hat sich übergeben müssen. Manuela von Manteuffel hat ihm ein Glas Wasser gebracht, ihn auf die Couch gebettet und ihm ein feuchtkaltes Taschentuch auf die Stirn gelegt.

Und jetzt ist er hier, steht Lührs, seinem äußerst lädierten Schwager, gegenüber und möchte am liebsten auch einmal draufschlagen. Wenn Dirk nicht schon so gute Arbeit geleistet hätte …

»Ob wir oder die anderen den Regenwald roden, wo ist da der Unterschied?« versucht Lührs sich zu verteidigen. Genau die richtige Art von Argumentation, um in Jan Haßgefühle zu verursachen. »Irgendwie fand ich dich schon immer zum Kotzen, Helge«, stößt er hervor.

»Ich bin zuallererst Kaufmann«, argumentiert Lührs. »Außerdem haben dadurch ein paar tausend Menschen Arbeit, und ihre Familien können mit unserer Hilfe überleben.«

Jan schüttelt fassungslos den Kopf.

Ruckartig erhebt sich sein Schwager von seinem Stuhl. »Ich glaube, es wird das beste sein, wenn du den Laden hier selber schmeißt«, sagt er trotzig. »Ich habe ein sehr gutes Angebot und bin es leid, mich von dir wie ein Verbrecher behandeln zu lassen.«

Jan blickt ihm offen ins Gesicht. »Du solltest das Angebot annehmen«, sagt er. Dann erhebt auch er sich und geht zur Tür.

»So einfach geht das nicht«, ruft Lührs ihm hinterher.

»Und warum nicht?«

»Weil dir nur ein Drittel der Gruppe gehört. Wenn du Pech hast, sogar nur ein Viertel. Der Treuhänder der anderen Anteile bin leider ich. Und bis auf Gloria kannst du wohl mit niemandem rechnen.« Er geht auf ein Wandregal zu, in das eine kleine Bar eingebaut ist. Er öffnet ein kleine Flasche Tonicwater, gießt sich ein und nimmt einen Schluck.

»Aber wenn du tatsächlich meinst, du kannst das alles alleine machen – bitte, viel Spaß damit.«

Jan versucht, sein erregtes Zittern zu unterdrücken. »Du weißt nicht zufällig, wer dich so gründlich vermöbelt hat?« fragt er provozierend.

»Ich sagte bereits, es war ein Unfall.«

»Dann paß auf, daß du nicht bald noch einen hast«, ruft Jan ihm zu, dreht sich um und geht zur Tür. Dann schaut er sich noch einmal um. »Ach ja, das habe ich noch vergessen zu fragen: Wieviel hast du dem Staatsanwalt dafür bezahlt, daß er Voss zum Sündenbock gekürt hat?«

»Mach dich nicht lächerlich.«

»Und was hast du Voss bezahlt?« bohrt Jan weiter.

»Statt daß du froh bist, daß alles aufgeklärt wurde und unsere Familie wieder mit reiner Weste dasteht...«

Jan schnaubt vor Wut. »Es ist meine Familie, Helge. Und es war unser Geld. Also, wieviel hast du Voss bezahlt?«

Geräuschvoll stellt Lührs das Glas wieder auf die Bar zurück.« Du kannst dir zum Jahresende einen neuen Geschäftsführer suchen!« zischt er.

»Der wird zu finden sein, nehme ich an«, sagt Jan süffisant. Er geht zur Tür, reißt sie auf und geht mit schnellen Schritten über den Flur, ohne die Tür zum Büro seines Schwagers hinter sich zu schließen.

Jan brummt der Schädel, als er wenig später zu Hause ankommt. Er braucht jetzt ein Bad. Nie zuvor hat er sich von seiner Familie so verlassen gefühlt. Dabei haben sich die Menschen gar nicht geändert. Sie waren immer so, wie sie jetzt sind, und haben sich immer so verhalten. Er, Jan, hat sich verändert. Die Wahrheit ist herausgekommen, und sie hat ihm die Augen geöffnet.

Nichts ist mehr so, wie es einmal war.

Das tut weh.

Aber Corinna hält zu ihm. Obwohl jetzt auch die Rolle ihres Vaters mehr als fragwürdig zu sein scheint. Tapfer berichtet sie Jan von ihren neuesten Erkundungen, als sie sich in Sagebiels Fährhaus in Blankenese zum Essen treffen.

»Die Sache ist megafaul, Jan«, sagt sie ernst. »So nervös habe ich Paps noch nie erlebt.«

»Was sagt er denn?«

Corinna zuckt mit den Schultern. »Er sagt nichts, aber eins steht fest: Lührs hat den Kontakt zu ihm eingefädelt. Paps hat damals eure ehemalige Hausbank unterboten. Und was Hansen betrifft: Paps meinte, wenn's nur solche Geschäftsleute gäbe... Der Konkurs wurde mit lächerlichen fünf Millionen abgewendet. Die hätte er ihm genauso geben können.«

Jan läßt die Gabel sinken. »Fünf Millionen? Ich dachte, es ging um weit über hundert.«

Corinna stochert in einem ihrer Seeteufelmedaillons herum. »Paps meint, Hansens einziger Fehler war, daß er abgehauen ist.«

»Und trotzdem hat dein Vater mitgespielt?«

»Das habe ich ihn auch gefragt. Aber sein Credo lautet: Geld kennt keine Moral.«

Jan ist der Appetit vergangen. Er läßt die Hälfte seines Pfeffersteaks auf dem Teller liegen und legt seine Stoffserviette auf den Tisch. »Ich brauche jetzt einen Kaffee«, sagt er. Corinna streckt ihre Hand nach ihm aus. »Was machst du heute abend?«

fragt sie zärtlich. »Keine Zeit.« Jan spielt den Zurückweisenden, nachdem er ihre Hand genommen hat. »Ich treffe mich heute mit einer ganz tollen Frau. Sie kann zwar nicht kochen und kommt immer zu spät, aber in der Kiste ist sie einsame Spitze...«

Corinnas Handy klingelt. »Und wer soll das sein?« fragt sie kokett, zieht ihre Hand zurück und drückt die Sprechtaste des Handys. »Corinna zur Netten?«

Jan grinst. »Genau die!« sagt er. Aber Corinna ist schon wieder ganz Geschäftsfrau: »Oh, Eileen... not true... This is wonderful...« Sie hält die Hand vor die Sprechmuschel und flüstert ihm zu: »Ich muß heute abend nach Basel.«

Während Eileen per Handy wichtige Dinge in Corinnas rechtes Ohr hineinspricht, ist Jan aufgestanden, um den Tisch herumgegangen und flüstert ihr nun ins andere, freie Ohr: »Auch wenn du nie Zeit für mich hast und dein Vater ein Schwein ist: Ich werde dich trotzdem heiraten!«

Corinna bricht in helles Lachen aus. Eileen will wissen, was in sie gefahren ist. »No, just my love affair«, trällert sie glücklich in ihr silberfarbenes Handy, »a stupid man who wants to marry me...«

Sie küssen einander leidenschaftlich.

Nur Eileen hört nicht auf zu reden.

Helge Lührs ist aufgebracht. Er blickt aus dem offenen Fenster. Vor ihm die Alster: bunte Schiffe und Boote jeder Art tummeln sich in der Nachmittagssonne; unten, auf dem Jungfernstieg, flanieren die Paare. In den Cafés drängen sich die Menschen und löffeln Eiscreme mit Sahne aus phantasievoll geschmückten Bechern. Das Leben könnte so schön sein. Könnte.

Ist es aber nicht. Weil die Welt seit Jens de Fries' Ableben kopfsteht. Weil der de-Fries-Sohn Jan und sein gewitzter bester Freund Dirk ihre Nase in alles stecken müssen. Und weil, Teufel noch mal, der alte Hansen auf einmal auftauchen mußte. Wer hat schon damit gerechnet?

»Wenn Hansen Ernst macht«, prophezeit Lührs und blickt weiter aus dem Fenster, »sind Sie genauso dran.«

Mit »Sie« ist Georg zur Netten gemeint, der Bankier, den Lührs in dessen Büro im *Hanseatischen Creditcontor von1861* aufgesucht hat. Zur Netten geht in dem teuer möblierten Besprechungsraum auf und ab. »Ich habe das Ganze bloß finanziert«, sagt er ruhig. »Den Subventionsbetrug habt ihr ganz alleine gemacht.«

Lührs kann zur Nettens Ruhe kaum ertragen. »Sie sind an Bord, zur Netten, und wenn das Schiff untergeht...«

Zur Netten hat sich in einen der dunkelgrünen Clubsessel gesetzt und fingert aus einem kleinen handgeschnitzten Holzkästchen eine Zigarette heraus. »Möchten Sie?« Lührs schüttelt den Kopf. Zur Netten zuckt mit den Achseln und zündet die Zigarette an. Er inhaliert tief.

»Beruhigen Sie sich, Lührs«, sagt er. »Nur weil Hansens Sohn ein bißchen durchgedreht hat...« Er blickt Lührs spöttisch ins Gesicht, das noch immer deutliche Spuren seiner Begegnung mit Dirk Hansen zeigt. Nase und Oberlippe nehmen inzwischen eine grünliche Färbung an, und die Platzwunde über seiner rechten Augenbraue ziert ein großes Pflaster.

»Hansen hat nichts in der Hand. Wenn ich Sie wäre, würde ich ihm eine gute Stelle anbieten.«

Lührs schüttelt den Kopf. »Er will die Werft zurück.«

Zur Netten blickt seinen weißgrauen Qualmwolken hinterher. »Er wird sie nicht kriegen«, sagt er bestimmt. »Was damals lief, war völlig legal.« Er pustet die Rauchwölkchen weg und blickt Lührs an. »Außer, ihr habt Dinge gemacht, die sich meiner Kenntnis entziehen.«

Ein plötzlicher Luftzug läßt Lührs frösteln. Er schließt das Fenster. »Den Staatsrat Lehmann haben Sie... äh... überzeugt«, erwidert er. »Im übrigen ist Hansen gestern bei ihm auf dem Grundstück aufgetaucht. Lehmann wohnt ja jetzt in Hansens früherer Villa.«

»Und?«

»Hansen will sein Haus zurück und wird Lehmann vor Gericht bringen, hat er gesagt.«

»Lächerlich.«

Zur Netten hat sich wieder aus dem viel zu bequemen Clubsessel herausgeschält. Er nimmt auf einem eleganten Drehstuhl hinter dem schweren antiken Schreibtisch Platz und schaukelt mit dem Stuhlsitz rhythmisch hin und her.

»Ich hab mit der Umweltsenatorin gesprochen«, sagt er. »Tolle Frau. Sie findet Ihre Idee, die *Ökotrans* zu verkaufen, absolut richtig.«

Lührs nickt. »Übrigens ein kultivierter Mann, dieser Casini«, meint er und blickt den Bankier vielsagend an. Der lächelt zufrieden. »Und? Macht er mit?«

»Wir sind uns handelseinig.«

Zur Netten spielt mit einem vergoldeten Füllfederhalter, der auf dem Schreibtisch in einer antiken Messingschale lag. »Und wie wird der Laden heißen?« fragt er neugierig.

»Linea Verde.«

»Linea Verde...«, wiederholt zur Netten grinsend. »Originell, für Giftmülltransporte.«

In diesem Augenblick klingelt das Telefon. Es ist zur Nettens Sekretärin Frau Schwitters, die Hajo Hansen ankündigt. Lührs wird bleich. Zur Netten bittet die Sekretärin, Hansen einen Augenblick warten zu lassen. Dann führt er Lührs zu einer Seitentür und verabschiedet sich von ihm. »Ich melde mich.« Lührs geht wortlos, nur mit einem Nicken. Der

Bankier schließt hinter ihm die Tür und geht dann ins Vorzimmer.

»Bitte, Herr Hansen.«

Hajo erhebt sich und geht auf zur Netten zu.

»Kaffee?«

»Nein, danke.«

Hajo betritt das Büro vor dem Bankier, der hinter sich die Tür schließt. »Was kann ich für Sie tun?« fragt er höflich und bietet Hajo einen Platz vor dem Schreibtisch an. Hajo setzt sich und sieht ihn aus seinen ernsten Augen vorwurfsvoll an. Er sagt kein Wort. Zur Netten läßt sich von Hajos provozierendem Blick nicht beeindrucken. »Ziemlich wirkungsvoll, Ihr Auftritt bei der Hundertjahrfeier«, sagt er. »Aber haben Sie sich da nicht zuviel vorgenommen?«

»Ich denke nicht.«

»Leider«, lächelt der Bankier. »Ich wünschte, die Sache wäre damals anders gelaufen.« Er beugt sich ein wenig vor. »Wenn Sie mir nämlich reinen Wein eingeschenkt hätten… Ich habe mich ja um die Vorgeschichte gar nicht gekümmert.«

Hajo Hansen bleibt ungerührt. »Hören Sie doch auf«, stößt er hervor. »Sie haben mitgespielt. Genauso wie Staatsrat Lehmann, wie Harms, der damals mein Rechtsanwalt war und dem ich vertraut habe, und die anderen.«

Georg zur Netten macht eine abwehrende Handbewegung. »Sie tun mir unrecht!« Hajo Hansen fixiert den Bankier mit seinem durchdringenden Blick. »Dann helfen Sie mir.«

»Gern«, beeilt zur Netten sich zu sagen. »Wenn Sie mir nur erklären, wie.«

Rechtsanwalt Dr. Harms ist der nächste auf der Liste der Herren, denen Hajo Hansen einen Besuch abstatten wird. Harms hat damals die Verträge gemacht. Im Gegensatz zu Lehmann, dem Staatsrat, wird Hajo den Rechtsanwalt nicht überraschend aufsuchen, so wie er sich auch bei zur Netten angemeldet hatte. Bei Lehmann mußte es einfach sein. Denn auf den Augenblick, wie er sich auf Lehmanns Grundstück ihm und seiner Limousine in den Weg stellt und ihm mitteilt, daß er sich seine Villa zurückholen werde – auf diesen Augenblick hatte Hajo sich schon sehr lange gefreut.

Und nun Harms. Während sein Sohn Dirk auf dem Werfthof auf einem aufgeslipten Schlepper arbeitet, löffelt Hajo seinen Teller Bohnensuppe aus, den Paulsen ihm rührenderweise noch aus dem großen Suppentopf herausgekratzt hat, und blickt sich nach dem Telefonbuch um. »H« braucht er, »H« wie Harms.

»Du kannst gern bei mir wohnen«, ruft Paulsen vom Herd herüber. »Ich meine, falls bei Else auf Dauer vielleicht nicht genug Platz ist…«

»Danke, Paulsen. Ich nehm's gern an.«

Paulsen brummt zufrieden und geht zum Heißwasserhahn, um den leeren Kochtopf einzuweichen.

Hajo will gerade den Hörer abnehmen, um Dr. Harms anzurufen, als das Telefon klingelt. Hilfesuchend blickt er Paulsen an, der über den Spülstein gebeugt ist und mit ruhigen und langsamen Bewegungen den Abwasch erledigt. Paulsen blickt auf, wischt sich die Hände an seiner Schürze trocken und schlurft zum Apparat. Es ist eine Frau Müller. Sie will Dirk sprechen.

»Ich kenne keine Frau Müller«, ruft Dirk zurück, als Paulsen ihm durch das geöffnete Fenster Bescheid sagt. Paulsen will zum Telefon zurück und die Dame abwimmeln, als auf dem Werfthof plötzlich aufgeregtes Geschrei ausbricht. »Halt! Halt! Die kenn ich doch! Bloß nicht auflegen, Paul!«

Und schon ist Dirk wie eine Kanonenkugel ins Büro geschossen und hat Paulsen den Hörer aus der Hand gerissen.

»Hallo, hier Dirk Hansen... Ich hab gedacht, du rufst nie wieder an... Wie, ich? Ich hab mich nicht getraut...« Amüsiert stellen Hajo Hansen und Paul Paulsen fest, daß der große, kräftige Dirk wie ein Schuljunge am Telefon nervös hin und her zappelt. Und rot ist er auch geworden. »Heute abend? Ja, klar... Ich freu mich«, haucht er abschließend in den Hörer. Als er auflegt, hat er glasige Augen.

»Ist was, mein Junge?« fragt Paulsen und grinst. Aber da hat der bullige Dirk den alten Mann schon gepackt. »Komm her, Paule«, sagt er euphorisch. »Hast 'n Kuß verdient.« Er drückt ihm einen dicken Schmatzer auf die Stirn.

»Erzähl schon!« löchert ihn sein Vater.

»Sie hat endlich angerufen«, strahlt Dirk, »also, wenn das klappt, Chef, ist dein Sohn der glücklichste Mensch von hier bis Honkong!« Er macht einen Luftsprung, daß die Gläser in den Regalen klirren. Dann hüpft er aus dem Raum wie ein Känguruh und brüllt: »Attackeeee!!«

Hansen und Paulsen sehen sich an und nicken zufrieden.

Hajo schlägt wieder das Telefonbuch auf. »Wie war noch mal die Nummer?«

Als Dr. Harms am anderen Ende der Leitung begreift, wer ihn sprechen will, legt er auf. Verdutzt blickt Hajo Hansen auf den Hörer. Langsam hängt er ein. Er erhebt sich, trägt den leeren Suppenteller mit Löffel zum Spülstein und läßt Wasser darüber laufen.

»Du entkommst mir nicht«, murmelt er, als er wenig später die Reparaturwerft Paulsen verläßt und in das Taxi steigt, das vor dem Werfttor schon auf ihn wartet.

Als Hajo die breiten Stufen zum zweiten Stock des Bürohauses hinaufsteigt, verläßt Dr. Harms gerade sein Büro und überquert den Flur, um in den Paternoster zu steigen. Er hat Hajo noch nicht gesehen, denn der Paternoster liegt dem Treppenhaus gegenüber, am anderen Ende des Flures. Hajo schleicht ihm nach – und hat ihn eingeholt, als er den Paternoster betritt. Schnell springt Hansen hinterher. Erschrocken erkennt Dr. Harms, wer da vor ihm steht.

»Wollen Sie Schwierigkeiten, Herr Hansen?« ruft er aus. Dabei preßt er seine Aktenmappe gegen seinen Körper, als habe er es mit einem Taschendieb zu tun.

»Schwierigkeiten hatte ich dank Ihrer Mithilfe, Herr Dr. Harms«, kontert Hajo. »Aber jetzt werde ich Ihnen welche machen. Hat man Sie wenigstens gut bezahlt?« Der Paternoster rumpelt im Schneckentempo am ersten Stock vorbei. »Wovon reden Sie?« sagt Dr. Harms pikiert.

»Sie wollen mir doch nicht weismachen, daß Sie die Schweinerei umsonst gemacht haben!« Hajos Nasenflügel zittern. Am liebsten möchte er dem dicklichen Anwalt die Nase polieren. Aber das wäre nicht seine Art, die Dinge zu regeln.

Der Paternoster ist im Erdgeschoß angekommen. Dr. Harms hält sich zum Aussteigen bereit. Aber Hajos Arm versperrt ihm den Weg. Der Aufzug rumpelt weiter, in den Keller.

»Was erlauben Sie sich!« protestiert Dr. Harms. Auf seiner Oberlippe haben sich Schweißtropfen gebildet.

»Ein bißchen Zeit zum Zuhören sollten Sie sich schon nehmen«, fordert Hajo. »Ich werde Sie nämlich um Ihre Zulassung bringen, indem ich beweisen werde, mit welch üblen Tricks Sie damals gearbeitet haben.«

Dr. Harms holt ein Papiertaschentuch aus seiner Hosentasche und wischt sich damit Stirn, Halbglatze und Oberlippe trocken.

»Der Fall ist verjährt, Herr Hansen.«

»Schon, Herr Dr. Harms. Aber ich habe ein Wiederaufnahmeverfahren beantragt.« Der Paternoster nähert sich wieder dem Erdgeschoß. Hajo weicht nicht von seinem Platz unmittelbar am Ausgang. »War das mit dem Haftbefehl, den es nie gab, Ihre Idee?«

Dr. Harms antwortet nicht. Der Boden des Paternosters ist jetzt auf gleicher Höhe mit den Fußbodenfliesen des Erdgeschosses. Hajo springt aus der Kabine.

»Ich werde Ihnen das Handwerk legen«, ruft er dem Anwalt zu, der wider Willen nach oben zurückschwebt, »damit Sie alle Ihre gerechte Strafe bekommen!«

Beschwingt verläßt Hajo das Bürohaus. Der Auftritt hat ihm, trotz allem, Spaß gemacht. Das verdutzte Gesicht und die Schweißausbrüche seines ehemaligen Anwalts waren der Mühe wert, findet er.

Draußen regnet es. Er schlägt den Mantelkragen seines Trenchcoats hoch. Ein schöner, warmer Sommerregen. Geschickt überspringt er die Pfützen und Rinnsale, die sich auf dem Bürgersteig gebildet haben. Jetzt möchte er Else sehen. Else, die schon mit einem warmen Tee auf ihn wartet. Else, sein Hamburger Hafen.

Es war zu erwarten: Dr. Harms hat sofort Helge Lührs angerufen. Der hat in der Paulsen-Werft angerufen, um Hajo zu einer Unterredung zu bitten. Paulsen hat dann bei Else angerufen, um Hajo die wichtige Nachricht mitzuteilen. Und jetzt steigt Hajo aus dem Taxi und geht direkt ins Restaurant des Hotels *Vier Jahreszeiten,* wo Dr. Helge Lührs schon auf ihn wartet. Auf seiner Stirn hat er ein frisches Pflaster.

»Schön, daß Sie so schnell Zeit für mich hatten«, sagt Lührs, als sie sich setzen und Hajo seine Aktentasche neben sich auf einen freien Stuhl legt. Lührs weiß nicht, daß sich in der Tasche ein kleines Diktiergerät befindet. Hajo hat auf »Aufnahme« geschaltet, kurz bevor er das Taxi verließ.

Nachdem der Ober die Bestellungen für Getränke entgegengenommen hat, mustert Hajo betont mitleidig Lührs Blessuren und fragt: »Wurden Sie auch von Ihrem Werkschutz nach Hause gebracht?«

Aber Lührs zeigt keine Irritation. »Es tut mir leid«, meint er, »Ihr Auftreten kam sehr überraschend für mich. Aber ich habe nachgedacht.« Lührs macht eine Kunstpause, um sich zu versichern, ob er Hajos Aufmerksamkeit gewonnen hat. Das hat er. »Wenn die Vorwürfe«, fährt Lührs fort, »die Sie gegen meinen Schwiegervater erhoben haben, stimmen…«

»…und gegen Sie!« wirft Hajo der Vollständigkeit halber ein.

»Ich weiß.« Lührs räuspert sich. »Aber da tun Sie mir unrecht«, behauptet er. »Ich war damals in keiner Weise entscheidungsbefugt, was nichts daran ändert, daß mir klar ist, daß ich als Geschäftsführer unserer Gruppe voll verantwortlich bin für das, was man Ihnen…« Er zögert, das Wort »angetan« auszusprechen, und übergeht es einfach. »Glauben Sie mir: Jens, ich meine, mein Schwiegervater hatte damals immense Probleme und mußte zuallererst an sich selbst und die Familie denken.«

Der Ober bringt die gewünschten Getränke. Hajo nimmt einen Schluck von seinem Mineralwasser. »Was wollen Sie von mir?« fragt er.

»Was wollen Sie?« gibt Lührs die Frage zurück. »Das wissen Sie«, antwortet Hajo ruhig. »Ich will meine Rehabilitierung.«

»Nun«, beeilt Lührs sich zu sagen, »dem steht gewiß nichts im Wege, im Gegenteil. Was immer ich tun kann, um Ihnen in diesem Punkt behilflich…«

»Ich bin noch nicht fertig«, unterbricht Hajo ihn. »Und ich will meine Werft und eine Gewinnbeteiligung am Umsatz der letzten zehn Jahre.«

Lührs verstummt. Er blickt Hajo ins Gesicht, als habe er es mit einem Irren zu tun. Er nimmt den ersten Schluck von seinem Bier. Der weiße Schaum bleibt ihm an den Lippen kleben. Nervös fährt er mit der Zunge über seinen Mund.

»Herr Hansen«, sagt er leise, »Sie wissen, daß Sie damit nicht durchkommen werden.« Seine Stimme hat eine rauhe Färbung angenommen. »Durch Ihr Verschwinden haben Sie Ihre Schuld eingestanden. Vergessen Sie das nicht. Sie haben die Verträge mit Bund, Land und der Treuhand unterschrieben. Sie waren, was ich jetzt bin, alleiniger Geschäftsführer Ihres Unternehmens. Wir waren ja nur mit fünf Prozent an der *Poseidon* beteiligt. Und daß es uns gelang, sie aufzufangen, war wirklich ein Wunder...«

»Für ein Butterbrot«, ergänzt Hajo bitter.

Lührs nimmt einen zweiten Schluck von seinem Bier. »Es ging um die Erhaltung der Arbeitsplätze, Herr Hansen.«

»Deshalb haben Sie die *Poseidon* ja auch sehr schnell geschlossen«, kontert Hajo ironisch.

Lührs lehnt sich zurück. »Das sind Tempi passati«, sagt er. »Aber wie gesagt, ich bin trotzdem bereit, Ihnen zu helfen.«

»Und woran dachten Sie da?«

Lührs sieht sich um. Das Restaurant ist um diese Zeit nicht voll. Er nimmt einen Schluck, greift den Bierdeckel unter seinem Glas und spielt mit ihm, indem er ihn zwischen zwei Fingern von einer Seite auf die andere wendet. Hajo beobachtet ihn dabei.

»Machen wir uns nichts vor, Herr Hansen«, beginnt Lührs. »Auch wenn Ihr krimineller Konkurs verjährt ist, in dieser Stadt sind Sie durch. Ich könnte Ihnen eine Position in Taiwan anbieten. Ich weiß nicht, ob Sie wissen, daß die de-Fries-Werft ihre Containerschiffproduktion dorthin verlegt hat.«

Er macht eine Pause und beschäftigt sich weiter mit seinem

Bierdeckel. Diesmal klopft er den Rand rhythmisch auf die weiße Tischdecke.

»Und da Sie ja sicher kein Interesse daran haben, Ihr Geld den Gläubigern in den Rachen zu werfen – allein bei der *Ruhr-Stahl* haben Sie Schulden in einer Höhe von zwölf Millionen, wenn ich recht informiert bin –, würde ich Sie natürlich schwarz bezahlen. Ich habe an zwanzig im Monat gedacht.«

Sichtlich zufrieden mit seiner Rede, legt Lührs den Bierdeckel wieder hin, leert mit einem kräftigen Schluck sein Bierglas und stellt es auf dem bunt beschrifteten Pappdeckel ab. Dann blickt er Hajo erwartungsvoll an.

Hajo erhebt sich. »Gut, daß Ihnen schon jemand die Fresse poliert hat«, sagt er mit zusammengebissenen Zähnen, »sonst müßte ich das jetzt tun.« Er dreht sich um und verläßt das Restaurant. Allerdings nicht ohne seine Aktentasche.

Kann ein Schiff fliegen lernen?

Manchmal möchte Dirk sich kneifen. Damit er weiß, daß er nicht träumt. Vor wenigen Tagen noch floß das Leben zähflüssig vor sich hin. Ärger mit Birgitta wegen Kevin gab's mindestens einmal die Woche, das war vorprogrammiert. Und der quälende Alltag mit dem Gefühl, finanziell einfach nicht auf einen grünen Zweig zu kommen und sich trotzdem abzurackern wie ein Zugtier. Dann die Sorge, daß das Projekt *Albatros* am Ende doch nicht über das Stadium des Pappmodells hinauskommen könnte. Und die unbestimmte, stets aufs neue verdrängte Sehnsucht nach dem Vater, verbunden mit dem Groll darüber, daß er sich nicht verabschiedet hat, daß er einfach so verschwindet und daß man ihn Jahre später für tot erklären lassen muß, nur weil seine Leiche nicht auftaucht.

All das ist vorbei. Dirk hat wieder einen Vater. Kevin hat einen Opa. Und das mit Birgitta – ach, auf einmal erscheinen ihm diese Probleme in einem rosigeren Licht. Irgendwie kann Dirk seine Exfrau sogar ein wenig verstehen in ihrer Sorge um den Sohn. Aber das geht erst jetzt. Jetzt, wo sein Selbstbewußtsein jeden Tag ein paar Grade mehr in die Höhe schnellt. Denn jetzt gibt es auch noch Vera.

Stundenlang sitzen sie in der *Dschunke* und reden und reden. Bei der Frühlingsrolle haben sie einander noch ein wenig scheu und verlegen angesehen, aber spätestens als der Ober Dirks Ente süß-sauer hereinbringt und das Chop Suey für

Vera, sind sämtliche Sprachhemmungen ausgeräumt. Vera erfährt alles. Daß der alte Hansen aus Brasilien zurückgekommen ist und wie schlimm man mit ihm umgesprungen ist, damals vor zehn Jahren, und daß Dirk nicht eher ruhen wolle, bis sein Vater rehabilitiert und entschädigt worden sei. Vera hört atemlos zu. Und während sie sich die Lychees auf der Zunge zergehen lassen, sind sie im Gespräch bei *Albatros* gelandet, und Dirk ist in seinem Element.

»Du mußt unbedingt morgen kommen, wenn wir den ersten Probeflug machen, mit dem Modell.«

»Bist du schon soweit?« fragt Vera bewundernd.

»Lange genug hat's gedauert«, wehrt Dirk ab. »Aber jetzt habe ich eine Finanzspritze bekommen, von meinem Freund Jan«, erklärt er. »Und darum können wir ihn versuchsweise fliegen lassen.«

»Toll«, sagt Vera. Aber dann gibt sie zu, daß sie sich noch nicht ganz im klaren darüber sei, was *Albatros* eigentlich sein soll: ein Schiff oder ein Flugzeug?

»Eigentlich eine Fähre. Eine Fähre, die fliegt.«

»Ah ja?« Vera blickt Dirk fasziniert an. Es gefällt ihr, wenn dieser Mann von seiner Erfindung spricht, es gefällt ihr, wie leidenschaftlich er dabei wird.

»Neben *Albatros* sind die herkömmlichen Fähren völlig unrentabel«, behauptet er. »Mein Vogel ist ökonomischer, ökologisch sauberer, schneller und um ein Fünftel billiger als das, was im Augenblick so über die Meere schippert. Mit nur 45 PS kann der seine zwei Tonnen Gewicht aus dem Wasser heben.«

»Braucht er denn einen speziellen Hafen?«

»Nö. Der kann in jedem Hafen starten, sogar vom Sandstrand aus«, erklärt Dirk stolz. »Und seine Geschwindigkeit liegt bei 180 Stundenkilometern. Damit ist er 20mal schneller als ein Schiff und halb so schnell wie ein Flugzeug.«

Beeindruckt rührt Vera in ihrem Jasmintee. »Und passieren kann nichts?« fragt sie fast ungläubig.

»Nein. Wenn der Motor mal aussetzen sollte, dann landet der *Albatros* so weich im Wasser, daß nicht mal die Kaffeetassen von den Tischen rutschen. Und sinken kann er auch nicht.«

»Und wie hoch über dem Meer fliegt er?« will Vera wissen.

»So hoch wie eine Möwe, die dabei ist, ihr Futter zu suchen. Er gleitet übers Wasser, sozusagen.«

Sie bemerken nicht, daß im Lokal bereits ein Teil der Lichter gelöscht wurde und die übrigen Gäste schon gegangen sind. Dezent eilen die chinesischen Kellner um Vera und Dirk herum, ohne daß den beiden auffällt, daß längst Sperrstunde ist.

Schließlich kommt der Ober an den Tisch und serviert ihnen lächelnd den dritten, unbestellten Abschiedsdrink.

»Ich glaub, die wollen schließen«, flüstert Vera Dirk zu.

Über sich selbst haben sie noch nicht gesprochen. Höchstens indirekt, mit Blicken, Gesten. Als sie die *Dschunke* verlassen, spüren beide wieder die gleiche Befangenheit wie ein paar Stunden zuvor.

»Danke«, sagt Dirk und reicht Vera die Hand. »War ein ganz toller Abend.« Er verbeugt sich brav wie ein Schuljunge. Vera muß schmunzeln, fühlt sich aber selbst nicht wesentlich mutiger. »Für mich auch«, antwortet sie und erwidert seinen Händedruck. »Also dann, bis morgen.«

Veras Wohnung liegt direkt gegenüber.

Dirk zögert. »Ich bring dich noch«, sagt er.

»Ich bitte dich, die paar Schritte...«, wehrt Vera ab.

»Man kann nie wissen«, begründet Dirk seine Entscheidung. Schweigend überqueren sie die Straße, die um diese Zeit kaum noch befahren ist. Vor der Haustür bleiben sie stehen.

»Schlaf gut, Vera.«

Sie sehen einander in die Augen. Vera ringt nach Worten. »Dein *Albatros* wird fliegen«, sagt sie. »Ganz sicher.«

»Danke.« Dirk lächelt. Sie können sich nicht voneinander trennen, stehen nur da, schauen einander an.

»Oder willst du noch mit auf 'n Schluck Bier oder so?«

Das Zauberwort! Dirks Herz macht einen Luftsprung. Aber er gibt sich besser zögernd. »Vielleicht lieber nicht ...«

Schweigen. Da bricht Vera in Lachen aus. »Also komm schon«, sagt sie und faßt ihn am Ärmel. Glücklich läßt Dirk sich von Vera mit in ihre Wohnung schleppen.

Kaum hat er den ersten Blick in ihre Wohnung geworfen, stellt Dirk fest, daß er sich hier schon wie zu Hause fühlt. Eine wunderschöne Wohnung, findet er, gemütlich und alles in allem ganz sein Geschmack. Und ein betörender Duft erfüllt die kleinen Räume: der Duft von Orchideen. Vera liebt diese Pflanzen über alles.

»Aber um dorthin zu reisen, wo sie wachsen, fehlt mir leider das Geld«, meint sie, während sie aus der kleinen Küche zwei Gläser holt und eine Flasche Wein.

»Wieso?« fragt Dirk. »Verdient man als Wasserschutzkapitänin so schlecht?« Er nimmt Vera die Flasche Wein aus der Hand und entkorkt sie. »Nein, aber ...« Vera zögert. Dirk schenkt Wein ein.

»Aber?«

Er reicht ihr ein Glas, nimmt dann sein Glas in die Hand und hält es ihr prostend entgegen.

»Zum Wohl!« sagt Vera und trinkt. Dirk schaut ihr unentwegt in die Augen.

»Ist Kevin morgen auch dabei?« fragt Vera. »Ich meine, wenn du *Albatros* zum ersten Mal probefliegen läßt?«

Dirk spürt, daß die Frage ein Ablenkungsmanöver war. »Na klar«, sagt er. »Kevin muß doch dabeisein. Er kann übrigens kaum erwarten, dich wiederzusehen.« Nervös nimmt Vera ihren zweiten Schluck aus dem Glas.

»Was wolltest du sagen, Vera?« fragt Dirk.

»Mein Mann...«, beginnt sie zögernd. Dirk bleibt fast das Herz stehen. Irgendwas muß ja an der Sache faul sein. Er schluckt. »Du bist verheiratet?«

»Wollen wir uns nicht setzen?«

Sie nehmen auf dem hellen Ledersofa Platz. »Ich war verheiratet«, beginnt Vera ruhig. »Noch nicht mal ein Jahr. Mein Mann ist bei einem Autounfall gestorben.« Sie stellt ihr Weinglas auf dem Couchtisch ab. »Er war schuld. Er ist frontal in ein anderes Auto gerast. Der andere Fahrer war auch tot, sofort.« Dirk schweigt betroffen. »Der andere Fahrer hatte eine Frau und zwei Kinder.«

Dirk nickt. Er hat verstanden.

Vera hat deshalb sowenig Geld, weil sie für die Hinterbliebenen zahlen muß.

»Noch neun Jahre.«

»Da haben sich ja zwei getroffen...«, sagt Dirk nach einer Weile mit leichtem Grinsen. Jetzt muß auch Vera lächeln.

»Und du liebst ihn noch immer?«

Vera zuckt mit den Schultern und seufzt. »Ich brauche Zeit.«

»Und wieviel?« fragt Dirk vorsichtig. Vera ist den Tränen nahe. »Ich weiß es nicht.«

Dirk stellt sein Glas ab. »Dann geh ich wohl jetzt besser.«

In Veras Augen ist ein kleines, neugieriges Blitzen. »Einen Kuß darfst du mir schon mal geben«, sagt sie.

Dirk legt den Arm um sie und zieht sie zärtlich an sich. Er spürt den Duft ihrer Haut. Ein äußerst angenehmer Duft. Er küßt sie, vosichtig, auf den Mund, den sie ihm bereitwillig entgegenhält. Sie erwidert seinen Kuß, und Dirk spürt ihre verhaltene Leidenschaft. Er drückt sie stärker an sich, aber da wehrt sie ab und schiebt ihn von sich. »Gute Nacht!«

Als Dirk in sein Auto steigt, wird es schon hell.

Gloria hat die Nacht bei Jan verbracht. Nun, nicht mit ihm, aber doch neben ihm in seinem Bett. Sie waren nach stundenlangem Reden erschöpft eingeschlafen – angekleidet –, und als der Wecker klingelte, war jeder verdutzt, den anderen neben sich im Bett vorzufinden. Zweifellos fühlt Jan sich zu der schönen Belgierin hingezogen. Und sie sucht Schutz bei ihrem Stiefsohn und kann sich ebenfalls einer gewissen erotischen Anziehung nicht erwehren. Jan ist Corinna treu, das ist klar für ihn, er würde sie nicht mit Gloria betrügen. Aber er genießt es, den Beschützer seiner Stiefmutter spielen zu dürfen.

Als Gloria das Gartenhaus verläßt und zufällig in den ersten Stock hinaufblickt, sieht sie, wie Lührs sie beobachtet. Sein Gesicht ist noch immer verpflastert, sein Auge geschwollen. Sie grinst ihn an – er zuckt hinter der Gardine zurück. Vermutlich glaubt er, ich habe ein Verhältnis mit Jan, denkt Gloria. Diese Vorstellung amüsiert sie.

Beim Frühstück in der Villa sind schon Frauke und die drei Mädchen versammelt. Lotte bringt gerade duftende Brötchen, Hörnchen und Baguettes herein. Kaum hat Gloria Platz genommen, betritt Helge Lührs das Speisezimmer, begrüßt seine Frau mit einem flüchtigen Kuß und setzt sich Gloria gegenüber, nicht ohne ihr einen vernichtenden Blick zuzuwerfen. »Gut geschlafen, Gloria?«

»Wunderbar!«

»Kaffee, Gloria?« Lotte steht neben ihr und schenkt ihr ein.

Frauke, die heute besonders abgespannt aussieht, beobachtet ihren Mann und Gloria. Mit aggressiven Bewegungen schneidet Lührs ein Brötchen auf.

»Wenn Vater das wüßte...«, zischt er.

Gloria gießt etwas Sahne in ihren Tee und rührt um. Die Mädchen werfen ihr bewundernde Blicke zu. Sie ist eine Dame, finden sie, alles an Gloria hat Klasse. Allem voran: Ihr Selbstbewußtsein!

»Wenn Vater was wüßte?« fragt Frauke.

»Sie sind in diesen Dingen eben etwas einfacher gestrickt als ich, Helge...«, sagt Gloria ruhig und nimmt sich ein Hörnchen aus dem Brotkorb, den Lotte ihr entgegenhält.

»Über was wird hier gesprochen?« fragt Frauke ohne Nachdruck.

»Ihr Vitaminsaft kommt gleich, Frau de Fries«, meint Lotte, die die vergiftete Atmosphäre bei Tisch spürt und auflockern will.

»Sie sind zauberhaft, Lotte«, sagt Gloria und wirft der alten Dame einen warmen Blick zu.

»Jan schläft noch, nehme ich an«, stichelt Lührs. Gloria läßt sich nicht aus der Ruhe bringen. »Als ich ihn verließ, duschte er gerade.« Sie blickt ihr Gegenüber strahlend an. Die Mädchen sind baff. Aber Gloria zwinkert ihnen zu, als habe sie einen Witz gemacht. Sie grinsen.

»Ich finde Sie ekelerregend«, zischt Lührs. Gloria spürt bei ihm dennoch eine gewisse Eifersucht. Aber nie würde er sich eingestehen, daß er die dunkle Belgierin heute nacht am liebsten selbst bei sich im Bett gehabt hätte.

»Ich kann Sie beruhigen«, sagt Gloria. »Ich fahre heute.«

»Schade!« ruft Nico. Die Mädchen tuscheln.

»Könnt ihr mit dem Sticheln aufhören!« bittet Frauke, die noch an ihrem ersten Knäckebrot knabbert.

Gloria faltet ihre Serviette zusammen und schiebt ihren Stuhl zurück. »Was ich an euch beiden so mag«, sagt sie und schaut Lührs und Frauke an, »ist eure Verlogenheit.«

Alle sehen sie an. Die Mädchen blicken zwischen ihren Eltern und Gloria hin und her. Lotte, die kurz in der Küche gewesen ist, kommt mit einer frischen Kanne Saft an den Tisch. Ihre Hände zittern ein wenig, als sie in Fraukes Glas eingießt. Gloria wirft den Mädchen Kußhände zu. »Macht's gut, ihr Süßen.« Aber Nico, Jana und Nana springen auf. Sie wollen es sich nicht entgehen lassen, sich von ihrer geliebten Gloria, ihrem Idol, in aller Ruhe – und nicht unter den Augen ihrer Eltern – zu verabschieden.

Als Kevins Mutter Birgitta ihren Sohn an diesem herrlichen Samstagmorgen vor dem Tor der Paulsen-Werft verabschiedet, ahnt sie nicht, was ihren Sprößling in der Wohnung seines Vaters erwartet. Dirk hat sich ihr gegenüber in Schweigen gehüllt, aus Angst, sie könne sich verplappern. Wieder eines dieser Mißverständnisse oder eher Vertrauensprobleme zwischen den beiden, denn Birgitta wäre die letzte, die ihrem Sohn eine Überraschung verderben würde. Was Birgitta aber weiß, ist, daß Kevin heute dabeisein wird, wenn das Modell von *Albatros* zum ersten Mal übers Wasser fliegen wird. Kevin hat von nichts anderem mehr gesprochen.

Als Dirk mit seinem Sohn Hand in Hand den Loft betritt, duftet es schon nach Eierkuchen. Der Kleine bleibt stehen. »Papi, es duftet ja hier…!« sagt er überrascht. Dann entdeckt er den fremden Mann am Küchenherd, der gerade einen der leckeren Eierpfannkuchen in der Luft umdreht.

»Wer ist das, Papi?« fragt Kevin.

Dirk räuspert sich. Auf diesen Augenblick hat er sich so lange gefreut. »Das ist dein Opa, Kevin«, sagt er feierlich.

Hajo Hansen reicht dem Jungen einen Teller, auf dem bereits ein fertig gebackener Eierpfannkuchen liegt. »Mit Sirup oder Marmelade?« fragt er freundlich.

»Sirup«, sagt Kevin und behält den Mund gleich offen.

Denn er ist sprachlos, kein Wort kommt mehr über seine Lippen.

»Vom Grüßen hältst du wohl nichts«, neckt Hansen ihn.

Endlich setzt sich das Kind, stopft seinen Eierpfannkuchen in sich hinein und läßt sich von Dirk und Hajo erklären, warum sein Opa nicht tot ist, sondern so lebendig wie nie zuvor in seinem Leben.

Das Wetter spielt mit an diesem Samstag. Tiefblauer Himmel, eine leichte Brise, Bilderbuchwölkchen. Gegen elf Uhr ziehen sie los. Paulsen, am Ruder seines Reparaturbootes, ist mindestens ebenso aufgeregt wie Dirk. Heute wird *Albatros* zeigen, ob er zu etwas taugt. Sogar die vielbeschäftigte Corinna hat sich für heute freigenommen. Sie steht an der Reling, läßt den Wind ihr blondes Haar zerzausen und betrachtet schmunzelnd »ihre« beiden Männer, Jan und Dirk, die vor dem großen Augenblick noch einmal die Fernsteuerung auf Herz und Nieren prüfen. Hajo Hansen hat Kevin auf dem Schoß, der ihn wieder und wieder mit seinen Armen fest umschlingt.

Eine Sirene läßt plötzlich alle nach achtern schauen. Ein Patrouillenboot der Wasserschutzpolizei geht längsseits. Dirk springt auf. Vera! Ja, Vera hat es geschafft, sich vom Dienst loszueisen, nachdem sie die Sache mit der Absperrung dienstlich geregelt hat. Kevin rutscht vom Schoß seines Großvaters herunter und springt ihr entgegen. »Hallo, Vera, das ist mein toter Opa.« Alle lachen. Und Kevin erklärt seinem Großvater: »Sie ist Wasserschutzpolizeihauptmeisterkapitänin«, was ihm allgemeinen Applaus einbringt. Kevin strahlt über das ganze Gesicht. Hajo und Vera sind einander auf Anhieb sympathisch, und auch Corinna zwinkert Dirk zustimmend zu, nachdem sie Vera über die Reling hinweg per Handschlag begrüßt hat.

»Und?« fragt Dirk gespannt, »alles klar mit dem Probeflug?«

Vera strahlt. »Wir sperren jetzt Kanal sieben für euch. Die haben noch einmal umdisponiert in der Hafenkommandantur. Aber dann dürfte deinem *Albatros* nichts mehr im Weg stehen.«

Kurze Zeit später verfolgen alle den Flug des *Albatros* vom Arbeitsfloß aus, das an Paulsens Reparaturboot festgemacht ist. Brummend erhebt sich Dirks futuristisches Flugschwimmobjekt aus dem Hafenbecken. Alle halten vor Spannung die Luft an. Jan preßt seine Handycam ans rechte Auge, aus Angst, die Aufnahmen in der Aufregung zu verwackeln.

»Er fliegt!« brüllt Kevin begeistert.

Dirks Augen leuchten, Hajos glänzen, Paulsen rinnt eine Träne über die runzlige Wange. Vera beobachtet eher ihren Dirk als das Flugzeug, Corinna lacht fasziniert auf. In hohem Tempo gleitet die *Albatros* über das Wasser. Doch plötzlich – ein Aufschrei! – hebt das Modell die Nase senkrecht in die Luft, stürzt steil nach oben, überschlägt sich und fällt dann wie ein sterbender Vogel senkrecht ins Wasser.

Stille.

»Mist.« Dirk ist der erste, der sich fängt. Kopfüber springt er ins Wasser, um sein teures Modell vor dem Sinken zu bewahren. Und noch jemand springt, unter den erstaunten Blicken der anderen: Vera! Fast gleichzeitig erreichen die beiden den abgestürzten *Albatros,* der kraftlos im Wasser treibt.

»Die Zukunft hat begonnen«, lacht Dirk, als er das Modell mit einer Hand zu fassen bekommt. Glücklich umarmt er Vera mit dem andern Arm. Prustend versucht sie ebenfalls, das Flugmodell festzuhalten. »Attacke…!« flüstert Dirk Vera ins Ohr, bevor sie einander leidenschaftlich küssen. Vom Arbeitsfloß her dringt begeistertes Klatschen zu ihnen herüber.

Paulsen hat an diesem Tag einen ganz besonders leckeren Bohneneintopf gemacht. Ein wenig schärfer als sonst, vorsichtshalber, damit Dirk und Vera sich nach ihrem Bad im Hafenwasser nicht erkälten. Kevin trinkt eine ganze Flasche Mineralwasser leer, um seinen brennenden Durst zu stillen, aber er findet es total cool, so scharf wie die Erwachsenen essen zu dürfen. Und Corinna, die sich nicht erinnern kann, wann sie in ihrem Leben das letztemal überhaupt Bohneneintopf gegessen hat, ist schon beim dritten Teller.

Ein bedeutender Tag geht zu Ende, der Tag, an dem *Albatros* seinen Jungfernflug machte. Und obwohl er abstürzte, ist Dirks Hoffnung, seine Fähre einmal im Maßstab eins zu eins vor sich zu sehen, ungebrochen.

Kevin weicht seinem frischgebackenen Opa nicht von der Seite. Erst als dem Jungen schon die Augen zufallen, läßt er sich in seine Bettkoje tragen. Das darf Paulsen tun, denn er hat schon längst einen festen Platz im Herzen des Jungen, einen Platz, den ihm niemand streitig machen wird. Sein Papa, das hat Paulsen mit Kennerblick erkannt, ist für heute erledigt. Berauscht von den Ereignissen des Tages, taumelt er nur noch, Vera im Arm, durch den Raum. Er ist trunken vor Glück. Denn Corinnas Vater, Georg zur Netten, so hat Jan ihm mitgeteilt, wird Dirk einen Kredit bewilligen, damit er an *Albatros* weiterarbeiten kann. Jan hat mit einer Million Mark für ihn gebürgt.

»Ich helfe dir noch beim Abwaschen«, bietet Vera an, als die anderen sich verabschieden. Dirk verschließt ihr den Mund mit einem Kuß, was soviel bedeutet wie: er wisse etwas Besseres, als abzuwaschen. Daß sie noch Zeit braucht, weil sie ja schließlich ihren Mann erst vor einem Jahr verloren hat – das ist für Vera auf einmal in Vergessenheit geraten…

Paulsen und Hajo reden an diesem Abend noch lange miteinander. Beim Schein einer Kerze sitzen sie in Paulsens gemütlicher Küche und schauen durchs Fenster auf das nächtliche Lichtermeer des Hafens. Es geht Hajo nicht gut, er fühlt sich müde und schlapp. Paulsen ist der erste Mensch, dem er sich anvertraut. Er hat Schmerzen im Rücken. Es sind Metastasen.

Hajo hat Krebs.

Die Männer trinken heißen Tee, kippen Rum hinein aus Paulsens unerschöpflichem Vorrat, und Paulsen muß Hajo versprechen, keiner Menschenseele etwas von seiner Krankheit und seinem Zustand zu verraten, auch Dirk nicht. Er wolle seine Sache zu Ende bringen, wolle Gerechtigkeit, sagt Hajo. Und seit heute wolle er noch etwas anderes: Seinen Sohn bei dessen Erfindung unterstützen, die er für genial halte. Und bis das alles geregelt sei, so lange werde der Herrgott ihn wohl noch leben lassen, davon ist Hajo überzeugt. Paulsen nickt und wischt sich eine Träne aus den Augen, als er in den alten bullernden Holzofen etwas Brennholz nachlegt, weil es zu später Stunde doch ein wenig kühl geworden ist.

Während sich Corinna in Jans breitem Bett schon schlafen gelegt hat, hat Jan sich noch ein wenig in der Villa aufgehalten, um in der Bibliothek nach Unterlagen für Dirks Erfindung zu suchen. Er ist stolz auf seinen Freund und glücklich, ihn finanziell in seinem Vorhaben unterstützen zu können. Als er das Licht löscht und die Tür zur Bibliothek hinter sich schließt, begegnet ihm Lotte auf dem Flur, die gerade schlafen gehen will. Mütterlich lächelt sie ihm zu, und als er ihr entgegengeht, ergreift sie seine Hand und streichelt ihm die Wange wie damals, als er noch ein kleiner Junge war. Tränen schießen ihm in die Augen, er muß gegen das Bedürfnis ankämpfen loszuweinen, sich in ihre Arme zu werfen. Lotte war für ihn immer wie eine Mutter, und er wird ihr das niemals vergessen.

»Gute Nacht«, sagt Lotte zärtlich. »Schlaf schön, mein Junge.«

Als stünde die Zeit still.

Der Wind hat aufgefrischt, als Jan den Park durchquert, um ins Gartenhaus zurückzugehen. Die lange weiße Sitzbank, an der die Familie so manchen Sommernachmittag mit Kaffee und Kuchen verbracht hat, manche laue Nacht mit Rotwein und Mozzarella, manchen Sonntagsbrunch mit Lachs und Champagner, leuchtet im fahlen Schein des Vollmondes wie eine Bank aus dem Märchen. Ja, solch glückliche Zeiten werden für die Familie wohl nie wiederkommen.

Jan liebt die Nacht. Er schaltet die Wegbeleuchtung nur ein, wenn Corinna bei ihm ist, denn sie fürchtet sich im Dunkeln. Jetzt ist er allein, und das Licht bleibt aus. Plötzlich hört er Stimmen. Sie kommen aus dem Haupthaus, aus der Villa. Jan bleibt stehen. Wer könnte jetzt, gegen halb zwei, noch auf sein? Lotte ist schlafen gegangen, Gloria abgereist. Die Mädchen liegen längst in ihren Betten, wie er an den dunklen, weit geöffneten Fenstern im ersten Stock des Gartenhauses erkennen kann. Frauke ist vermutlich früh zu Bett gegangen; das ist seit ihrem Unfall nie anders gewesen. Neugierig schleicht Jan sich zur Villa zurück und so dicht wie möglich an das Salonfenster heran. Was er sieht, verschlägt ihm den Atem.

Helge Lührs versucht Jans Schwester Silke zu küssen, die sich heftig dagegen wehrt. Sie ringen miteinander. Das Fenster steht offen. Jan kann hören, was gesprochen wird.

»Laß mich los«, keucht Silke. Aber Lührs hält sie noch fester. »Warum auf einmal?« will er wissen.

»Nicht hier!« warnt Silke. »Frauke ist meine Schwester, kapierst du nicht?« Lührs drängt Silke auf einen Sessel. Er beugt sich über sie und küßt sie. So lange, bis sie sich nicht mehr wehrt.

»Was nehmen wir Frauke denn weg?« haucht Lührs und versucht Silke erneut an sich zu ziehen. Die schlingt plötzlich ihre Arme leidenschaftlich um ihn und beginnt, ihm das Hemd aufzuknöpfen. Lührs zieht Silke den Pullover aus.

Schockiert schüttelt Jan den Kopf. Hat er es nicht geahnt? Aber er hat nie gewagt, den Gedanken, den er schon öfter hatte, zu Ende zu denken. Sein Schwager Helge betrügt seine Frau mit ihrer eigenen Schwester. Jan wird speiübel.

Was ist das für eine Familie! Alles kommt jetzt ans Licht. Warum hat er nicht früher genauer hingesehen? Aber Jan hat weder seinen Vater genau angeschaut noch die Dinge, die er tat, noch seine Schwestern, noch Lührs. Ein Traumtänzer ist er gewesen, einer, der nur seine Ideale im Kopf hatte. Aber was soll daran falsch gewesen sein? Vielleicht hätte er in früheren Jahren die Wahrheit über seine Familie gar nicht verkraftet? Vielleicht wäre er daran sogar zerbrochen?

Mit wenigen Schritten ist Jan in der Villa, die Tür zum Salon ist nur angelehnt. Er drückt sie auf. Silke sieht ihn sofort und erstarrt. Sie preßt den Pullover an ihre nackte Brust. Lührs, mit dem Rücken zur Tür, liebkost nichts ahnend ihren Hals, ihre Brust.

»Hallo, Jan«, preßt Silke hervor. Lührs dreht sich um.

»Hallo, Silke«, sagt Jan. »Ihr wollt jetzt sicher allein sein.« Lührs räuspert sich und rückt seine Brille zurecht. Er grinst verlegen und beginnt, sich das Hemd zuzuknöpfen. Jan geht ein paar Schritte auf die beiden zu.

»Wie lange geht das schon so?« will er wissen.

»Es ist nicht so, wie du denkst«, stottert Lührs und stopft sein Hemd in die Hose. »Silke und ich sind uns …«

»Ich schlafe seit vier Jahren mit ihm«, unterbricht Silke ihn. Ihr Gesichtsausdruck hat etwas Trotziges.

»Du bist wirklich das Letzte«, stößt Jan angewidert hervor

und wirft seinem Schwager einen haßerfüllten Blick zu. »Es gehören immer zwei dazu«, rechtfertigt sich dieser. »Aber wirf du nur immer den ersten Stein.« Lührs hat jetzt auch seine Jacke wieder angezogen, streicht sein Haar glatt und verläßt kurzerhand den Raum, ohne sich noch einmal umzublicken.

»Ich bin ihm hörig«, behauptet Silke, die sich mit zitternden Fingern eine Zigarette anzündet.

»Frauke darf das niemals erfahren«, ordnet Jan an. Silke inhaliert tief. Sie ist sichtlich aufgewühlt.

»Ihr seid zum Kotzen«, sagt Jan. Aber Silke starrt ihn wütend an. »Was glaubst du, wer du bist! Ich liebe diesen Mann, seit ich sechzehn bin, verstehst du?«

Sie stürzt auf Jan zu und trommelt auf ihn ein. Dann beginnt sie hemmungslos zu schluchzen. Jan nimmt sie in den Arm und hält sie wie ein Kind.

»Er ist das größte Schwein, das ich kenne«, schluchzt Silke. »Und trotzdem liebe ich ihn. Und dich hasse ich!« Sie reißt sich von ihm los und funkelt ihn an. »Wie konntest du nur so gemein sein!« Schwarze Schminke rinnt ihr in kleinen Tränenbächen über die Wangen.

»Ich werde es Frauke sagen.« Ihre Stimme klingt fast trotzig.

»Das wirst du nicht tun«, warnt Jan seine Schwester. »Sie hat es auch so schwer genug.«

Am ganzen Körper zitternd, steht Silke da, keine Spur mehr von der zähen, erfolgreichen, strahlenden Rennfahrerin. Ihre Zähne klappern, als stehe sie unter Schock. »Zieh dir deinen Pullover über«, sagt Jan. »Und dann geh schlafen.«

Bevor Jan wieder in seine Wohnung ins Gartenhaus zurückkehrt, nimmt er sich seinen Schwager zur Brust, der sich in der Diele der Villa in der Sitzecke mit den Clubsesseln noch eine Zigarre angesteckt hat. Er verlange, daß Helge mit Silke Schluß mache, schreit Jan ihn an. Es sei Silke, die ihn nicht in Ruhe lasse, behauptet sein Schwager. Jan solle mit ihr darüber sprechen, nicht mit ihm.

Kopfschüttelnd verläßt Jan die Villa. Als er seine Wohnungstür aufschließt, ist Corinna noch wach. Sie wollte ihn gerade suchen gehen. »Du glaubst es nicht«, sagt Jan und wirft sich erschöpft in den Sessel. »Helge hat ein Verhältnis mit Silke.«

Corinna bleibt der Mund offenstehen. »Seit wann?«

»Seit Frauke im Rollstuhl sitzt. Und das sind vier Jahre.«

Willkommen in unserer Familie

Hajo Hansen kann die ganze Nacht nicht schlafen. Der Probeflug des *Albatros* hat in ihm den alten Erfinder wachgerüttelt. Wie kommt es, daß der Vogel plötzlich abstürzte? Stundenlang sitzt er beim Schein einer kleinen Lampe am Küchentisch über einen Notizblock gebeugt und rechnet, denkt nach, rechnet wieder. Als es zu dämmern beginnt, nimmt er seinen Mantel vom Garderobenhaken, streift ihn über und verläßt das Haus, um ein wenig von der Morgenluft in seine Lungen hineinzuziehen. Noch liegen die meisten Boote, die verträumt vor sich hin schaukeln, verwaist, klingt das Gluckern und Glucksen des Wassers, das leise Rasseln von Ketten, das Schurren der Taue und das Knarren der Planken wie Hafens Nachtmusik. Aber die ersten Möwen flattern schon auf, kichernd, und nebenan in der Werft gehen bereits die Lichter an: Der Hafen erwacht, und bald werden die ersten Motoren angeworfen, wird man überall Hämmern und Klopfen hören und das Geschrei von elektrischen Sägen. Hajo streckt die müden Glieder.

Der Hafen, das ist lange Zeit sein Leben gewesen. Nun ist er wieder zu Hause. Und doch hat er kein Heim, weiß er nicht, wie es mit ihm weitergehen wird.

Daß Else, seine geliebte Else, zehn Jahre auf ihn gewartet hat – nie hätte er das für möglich gehalten. Sie hat ihm erzählt, daß sie im Grunde ihres Herzens nie geglaubt hatte, daß Hajo Hansen wirklich tot war, jedenfalls lebte er zumindest in ihrem

Herzen weiter. Aber er wird ihr nichts von seiner Krankheit sagen, jedenfalls nicht, solange er sie noch verheimlichen kann. Er möchte die wenigen Tage oder Wochen, die ihm noch das Gefühl geben, unbeschwert sein zu können – natürlich nur mit Hilfe der Schmerzmittel –, gemeinsam mit Else genießen.

Wind kommt auf. Hajo schlägt seinen Kragen hoch. Zeit zurückzugehen. Das Morgenrot weicht einem zarten Rosa, von allen Seiten ziehen jetzt Möwen schreiend heran, jagen einander in die Lüfte, schweben in eleganten Kurven oder stürzen senkrecht ins Hafenwasser.

Plötzlich bleibt Hajo stehen. Er muß an *Albatros* denken. Das ist es. Ja, nur daran kann es liegen! Er legt etwas Tempo zu und ist nach wenigen Minuten am Tor der Paulsen-Werft angelangt. Dirk kommt ihm schon entgegen.

»Schon auf?« fragt Hajo ihn verwundert.

»Ich konnte nicht schlafen«, sagt Dirk, »der *Albatros* läßt mich nicht...«

»Ich glaube, ich habe eine Lösung gefunden.« Hajo nimmt seinen Sohn beim Arm und will ihn zurück in dessen Wohnung ziehen. »Laß uns an deinen Computer gehen«, sagt er. Verlegen sieht Dirk seinen Vater an. »Vera schläft noch«, meint er lächelnd, »und ich möchte sie nicht gerne aufwecken.« Hajo lacht. »Dann komm mit in Paulsens Küche. Ich versuch's dir aufzuzeichnen.«

Bei einem dampfenden, starken Kaffee erklärt Hajo seinem Sohn, auf welche Idee ihn sein Morgenspaziergang gebracht hat.

»Für das Abwassern brauchen wir einen Schubüberschuß«, beginnt er und nimmt einen kräftigen Schluck. »Also viel Motorleistung. Aber wenn wir in der Luft sind, muß dieser Überschuß reduziert werden, sonst passiert das, was passiert ist.« Hajo kritzelt ein paar Zahlen und Zeichen auf den Block.

»Und, schau, das reduzieren wir folgendermaßen...« Dirk nickt. Er begreift. »Und dann müssen wir noch das Stabilitätsproblem lösen«, fährt Hajo fort. Er zeichnet ein verkleinertes Modell des *Albatros*. »Das schaffen wir am besten, indem wir den Schwerpunkt dahin verlagern.« Er deutet auf eine Stelle unterhalb des »Bauches« des Flugbootes.

Hajo läßt seinen Stift sinken, lehnt sich zurück und blickt seinen Sohn erwartungsvoll an. Dirk schüttelt fassungslos den Kopf. »Ich glaub es nicht, ich glaub es nicht...« Er strahlt vor Glück. »Wenn du nicht abgehauen wärst, Vater, dann könnte das Ding schon seit ein paar Jahren fliegen!«

Hajo tätschelt seinem Sohn die Wange. »Danke«, sagt er bescheiden. Erst jetzt fühlt er, wie müde er eigentlich ist. Er erhebt sich, stellt seine Kaffeetasse in den Ausguß und winkt seinem Sohn noch einmal zu. »Gute Nacht«, sagt er leise. »Ich werde mich etwas ausruhen.«

Draußen steht die Sonne bereits hoch am Himmel. Dirk blickt seinem Vater hinterher. Nicht zu fassen, was dieser alte Mann vermag, denkt er. Erst wirft er mich um Jahre zurück, indem er einfach vorgibt, tot zu sein – und dann katapultiert er mich in die Zukunft, indem er mir die Lösung meines Konstruktionsproblems verrät.

Die Tür öffnet sich, und Vera steht in der Küche. »Es duftet hier so nach Kaffee«, sagt sie und schlingt ihre Arme sanft um seinen Hals.

Hajo schläft noch tief und fest, als Dirk bereits mit einem Sandstrahlgebläse an einem kleinen Kutter arbeitet. Es wird höchste Zeit für ihn, sich nur noch seiner Erfindung zu widmen, aber Paulsen braucht ihn auch auf der Werft, und es ist nicht leicht für ihn, jemanden wie Dirk so einfach zu ersetzen. Dirk hat sein Handy in der Hosentasche, weil er auf Jans Anruf wartet. Sein Freund hat sich vor einer knappen Stunde mit Holm Tippner, dem Rechtsanwalt, getroffen, um zu hören, ob seine Nachforschungen in Sachen de-Fries-Gruppe Ergebnisse gebracht haben. Aber anstatt anzurufen, steht Jan plötzlich selbst auf dem Werfthof. Er hat es nicht ausgehalten – er will seinem Freund persönlich die Neuigkeiten überbringen, brühwarm sozusagen.

»Du glaubst es nicht«, ruft er Dirk schon von weitem zu. »Dieser Drecksack hat über unsere Töchter dreizehn Millionen Dollar zur Seite geschaufelt!«

Dirk schaltet das Sandstrahlgebläse ab.

»Allein mit der *Cerealix* hat er in den letzten fünf Jahren fast sechs Millionen gemacht.«

»*Cerealix?*« Dirk kratzt sich am Kopf. »Was ist denn das für ein Name?«

»So heißt unsere brasilianische Tochterfirma.«

»Aha.«

»Ja«, fährt Jan fort, und er kann seine Erregung kaum verbergen, »und diese sechs Millionen sind auf Umwegen über die *Venwood…*«

»Kombiniere: Auch 'ne Tochter?«

»Du sagst es. Also, über die *Venwood* als klägliche vierhunderttausend Mark auf unserem Konto bei zur Netten gelandet. Nachdem eine Briefkastenfirma in Salvador de Bahia Provisionen kassiert hat.«

»Ich glaub, ich bin im falschen Job«, witzelt Dirk.

»Es geht noch weiter«, ereifert sich Jan. »Gleichzeitig wurden an die *Lux-Con* Beratungskosten in Höhe von sieben Millionen gezahlt. Davon allein im letzten Jahr drei Millionen.«

Dirk pfeift anerkennend durch die Zähne. »Dann sollten wir uns den Laden mal ansehen«, schlägt er vor. Er boxt Jan freundschaftlich auf den Oberarm. »Aber erst hörst du dir noch an, was mein Vater über den *Albatros* rausbekommen hat, okay?«

»Okay.«

Die *Lux-Con,* eine der Tochterfirmen der de-Fries-Gruppe, hat ihren Sitz nicht weit von der Stadtmitte Luxemburgs. Es ist ein trüber Tag, und die Luxemburger nutzen ihn zum Einkaufsbummel in den eleganten Geschäftspassagen der Innenstadt. Dirk würde gern in aller Ruhe ein Souvenir für Vera aussuchen, aber die Zeit ist knapp. »Laß uns das hier erst hinter uns bringen«, drängt Jan. Sie betreten ein Bürohaus modernster Bauart, einen dieser Kolosse, die durch ihre spiegelnden Glasfassaden wirken, als seien sie Teil des Himmels und leicht wie Wolken.

»Der Schuppen hat schon was gekostet«, stellt Dirk fest, als er an der Fassade des Hauses hochblickt. Und als die beiden eintreten, stellen sie fest, daß sich auch die Empfangshalle nicht lumpen läßt: Marmor, wohin das Auge blickt. Zwei bildhübsche junge Frauen sitzen am Empfangstresen – ebenfalls aus Marmor –, und die automatische Tür, die in die Halle führt, wird von zwei muskelbepackten Sicherheitsbeamten bewacht.

»Wir möchten zur Firma *Lux-Con*«, antwortet Jan auf französisch, als eine der Damen ihn anspricht. Das Büro liegt im achten Stock, und der Lift, der Dirk und Jan dorthin bringt, scheint kaum zwei Sekunden für die ganze Fahrt zu brauchen. Ein junger, gutaussehender Mann öffnet die Tür.

»Sie wünschen?«

Jan zückt eine Visitenkarte und reicht sie dem Mann. »Wir würden uns gerne von Monsieur Glucksman beraten lassen. Ist er da?«

»Bitte kommen Sie herein.«

Das Büro der *Lux-Con* jedoch scheint nur aus zwei winzigen Räumen zu bestehen. Glucksman, der Konzernverwalter, ein dunkelhaariger Mann, Anfang Vierzig, im Designeranzug und mit einer auffallend teuren Uhr am Handgelenk, bietet ihnen gegenüber seinem Schreibtisch Platz an. Er spricht recht gut Deutsch, bittet Jan daher, nicht französisch zu sprechen, da Dirk die Sprache nicht versteht.

»Was kann ich für Sie tun, Monsieur ... wie war noch mal Ihr Name?«

»de Fries«, antwortet Jan. »Jan de Fries.«

Glucksman verzieht keine Miene, als habe er den Namen noch nie gehört.

»Mein Name sagt Ihnen doch sicher etwas! Ich meine – Sie arbeiten immerhin seit fünf Jahren für die de-Fries-Gruppe.«

Glucksman fixiert sein Gegenüber mit seinen großen dunklen Augen. »Darf ich Ihren Paß sehen?« fragt er und streckt seine Hand aus.

»Gern.«

Jan fingert seinen Paß aus der Jackettasche und reicht ihn Glucksman. Der betrachtet ihn und gibt ihn Jan sofort wieder zurück. Er erhebt sich – »Sie entschuldigen mich einen Moment ...« – und verläßt das Zimmer.

Sofort stürzt Dirk zum Schreibtisch und setzt sich an den Computer. »Vielleicht spricht er ja mit uns, der kleine Liebling.« Er beginnt, sich eingehend mit dem Computer zu beschäftigen. Aber nach einer Weile vergeblichen Mühens stellt er fest: »Das Ding reagiert weder auf de Fries noch auf Lührs ...«

In diesem Augenblick kommt Glucksman ins Zimmer zurück, ein Handy in der Hand. Dirk wird blaß. Was der Mann wohl dazu sagen wird, wenn er sieht, daß er sich hinter den Schreibtisch gesetzt hat? Aber Glucksman würdigt ihn keines Blickes. Er reicht Jan das Handy. »Herr Doktor Lührs will mit Ihnen sprechen.«

»Ja?« meldet sich Jan am Apparat.

Tatsächlich, es ist Lührs. »Hör zu, Jan«, keucht er am anderen Ende der Leitung, »du weißt, daß ich ein Angebot habe… Frauke hat mich fast schon überredet zu bleiben, aber wenn das so ist…«

»Wie meinst du?«

»Ich meine, ohne eine gewisse Form von Grundvertrauen sehe ich mich leider genötigt zu gehen.«

»Ach ja?« Jan zwinkert Dirk zu, der noch immer am Computer sitzt, fassungslos darüber, daß Glucksman auf ihn nicht reagiert, sondern gebannt Jan ansieht, als wolle er an dessen Mimik Lührs Worte erraten.

»Sag deinem Freund, diesem Steinzeitmenschen, er kann sich sparen, aus Glucksman etwas rauszuprügeln«, sagt Lührs. »Ich werde alles offenlegen.«

Jan strahlt triumphierend. »Dann fang doch gleich am Telefon damit an«, meint er spöttisch und sieht Glucksman an. »Was macht dieser Mann für uns?« fragt er in den Hörer.

Lührs Antwort ruft bei Jan ein trockenes Lachen hervor. Dann verlangt Lührs Glucksman zu sprechen. Jan reicht ihm das Handy. Glucksman nimmt den Apparat und verschwindet damit aus dem Zimmer.

»Und?« fragt Dirk gespannt.

»Er wäscht Gelder für unseren Laden.«

Dirk nickt. Sie haben es ja geahnt. Er wendet sich wieder dem Computer zu. Diesmal wählt er seine Hamburger Nummer und gibt dem PC den Befehl, die Dateien auf seinen Computer in Hamburg zu überspielen.

»In ein paar Minuten ist alles bei mir zu Hause«, grinst er stolz. »Das Wunder der Technik!«

Glucksman betritt wieder das Büro und stutzt, als er Dirk am PC sieht. »Was machen Sie da?«

»Ich überspiele uns den Mist, nur zur Sicherheit«, antwortet Dirk wahrheitsgemäß. Glucksman grinst. »Den Code knacken Sie nie.«

»... sagte die Dame zum Matrosen und bekam Drillinge von ihm«, macht Dirk sich über den Mann lustig. »Sie haben nicht 'n Schluck Kaffee für uns? Es wird nämlich einen Augenblick dauern, fürchte ich.«

Glucksman erstarrt.

»Oder wollen Sie uns vielleicht gleich das Codewort sagen?« wirft Jan ein.

»Mein Suizidbedürfnis ist nicht sehr ausgeprägt«, gibt Glucksman zu verstehen.

»Schon da, die Verbindung!« ruft Dirk vom Computer her.

Glucksman hat sich wieder gefangen. Seelenruhig geht er zum Schreibtisch. »Darf ich?« fragt er und bückt sich blitzschnell, um den Stecker des Computers aus der Wand zu reißen. Aber Jan hat ihn im Auge behalten und ist schneller. Glucksman versucht, ihm den Ellenbogen ins Gesicht zu rammen, aber Jan packt ihn und hebelt ihn aus. Glucksman geht mit einem Schrei zu Boden. Fast hätte er den Schreibtisch mitsamt dem Computer umgestoßen, wenn Dirk nicht im letzten Augenblick den PC festgehalten hätte. Aber Glucksman schafft es noch, das Modemkabel aus der Buchse zu reißen.

»Jetzt dauert's länger«, sagt Dirk trocken, »zu dumm aber auch.« Der Franzose stößt Flüche aus.

»Was hat er gesagt?« fragt Dirk seinen Freund.

»Er hat deine Mutter eine Hure genannt«, übersetzt Jan.

»Und damit auch noch meinen Vater beleidigt«, knurrt Dirk und reißt Glucksman vom Boden hoch. »Das wird jetzt leider schmerzhaft, Monsieur«, sagt er und will den Mann so richtig vermöbeln – als der auf einmal ein Tränengasspray in der Hand hält und kräftig abdrückt, direkt in Dirks Augen.

Das hätte Glucksman nicht tun dürfen: Jan tritt den Franzosen gegen den Unterarm, die Spraydose fliegt durch den Raum und donnert gegen das Glas eines Bilderrahmens, das zerspringt. Zwei weitere Kicks von Jan und ein Fauststoß von Dirk sorgen dafür, daß der Mann endgültig zu Boden geht.

Zurück in Hamburg, wäscht Corinnas Vater, Georg zur Netten, Jan gehörig den Kopf. »Wo lebst du?« fragt er, als Jan ihn nach dem Trip nach Luxemburg wütend im *Hanseatischen Creditcontor* aufsucht. »Lührs hat nichts anderes getan als die meisten anderen auch. Geld ist da, um vermehrt zu werden.«

»Aber er betrügt uns, Georg«, ruft Jan, »abgesehen davon, womit er das Geld verdient hat!«

»Betrügen?« Zur Netten lacht auf. »Er ist Geschäftsführer, Jan. Ich würde das Geld genauso arbeiten lassen, wenn ich an seiner Stelle wäre, glaub mir.« Er beugt sich vor und nimmt seine Stimme etwas zurück, als er sagt: »Wenn dein Vater noch leben würde, wüßtest du von all dem gar nichts.«

Jan schweigt und sieht betreten zu Boden. »Ich weiß es aber«, meint er nach einer Weile trotzig. Dann blickt er zur Netten offen ins Gesicht. »Also. Wo hat er das Geld hingebracht?«

Zur Netten lacht wieder, als habe er es mit jemandem zu tun, der in der Geschäftswelt absolut grün hinter den Ohren ist. Und das ist Jan, zweifellos. »Ich weiß es nicht«, antwortet er. »Und selbst wenn ich es wüßte, würde ich es nicht sagen. Sogar bei uns gibt es eine Art Bankgeheimnis.«

Jan ist blaß geworden. Daß zur Netten die Sauereien seines Schwagers lächelnd billigt, hätte er nicht von ihm erwartet.

»Ich lasse ihn hochgehen«, verspricht Jan.

Zur Netten blickt ihn ernst an. »Es ist deine Familie, die du ruinierst.«

Jan will von Lührs die exakte Aufstellung haben, den klaren Überblick über das gesamte Firmenvermögen. Vom *Hanseatischen Creditcontor* aus fährt er direkt in die Villa, wo er im Herrenzimmer auf seinen Schwager trifft. Lührs beschwört, daß er alles nur für die Familie getan habe. Jan gibt vor, ihm zu glauben. Das erstaunt seinen Schwager.

»Und selbst wenn du etwas für dich abgezwackt hättest...«, räumt Jan ein. »Du hattest es ja nicht immer leicht unter Vaters Regiment.«

»Danke«, sagt Lührs.

»Was allerdings nichts daran ändert, daß diese Transaktionen illegal sind.«

»Illegal?« empört sich Lührs. »Ein Unternehmen wie das unsere wird vom Staat doch förmlich gezwungen, ihn zu betrügen!«

»Ach, so siehst du das?«

»Ja. Und dein Vater hat es genauso gesehen.«

»Ich muß wohl noch sehr viel lernen.«

Lührs lächelt milde. »Mir ist das am Anfang auch nicht leichtgefallen, sage ich dir. Ich wollte eigentlich mal Richter werden.«

Jan erhebt sich. »Ich finde gut, daß du's nicht geworden bist«, sagt er. »Paßt es dir morgen um neun? Hast du bis dahin alle Unterlagen zusammen?«

»Natürlich. Aber zehn wäre mir lieber«, bittet Lührs. »Unser Vermögen ist etwas verzweigt angelegt, und ich möchte wirklich eine exakte Aufstellung machen.«

»Gut«, sagt Jan, »dann bis morgen früh um zehn.«

Sie verabschieden sich voneinander, und Jan verläßt das Herrenzimmer.

Aus dem Salon dringt Flamenco-Musik. Gloria ist zurückgekommen, schneller als erwartet. Sie will Jens zwo unbedingt in der Heimatstadt seines Vaters bekommen, und da sich das Baby schon vorzeitig anzukündigen scheint, ist sie kurzerhand, von Carlos begleitet, zurückgekommen. Offensichtlich tanzen sie gerade alle, Carlos, Gloria und die drei Lührs-Mädchen. Jan lächelt. Er mag jetzt nicht hineingehen und mit seiner düsteren Stimmung den Tanzenden die gute Laune verderben.

Er verläßt die Villa und schlendert durch den nächtlichen Park ins Gartenhaus. Oben in der Lührsschen Wohnung ist Licht. Frauke scheint noch nicht schlafen gegangen zu sein. Jan klopft bei ihr an; er weiß ja, daß Helge noch im Herrenzimmer zu tun hat. Frauke liegt schon im Bett. Die Flamenco-Musik aus dem Salon dringt bis an ihr geöffnetes Schlafzimmerfenster.

Jan muß mit seiner Schwester über ihren Mann reden, es hilft nichts. Er setzt sich an Fraukes Bett und erzählt ihr, wieviel Geld ihr Mann beiseite geschafft hat und daß er vermutet, daß er die Familie betrogen hat. Frauke wiegt ihren Kopf hin und her.

»Und wenn er das Geld wirklich nur zum Wohl der Familie angelegt hat?« fragt sie zweifelnd.

»Dann hätte er mir doch schon vor Wochen reinen Wein einschenken können, oder?«

Darauf weiß Frauke nichts zu sagen.

»Also, was machen wir, Schwesterherz?«

»Ich weiß es nicht«, kommt es erschöpft von Frauke. »Ich muß erst damit fertig werden, daß ich mein ganzes Leben lang einen falschen Traum geträumt habe.« Jan nimmt Fraukes Hand und streichelt sie. »Ich bin so müde«, sagt sie leise, »unendlich müde.«

Nein. Jan kann jetzt nicht einfach so schlafen gehen. Die Musik und das Lachen locken ihn doch noch einmal zurück in die

Villa. Gloria, mit prallem Bauch, wiegt sich sacht zum Flamenco, während Carlos mit den drei Mädchen gleichzeitig tanzt. Sie schwingen ihre Röcke hin und her, werfen Arme und Beine, machen ihm schöne Augen, eine verliebter als die andere, und der gutaussehende Spanier genießt es, Mittelpunkt der hübschesten Mädchen Hamburgs zu sein. Jan nähert sich Gloria und beginnt, sich im gleichen Rhythmus zu bewegen wie sie. Musik, Lebenselixier, uraltes Heilmittel.

Allmählich wird er immer ruhiger, fällt die bedrückende Last des Tages von ihm ab, nur für ein paar Minuten, nur für ein paar Stunden.

Entspannt gehen sie schließlich in seine Wohnung, Gloria und Jan – für Carlos hat Lotte eines der Gästezimmer in der Villa zurechtgemacht –, und plaudern über Jens zwo und seine baldige Ankunft, über Strampler und Windeln, Bettchen und Mützchen. Aber dann ist Gloria doch neugierig und möchte mehr von Jan über Lührs erfahren – und er erzählt ihr, was er und Dirk in der letzten Zeit alles erfahren haben. Stirnrunzelnd hört sie zu.

»Warum machst du eigentlich nicht gleich reinen Tisch mit ihm?«

»Ich muß erst noch mit Silke reden«, sagt Jan.

»Mit mir etwa nicht?« fragt sie und hebt eine Augenbraue. Jan versteht nicht. »Na, weil ich keine Ahnung von Geld habe und du natürlich den Anteil von Jens zwo auch verwalten mußt!«

Sie faßt sich an den Bauch und beißt die Zähne zusammen. Sie hat sichtlich Schmerzen. Stöhnend sinkt sie auf einen Stuhl, den Jan ihr hinschiebt.

»Was hast du?« fragt Jan erschrocken.

Wieder stöhnt Gloria.

»Es geht… los…«, preßt sie hervor. Sie kann kaum noch

sprechen. Jetzt erst begreift Jan. Das Baby! Ausgerechnet jetzt, mitten in der Nacht! Das Telefon klingelt. Jan winkt ab, darum kann er sich jetzt nicht kümmern; er läßt es klingeln. Jan wirft Gloria seinen Mantel über und reicht ihr seinen Arm, damit sie sich darauf stützen kann. Langsam und vorsichtig verlassen sie das Gartenhaus in Richtung Garage. Das Klingeln des Telefons begleitet sie noch eine Weile. Es hat zu regnen begonnen.

Jans Auto rast durch die nassen Straßen zum nächsten Krankenhaus.

Dirk kann sich nicht erklären, warum Jan den Hörer nicht abnimmt, wo er doch soeben eine sensationelle Entdeckung gemacht hat. Er hat nämlich den Code geknackt. Und deshalb war er in der Lage, die Dateien der *Lux-Con* aus Luxemburg zu entschlüsseln. Er versucht es noch einmal, wählt Jans Nummer. Tuuuut – tuuuut ... nichts.

»Dreiundvierzig Millionen«, murmelt er vor sich hin, »genau gesagt, 43 170 500 Mark hat Lührs beiseite geschafft ... da könnte selbst ich ein paar Wochen von leben ...«

Wenn Jan doch ans Telefon gehen würde!

Aber der geht durchnäßt und wie aufgezogen auf dem Flur des St. Hedwig-Krankenhauses auf und ab. Der Kreißsaal ist direkt nebenan. Periodisch dringen Glorias Schreie durch die Tür. Kinderkriegen – das muß eine Tortur für Frauen sein, stellt Jan fest. Aber plötzlich ist es still. Er bleibt stehen und lauscht: Das zarte Wimmern, ist das die Stimme des Neugeborenen?

Die Tür zum Kreißsaal wird geöffnet, eine Schwester kommt heraus. Jan stürzt auf sie zu. »Alles in Ordnung?«

»Selbstverständlich.«

»Und was ist es?«

Die Schwester mustert ihn: »Ein Junge. Sind Sie der Vater?«

»Nein«, sagt Jan, »mein Vater ist der Vater… ich bin der Stiefsohn der Mutter und…«

»Ah ja«, sagt die Schwester, als glaube sie ihm kein Wort.

»…und das Neugeborene ist mein Bruder. Mein Halbbruder, sozusagen…«

»Na, dann gratuliere ich Ihnen herzlich zu Ihrem Bruder«, sagt die Schwester und lächelt ein wenig spöttisch.

»Darf ich zu ihr?«

»Natürlich.«

Jan stürzt in den Kreißsaal, wo Gloria ihm schon den frisch abgenabelten Säugling entgegenhält. »Das ist er…«, strahlt sie. Jans Knie werden weich. »Ich glaub's nicht.« Vorsichtig nimmt er das Baby in seine Arme.

»Hallo, Jens zwo, wie geht's? Schau mal, das ist deine Mutter«, flüstert er in das zarte Ohr des Neugeborenen. »Eine der tollsten Frauen der Welt!«

Jetzt hält Jan es nicht mehr aus. Er muß zu Corinna. Er spürt nicht, daß er bisher noch keine Sekunde geschlafen hat. Es ist vier Uhr früh. Jan springt in den Wagen und saust los. Für die Strecke vom St. Hedwig-Krankenhaus bis zu Corinnas Wohnung würde ein Taxi zwanzig Minuten brauchen – Jan schafft es in zehn. Glücklicherweise hält sich der Straßenverkehr in Grenzen: die Stadt ist gerade erst dabei aufzuwachen. Völlig durchnäßt – es regnet noch immer in Strömen – steht er bei Corinna vor der Tür und klingelt Sturm. Nach langer Zeit wird die Tür einen Spaltbreit geöffnet. Ein verschlafenes Gesicht, eingerahmt von einer strohblonden, strubbeligen Mähne, ist das, was von Corinna zu erkennen ist. Als sie Jan sieht, streckt sie ihren Arm durch den Spalt und zieht ihn hinein wie in die Höhle eines Winterschläfers. »Nicht reden«, bittet sie schlaftrunken, »komm ins Bett und schlaf!«

»Nicht reden?« ruft Jan aufgekratzt, »ich denk nicht dran!« Er packt seine noch schlafwarme Geliebte, hebt sie hoch und wirbelt sie in der Luft herum, was sie mit einem unwirschen Knurren quittiert, das soviel heißen soll wie: »Warum quälst du mich?«

»Gloria hat einen Sohn!«

»Laß mich runter.«

»Gloria hat einen Sohn, du Schlafmütze, und das werden wir jetzt beide feiern!« Er trägt sie behutsam in ihr Bett zurück. Dankbar schlingt sie ihre Arme um seinen Hals. Aber Jan läßt es nicht zu, daß Corinna einfach so wieder einschläft. Und irgendwie ist Corinnas Müdigkeit dann doch noch verflogen.

Als Jan ein paar Stunden später unter Corinnas Dusche steht, klingelt sein Handy. Er wirft sich ein Badehandtuch über und schaltet den Apparat ein. Es ist Dirk, der sich schon Sorgen um seinen Freund gemacht hat, weil er ihn nicht erreichen konnte.

»Mensch, Alter, ich habe meinen Bruder bekommen, ich meine, meine Stiefmutter hat ihr Kind, also Gloria... na ja, du weißt, irgendwie hört sich das komisch an...«, stammelt Jan freudig ins Telefon, während er mit der anderen Hand seinen nassen Körper trockenrubbelt.

»Na, dann gratuliere ich dir!« sagt Dirk, und endlich, endlich kann er seine Neuigkeit loswerden: Daß er den Code entschlüsselt und herausbekommen hat, was für eine Wahnsinnssumme von Lührs beiseite geschafft worden ist.

Entsprechend geladen fährt Jan wenig später in die Kanzlei seines Anwalts Tippner, wo man ihn schon erwartet. Privatdetektiv Weller, ein bescheidener Mann Anfang Vierzig, hat im Auftrag Tippners ein paar interessante Fotos geschossen, die er nun Jan in einem Umschlag übergibt. Sie setzen sich, und Jan zieht die Fotos aus dem Umschlag heraus. Lührs ist darauf zu sehen, wie er einem etwas dicklichen Mann die Hand schüttelt. Weller weiß auch den Namen des Mannes…

Ein paar Zimmer weiter sitzen die Rechtsanwältin Manuela von Manteuffel und Hajo Hansen zusammen. Nachdem Jan von Privatdetektiv Weller das Wichtigste über die Fotos erfahren hat, schaut er kurz in Manuelas Büro herein.

»Wie geht's?«

Hajo freut sich sichtlich, Jan zu sehen. Aber sein Tonfall ist sarkastisch, als er antwortet: »Prächtig geht's mir, mein Junge, prächtig!« Er winkt Jan heran und bietet ihm einen Stuhl an. »Frau von Manteuffel hat mir gerade ein paar Verträge gezeigt, die ich zwar unterschrieben habe, die ich aber nicht kenne.«

Er blättert in einer Aktenmappe, sucht einen der Verträge heraus und reicht ihn Jan. »Unter anderem habe ich vierzehn Tage vor dem Konkurs angeblich mein Haus in Aumühle an euch verkauft.«

Jan sieht sich das Dokument an und schüttelt fassungslos den Kopf. »An mich hast du's bestimmt nicht verkauft«, sagt er. Die schöne Manuela lächelt ein wenig traurig. »Die Villa wurde sechs Wochen später von der de-Fries-Gruppe an Staatsrat Lehmann weiterverkauft…«

»Das ist der Mann, mit dem ich die Subventionen für die Werft in Rostock verhandelt habe«, erläutert Hajo.

»…für zehn Prozent des Verkehrswertes!« ergänzt Manuela.

Hajo zeigt auf eine Unterschrift. Jan erkennt den Namenszug seines Vaters. »Den Kaufvertrag für das Haus hat dein Vater unterschrieben. Danach wurden der *Poseidon* neue Kredite bewilligt, die aber in der Hauptwerft im Westen verschwanden.«

»Ich werde morgen Anzeige gegen Herrn Dr. Lührs erstatten«, gibt Manuela bekannt.

Jan schüttelt immer wieder den Kopf. Was würde er seinem

Vater sagen, wenn er noch lebte? Nun, wie zur Netten schon sagte, er würde vermutlich von nichts wissen, aber falls doch? Würde er mit ihm brechen? Vielleicht ist es ein Segen, daß Vater tot ist, denkt Jan. So bleibt mir dieser Schritt – mich von ihm abzuwenden – erspart. Und ihm ebenfalls.

»Und wie geht es dir?« reißt Hajo ihn aus seinen Gedanken.

»Ebenfalls prächtig, wie du siehst. Uns hat Lührs um gute vierzig Millionen betrogen.«

»Na, dann ist ja alles wunderbar«, stimmt Hajo Hansen bitter lächelnd ein. »Willst du mit mir 'ne Kleinigkeit essen gehen?«

Sie brechen gemeinsam auf, nachdem sie sich von Manuela verabschiedet haben. Als sie die breite Treppe zum Ausgang hinuntersteigen, beginnt der alte Hansen leicht zu schwanken. Schnell hakt Jan ihn unter und stützt ihn.

»Ist dir nicht gut, Hajo?« fragt er besorgt.

»Ich weiß nicht«, stammelt Hajo, der bleich geworden ist, »mir ist plötzlich übel. Das wird die Aufregung sein.«

»Soll ich dich nach Hause fahren?«

»Nein, danke«, wehrt Hajo ab. »Es geht gleich vorbei. Ist ja auch kein Wunder: Seit zehn Jahren träume ich von dem Tag, an dem ich wieder aufrecht gehen kann, und jetzt ist er da.« Jan nickt bestätigend und klopft ihm leicht auf die Schulter. »Hat 'ne tolle Arbeit gemacht, dieses Mädchen«, sagt Hajo anerkennend. Sie verlassen das Bürohaus und treten auf die Straße. Jan hat Hajo sicherheitshalber noch untergehakt.

»Ich mache mir trotzdem Sorgen, Hajo«, sagt Jan nachdenklich. »Immerhin haben Lührs und der Staatsanwalt zusammen studiert.«

Lührs hat zur selben Zeit Besuch von seinem Rechtsanwalt Dr. Harms. Der ist sehr nervös geworden und geht im Zimmer hin und her. Lührs trommelt mit seinem Zigarillo, den er schon seit langem anstecken will, einen unruhigen Rhythmus auf die Schreibtischplatte. Dr. Harms spürt, daß Lührs sich in puncto Gloria verrannt hat. Er will ihn zu einer Kursänderung überreden. Aber das ist nicht einfach.

»Du machst dich nur lächerlich«, versucht er seinem Freund und Mandanten klarzumachen. »Drei unabhängige Gutachter sind zu demselben Ergebnis gekommen: Jens de Fries ist der Vater des Kindes.«

»Weißt du, was das heißt?« sagt Lührs aufgebracht.

»Ja«, antwortet Dr. Harms ruhig. »Der Junge erbt fünfundzwanzig Prozent des Vermögens.«

Lührs kaut an seinem Zigarillo. »Dieses Flittchen.«

Dr. Harms geht zum Fenster, blickt hinaus und dreht sich dann zu seinem Mandanten um. »Du hast jetzt wirklich andere Sorgen, Helge. Hansen hat gegen alle, die damals mitgemacht haben, Anzeige erstattet.«

»Wenn's ihn glücklich macht«, sagt Lührs mit einer wegwerfenden Handbewegung.

»Und außerdem«, fährt der Anwalt fort, »läßt dieser Mitarbeiter von meinem Kollegen Tippner nicht locker. Er will die *Linea Verde*-Verträge sehen.«

»Soll er, von mir aus«, sagt Lührs und wirft den Zigarillo achtlos in den Aschenbecher. »Wenn er sonst nichts zu tun hat.« Er schiebt seinen Stuhl an den Schreibtisch und greift zum Telefon. »Verbinden Sie mich bitte mit Herrn Lehmann«, beauftragt er die Sekretärin. »Ja, der Staatsrat.« Sein Gesichtsausdruck verrät, daß er sich seiner Sache ganz sicher ist.

In Zimmer dreiundzwanzig der Entbindungsstation des St. Hedwig-Krankenhauses geht es hoch her. Dirk versucht gerade, dem neugeborenen Winzling einen überlebensgroßen Teddy zu überreichen, was Gloria lachend zu verhindern weiß. Aber Dirk hat noch einen zweiten Trumpf. Mit einem besonderen Leuchten in seinen Augen überreicht er Gloria einen Briefumschlag.

»Für dich.«

Gloria sieht ihn fragend an und öffnet das Kuvert. Dirk kann nicht an sich halten. Ehe Gloria den Text auf der Karte gelesen hat, hat er ihr schon verraten, worum es dabei geht:

»Es ist ein Gutschein für den ersten Linienflug. Mit *Albatros*, meinem Flugschiff!«

Gerührt streckt Gloria ihm ihre weit geöffneten Arme entgegen. Dirk tritt ans Bett und läßt sich von ihr umarmen.

»Ihr werdet euch wundern«, sagt er stolz. »Das wird gar nicht mehr so lange dauern.«

Und er behält recht. An einem sonnigen Samstag lädt Dirk seine Freunde ein, um das fast fertiggestellte Flugboot anzusehen. Die Facharbeiter und Ingenieure, die unter Hajos Anleitung in der High-Tech-Halle einer Werft den Prototypen *Albatros* zum Leben erweckt haben, können es selbst kaum erwarten, ihr Produkt endlich fliegen zu sehen. Fasziniert bleibt Vera in gebührendem Abstand zu der riesigen flugzeugähnlichen Fähre stehen. »Das sieht ja irre aus!«

»Danke«, flüstert Dirk ihr zu und legt stolz den Arm um sie. Kevin ist nicht zu bremsen. Er bestürmt Hajo, will gleich ins Cockpit klettern. Hajo tut ihm den Gefallen und steigt mit ihm die Leiter hinauf, die zum Cockpit des Flugbootes führt.

»Morgen früh können wir probefliegen«, verkündet Hajo Hansen. In seinen Augen blitzt eine Träne, die er sich verstohlen wegwischt.

»Hast du ›wir‹ gesagt?« schreit Dirk überrascht hinauf zum Cockpit.

»Klar«, ruft sein Vater lächelnd zurück, »oder kennst du

einen besseren Copiloten?« Gemeinsam mit seinem Enkel, der nicht aufhört, ihm Löcher in den Bauch zu fragen, steigt er die Treppe wieder hinunter. »Die Präsentationsmappe ist übrigens fertig.« Er zeigt auf einen Tisch, auf dem eine Mappe liegt. Auf dem Deckblatt sieht man einen wunderschön photographierten *Albatros*, der über die Wellen gleitet.

Kevin zupft Vera am Ärmel. »Schläfst du heute bei uns?« fragt er so laut, daß alle es hören können. Vera errötet. Sie beugt sich zu dem Jungen herunter und flüstert ihm ins Ohr: »Wenn ich darf ...?«

»Dürfen?« flüstert der zurück. »Du mußt!«

Am nächsten Morgen sind alle schon sehr früh auf den Beinen. Heute wird *Albatros* zu einem kleinen Probeflug starten.

»Aufbruch, Chef, wir müssen!« ruft Dirk seinem Vater von Paulsens Wohnungstür aus zu, nachdem er, Kevin und Vera im Loft gefrühstückt haben.

»Pscht.« Paulsen schlurft heran. Er sieht besorgt aus. »Das wird heute nix mit Hajo, Junge«, sagt er leise.

»Wieso nicht?«

»Es ging ihm nicht gut«, sagt Paulsen. »Er schläft aber jetzt.«

»Schade. Das Wetter ist so schön«, meint Dirk bedauernd. »Dann machen wir eben einfach einen Segeltörn und lassen *Albatros* noch ein Weilchen in Ruhe.« Paulsen nickt zufrieden.

»Paß auf ihn auf, ja?«

Paulsen verspricht es.

Beim Segeln können sie alles um sich herum vergessen, Dirk und Jan. Gemeinsam mit Corinna, Vera und Kevin wird es einer der schönsten Tage seit langem. Der Wind spielt mit, die Sonne geizt nicht mit ihren wohltuend wärmenden Strahlen, und Kevin, als engagierter Seglernachwuchs, ist in seinem Element. Für Jan ist ein Segeltörn die beste Medizin, um Kraft zu schöpfen für seinen großen Auftritt: die Konfrontation seines Schwagers mit den Fotos, die der Privatdetektiv geschossen hat.

Es ist schon dunkel, als Jan, erschöpft und glücklich, vom Segelausflug nach Hause zurückkehrt. Er weiß, daß sie alle dabeisein werden, wenn er mit Lührs Tacheles reden wird: Seine Schwestern Frauke und Silke – und natürlich Gloria.

Dann ist es soweit: Sie treffen sich im Herrenzimmer, und Jan überreicht seinem Schwager als erstes das Dossier mit der Aufstellung der Transaktionen.

»Welche Gelder wann, wie und wo verschwunden sind, seit du Geschäftsführer bist, weißt du wohl selbst am besten«, sagt er feierlich zu Helge Lührs. »Aber sollte dir etwas entfallen sein – es steht alles da drin.«

Lührs versucht, Haltung zu bewahren. »Ich verstehe nur Bahnhof«, behauptet er und guckt irritiert in die Runde. »Ich dachte, es wäre alles geklärt.«

»Dachtest du«, entgegnet ihm Jan. »Aber egal, für wie dumm du uns hältst: Ich finde, du hast unserem Namen und unserem Unternehmen genug geschadet.« Lührs blickt empört zu Frauke, von der er sich eine unterstützende Reaktion erhofft. Aber Frauke weicht seinem Blick aus und sieht zu Boden.

»Wenn du vernünftig bist, sagst du uns, was du mit dieser *Linea verde* zu tun hast«, fordert Jan ihn auf.

»Überhaupt nichts«, behauptet Lührs. »Ich kenne diese Leute ja gar nicht. Ich habe die Küstenmotorschiffe und den LKW-Park an sie verkauft, das ist alles.« Er zeigt mit dem Finger auf Jan. »Übrigens in Absprache mit dir, falls du dich daran erinnerst.«

»Aber nicht fünfzig Prozent unter Wert und für eine Maklergebühr von fünfundzwanzig Prozent!« wirft Jan ein.

»Das ist branchenüblich«, verteidigt sich sein Schwager.

»Wer dieser Makler ist, wirst du uns sicher noch sagen.«

»Den kenn ich nicht«, schwört Lührs. »Doktor Harms hat die Verträge gemacht.«

»Und du hast sie unterschrieben!« ruft Jan. »Es könnte nicht zufällig sein, daß es sich um diesen Mann handelt?« Jan hat eines der Detektivfotos aus dem Umschlag herausgezogen und hält es seinem Schwager unter die Nase. Es ist das Bild, auf dem Lührs einem Mann auf einem Parkplatz die Hand schüttelt. Lührs erstarrt. Frauke und Silke beobachten seine Reaktionen genau, als Jan ihm ein weiteres Foto reicht.

»Und das ist Guido Casini, der Käufer, mit dir beim Essen in Genua. Und das...« – er zieht ein drittes Foto aus dem Kuvert – »das bist du beim Betreten einer Bank in Salzburg. Achte mal auf den Aluminiumkoffer, den du noch trägst, als du hineingehst, und den du...« – er zeigt ein weiteres Foto – »... nicht mehr hast, als du die Bank verläßt.«

Lührs ist blaß geworden. Aber er gibt sich nicht so leicht geschlagen. »Was soll das beweisen?« fragt er höhnisch. Er berührt den Arm seiner Frau. »Sag doch auch mal etwas, Frauke!« Aber die sieht ihn nur tieftraurig an. Lührs wendet sich wieder an Jan. »Also, wenn dein Vater das wüßte...«

»Was würde er tun, verehrter Herr Schwiegersohn?« unterbricht ihn Gloria. Lührs verstummt. Er räuspert sich, zupft an seiner Kleidung herum, wirft einen Blick aus dem Fenster.

»Aber dieses Konto in Salzburg gehört doch uns allen«, sagt er in einem ruhigen, versöhnlichen Ton.

»Du meinst, uns allen«, korrigiert Jan und zeigt auf alle Anwesenden außer ihn. »Du bist bei uns nur Angestellter oder warst es, besser gesagt. Ich habe trotz allem Frauke zuliebe davon Abstand genommen, dich anzuzeigen, Helge.« Lührs schluckt, versucht, mit seiner Frau Blickkontakt aufzunehmen – vergeblich. »Du wirst auf eigenen Wunsch aus Gesundheitsgründen aus der Firma ausscheiden«, teilt Jan seinem Schwager mit, »und deinen Schreibtisch morgen früh räumen.«

Helge geht einen Schritt auf Jan zu. In seinen Augen spiegeln sich Wut und Haß. »Das könnt ihr mit mir nicht machen«, brüllt er. »Ich habe ein halbes Leben für euch geschuftet, und ich habe ein Recht darauf…«

»Hast du nicht«, unterbricht Jan ihn.

Lührs verstummt. Alle schweigen.

»Bitte«, kommt es nach einer Weile von Lührs, und er klingt fast heiter, »bitte, wenn du meinst, einen Beruf ausüben zu müssen, von dem du keine Ahnung hast, wie du sagst – dann viel Glück!« Er vergräbt beide Hände in seinen Hosentaschen. »Ich nehme an, du weißt, was es für dich bedeutet, mich zum Gegner zu haben. Immerhin halte ich als Treuhänder noch fünfzig Prozent in der Gruppe.«

»Hältst du nicht mehr«, mischt sich Silke ein. Lührs blickt sie überrascht an. »Jan wird ab sofort meinen Anteil verwalten.«

Lührs ist fassungslos. Er ringt nach Worten.

»Nimm das Angebot an, Helge«, sagt Frauke ruhig und bestimmt, »sonst…«

»Sonst – was?« fragt ihr Mann.

»Ich werde dich sonst anzeigen müssen«, beendet Frauke ihren Satz. Lührs sieht die drei Frauen der Reihe nach an: Gloria, Silke, Frauke. Jetzt weicht auch Frauke seinem Blick nicht mehr aus.

»Wir werden morgen nach Salzburg fahren und unser Konto zu *unserem* machen«, sagt Jan. Und Frauke ergänzt: »Jetzt packe bitte deine Sachen, Helge.« Lührs starrt sie fassungslos an. »Wie… ich soll…?«

»Du hast schon verstanden, Helge«, sagt sie.

Abrupt dreht Lührs sich um und geht zur Tür. Bevor er das

Herrenzimmer verläßt, ruft Jan ihm hinterher: »Und den Jaguar läßt du bitte hier.« Lührs Antwort ist ein geringschätziges Grinsen.

Jens zwo, der die ganze Zeit in der Nähe des Fensters im Wagen gelegen und geschlafen hat, beginnt zu schreien. Frauke schaut auf und rollt hinüber zu Gloria. »Darf ich ihn nehmen?« fragt sie bittend. Gloria geht zum Kinderwagen, nimmt ihr Baby vorsichtig heraus, wickelt es in eine Decke und reicht es Frauke. Jens zwo hört nicht auf zu krähen. »Ja, ja, Herr de Fries, ich bin ganz Ihrer Meinung«, sagt Frauke liebevoll und beginnt, das Neugeborene leicht in ihren Armen zu wiegen.

»Willkommen in unserer Familie, Gloria«, sagt sie dann. Die braucht einen Augenblick, bevor sie erkennt, daß Frauke kein Theater spielt. Nein, Lührs' Ehefrau meint es ernst mit ihr. Ergriffen geht Gloria auf Frauke zu und umarmt sie zärtlich. Dabei spürt sie die ganze seelische und körperliche Zerbrechlichkeit der Frau im Rollstuhl, die für sie bisher immer nur unheimlich, ja fast abstoßend gewesen war. Aber all das ist plötzlich nicht mehr da. Jetzt ist sie nur noch ein Mensch, der gerade aus einer Lebenslüge herausgerissen wurde; ein Schock, der wohl dem des Unfalls vor vier Jahren gleichzusetzen sein muß. Gloria hat Mühe, ihre Tränen zurückzuhalten.

»Danke«, sagt sie leise, »danke, Frauke.«

Am nächsten Morgen sitzt Frauke allein beim Frühstück. Lotte bringt ihr den grünen Tee, den sie morgens am liebsten trinkt. Sie blickt auf den leeren Platz neben Frauke. »Der Herr Doktor kommt heute nicht zum Frühstück?«

Frauke sieht Lotte vielsagend an. »Mein Mann wird dieses Haus nie mehr betreten, Lotte.«

Die Haushälterin blickt sie erschrocken an. »Wie meinen Sie das?«

»So wie ich es sage.«

Lotte läßt das Tablett sinken. Dann setzt sie sich selbst auf einen der Stühle und seufzt. »Dabei ist er nicht einmal wirklich schlecht. Er ist nur...« Sie macht eine wegwerfende Handbewegung, als wolle sie ihre Gedanken von sich schieben. Sie erhebt sich, streicht ihre Schürze glatt, nimmt das Tablett wieder auf und will in Richtung Küche gehen.

»Er ist nur was?« hakt Frauke nach.

Lotte dreht sich in der Tür um. »Ein Mann.« Dann geht sie in die Küche, um frische Brötchen für Frauke zu holen und, wie an jedem dritten Tag, ein weichgekochtes Ei.

»Vielleicht haben Sie recht«, flüstert Frauke ihr hinterher. Als Lotte nach ein paar Minuten mit Brötchen und dem Ei zurückkehrt, findet sie Frauke in Tränen aufgelöst vor. Sie stellt die Brötchen auf den Tisch, serviert ihr das Ei und legt dann tröstend die Hand auf ihre Schulter. Frauke, die Unnahbare.

Frauke nimmt Lottes Hand und küßt sie. Lotte zieht ihre Hand nicht zurück. »Weine nur«, sagt sie liebevoll, »das hilft vergessen.«

Teures Lehrgeld

Im Glanz der frühen Morgensonne wälzt sich ein Konvoi in Richtung Travemünde. Es ist soweit, *Albatros* kann auf Jungfernfahrt gehen. Dirk und Hajo haben den silbernen Vogel auf Herz und Nieren geprüft, gemeinsam mit den Ingenieuren und Handwerkern noch einige Änderungen vorgenommen, und nun ist er reif für die Ostsee.

Ganz vorn führt ein Sicherheitsfahrzeug mit orangefarbenem Blinklicht die Gruppe an, dann kommt *Albatros*, der auf einem Tieflader festgezurrt ist, dann ein zweites Sicherheitsfahrzeug mit Blinklicht, dahinter Dirk in seinem Pick-up – gemeinsam mit Hajo –, und hinter den beiden Hansens folgt Corinnas offener Boxter, mit Jan auf dem Beifahrersitz. Rechts und links an der Landstraße bleiben die Leute stehen und bestaunen das seltsame Fahrzeug auf dem Tieflader, rätseln, ob es ein Schiff oder ein Flugzeug ist. Wer einen Fotoapparat dabeihat, zückt ihn, um einen Schnappschuß zu machen, denn man kann ja nicht wissen, ob nicht am nächsten Tag etwas von diesem Ungetüm in der Zeitung steht.

Und das wird es auch, denn auch die Presse macht sich auf den Weg nach Travemünde, allen voran natürlich Esther Wilms, für die diesmal gleich drei Kamerateams im Einsatz sind.

Die Wasserschutzpolizei von Travemünde hat die Teststrecke gesichert, neugierige Passanten säumen die Mole. Beim

Anblick der Polizisten und Polizistinnen in ihren Uniformen muß Dirk sofort an Vera denken. Schade, daß sie nicht dabeisein kann. Aber sie hat heute Dienst und konnte beim besten Willen niemanden finden, der sie vertreten könnte; es ist Urlaubszeit, und viele Kollegen sind verreist.

Schweigend steuert Dirk den Pick-up, Hajo sitzt neben ihm. Hin und wieder sehen sie sich an und lächeln: Wer hätte gedacht, daß wir, Vater und Sohn, das hier noch gemeinsam erleben würden...

Und dann ist es soweit: Dirk wirft die Motoren an; ein sanfter, warmer Brummton, kaum hörbar, signalisiert den Schaulustigen, daß eine neue Zeit für alle Fähren dieser Welt angebrochen ist; ade *Kronprins Harald*, ade Hovercraft, jetzt kommt eine ganz neue Variante, eine, die euch unrentabel machen wird; eine billigere, umweltfreundlichere, schönere und viel sicherere Version namens *Albatros* verläßt den Hafen von Travemünde und nimmt Kurs auf die offene See.

Ein Raunen geht durchs Publikum, die Kameras laufen heiß, Esther peitscht ihre Leute zusammen, denn jetzt erhebt sich das Flugboot, hebt sich aus dem Wasser heraus, scheinbar leicht wie eine Feder, erhebt sich in die Lüfte wie ein Flugzeug von der Piste, die Nase im Wind. Es steigt höher und höher, aber nicht zu hoch, sondern bleibt so einige zehn, zwanzig Meter über der Wasseroberfläche und schwebt nun dahin, elegant wie eine Silbermöwe in der Mittagssonne, immer parallel zur blaugrau schimmernden See. Welch ein Anblick! In einem großen Bogen zieht der schwimmende Vogel – oder sollte man besser sagen, das fliegende Schiff? – dahin, um nach einer guten dreiviertel Stunde wieder ebenso elegant und leicht, wie er gestartet ist, im Hafen von Travemünde zu landen. Ohne Lärm, ohne Getöse, nur mit diesem leisen, angenehmen Brummen und dem sanften Plätschern des Wassers, als er wieder im Hafen aufsetzt.

Die Zuschauer klatschen und pfeifen vor Begeisterung, Autofahrer drücken auf ihre Hupen. Noch ganz verzaubert von dem wunderbaren Flug, klettern Dirk und sein Copilot Hajo aus dem Cockpit. Schon kommt Esther angerannt mit ihren Teams, gefolgt von vielen anderen Presseleuten, Kameramännern, Fotografen und Zeitungsreportern mit kleinen Walkmans. Esther hat sich Jan ausgeguckt, der gerade auf Dirk und Hajo zugehen will. Sie zwinkert ihm zu, als sie ihm ihr Mikrophon entgegenhält.

»Herr Professor de Fries«, ruft sie und winkt einen ihrer Kameraleute hastig zu sich heran, »darf ich Sie fragen, was Sie bei diesem Jungfernflug des wohl revolutionärsten Fahrzeuges, das in den letzten Jahrzehnten erfunden wurde, empfunden haben?«

Jan lacht. Was für eine Frage, denkt er. Natürlich bin ich begeistert. »Der Held der Nordsee«, fügt Esther noch hinzu, »wie die Medien den Professor nennen, ist nämlich der beste Freund des genialen Erfinders, meine Damen und Herren. Also, wie fühlen Sie sich?«

»Einfach großartig«, sagt Jan.

»Ein Gefühl, das auch Sie bald kennenlernen werden«, prophezeit die Reporterin mit Blick in die laufende Kamera, »wenn Sie mit dem *Albatros* in sehr naher Zukunft nach Stockholm, Sankt Petersburg oder Oslo fahren werden, und das zu einem Preis, vor dem Schiffs- und Fluglinien jetzt schon zittern!« Während sie spricht, hat Esther sich zu Dirk durchgedrängt. »Aber jetzt zum Mann des Jahres Zweitausend, Ingenieur Doktor Dirk Hansen... wie fühlen Sie sich?«

Dirks Antwort kommt aus tiefster Seele. »So, wie man sich fühlt«, sagt er, »wenn der Traum eines Lebens in Erfüllung geht!«

In der Wache der Wasserschutzpolizei Hamburg hängt Vera an Dirks Lippen – allerdings vor dem Fernsehapparat. Sie ist im Dienst, aber ein Moment Zeit für die Live-Übertragung aus Travemünde muß sein!

»Ein Traum, für den man alles geopfert hat«, hört sie Dirk jetzt in die Kamera sagen. »Und das trotz aller Zweifel. Und so möchte ich den Menschen danken, die mir ihre Kraft und ihr Vertrauen geschenkt haben. Professor de Fries, meinem ältesten Freund und …«

Ein Kollege betritt den Bereitschaftsraum. »Schluß mit lustig, liebe Kollegin, im Freihafen gibt's Randale – Aufbruch!«

Aber Vera hat das Wichtigste gehört. Sie hat gehört, wie Dirk nach seinem Freund auch ihr gedankt hat. Er sagte: »… und Vera, der Frau meines Lebens!«

Sie erhebt sich, küßt den Bildschirm und verläßt den Raum, während Dirk noch seinen innigsten Dank an seinen Vater Hans Joachim Hansen ausspricht. Danach erwähnt er Kevin, seinen Sohn, der nicht dabeisein kann, weil er zu Hause mit einer dicken Grippe im Bett liegt. Aber auch er sitzt vor dem Fernseher, mit klopfendem Herzen und unendlich stolz auf seinen Vater.

Noch lange wird im Landgasthof in der Nähe des Travemünder Hafens gefeiert, man stärkt sich an einem köstlichen Buffet, auf einer Videowand läuft ein Film über *Albatros*, und Politiker, Presseleute und Schiffsbau-Experten kommen miteinander ins Gespräch, tauschen Erfahrungen aus, schmieden Zukunftspläne.

Esther hat sich mit ihren Kamerateams wieder an Dirk gehängt und möchte jetzt Detailgenaueres wissen. Zum Beispiel ob es verkehrspolitisch möglich sein wird, *Albatros* mit über hundertachtzig Stundenkilometern über die Meere rasen zu lassen. Dirk nickt.

»Es wurden deshalb auch schon erste Gespräche mit dem Verkehrsministerium geführt«, sagt er ins Mikrophon.

»Und mit welchem Ergebnis?« will Esther wissen.

»Mit keinem bis jetzt«, antwortet Dirk. »Aber das liegt daran, daß die Seefahrtsverordnungen geändert werden und spezielle Verkehrszonen geschaffen werden müßten, und das weltweit.«

Esther nickt. Sie ist beeindruckt von dem bulligen Kerl. Daß Jan, den sie ja seit dem Nordsee-Symposium persönlich kennt, diese kleine Blondine ständig bei sich hat, nun, das muß sie, Esther, eben verschmerzen. Aber sein Freund ist auch nicht zu verachten. Während ihres Interviews legt Esther sich ins Zeug: streicht sich mit der Zunge über ihre Lippen, während sie Dirk ihre Fragen stellt, lächelt ihn hintergründig an, drapiert ihren Körper so, daß ihrem Gegenüber die Makellosigkeit ihrer Figur auffallen muß, und versucht, ihre Stimme ein wenig dunkel und rauchig erscheinen zu lassen.

»Noch eine letzte Frage: Haben Sie keine Angst, daß Ihre Erfindung zuallererst militärisch genutzt werden könnte?«

Dirk blickt sie an. Er ist ein wenig verwundert über diese Frage, die er sich selbst noch gar nicht gestellt hat. »Ich würde alles tun, um das zu verhindern«, antwortet er in die Kamera. Esther nickt zufrieden. »Dann hoffen wir, daß Sie auch damit Erfolg haben werden, Herr Doktor Hansen«, sagt sie und wirft ihr langes Haar wie beiläufig in den Nacken. »Ich danke Ihnen für dieses Gespräch – das war Esther Wilms, die für Sie Tag und Nacht am Pulsschlag der Zeit ist, für *Nord TV*!«

Dirk reicht ihr die Hand zum Abschied, die sie gern ergreift. Suchend blickt sie sich nach Jan um, der mit Dirk Hansens Vater in ein intensives Gespräch verwickelt ist. Und natürlich weicht diese Blondine nicht von seiner Seite. Nun ja, denkt Esther, die kein Kind von Traurigkeit ist. Schön wär's gewesen – aber was nicht ist, kann noch werden. Sie gibt ihren Teams zu verstehen, daß man zusammenpacken könne, winkt noch einmal Jan und Dirk zu, die auch zurückwinken, macht schwungvoll auf dem Absatz kehrt und verschwindet gemeinsam mit ihren Kollegen.

Jan ist gerade dabei, mit Hajo die Zukunft zu planen: wie es sein wird, wenn *Albatros* bei der de-Fries-Gruppe in Serie gehen wird. »Und du leitest die ganze Abteilung«, sagt er und tätschelt Dirks Vater die Schulter. Aber der schüttelt den Kopf. »Ich betrete die Werft erst wieder, wenn sie mir gehört – oder gar nicht, Jan«, sagt er ernst. Paulsen, der neben Hajo Platz genommen hat, nickt zustimmend. »Selbstverständlich, Hajo«, erwidert Jan, »Aber das ist doch nur eine Frage der Zeit.«

»Für dich«, sagt Hajo, »aber ich sehe das anders.«

Dirk kommt dazu und schlägt seinem Vater kräftig auf die Schulter. »So, mein lieber Vater, laß uns anstoßen«, sagt er aufgekratzt. Und zu Jan: »Du auch ’n Lütten, zur Feier des Tages?«

»Na klar, was glaubst du?«

Hajo erhebt sich. Er atmet tief durch. »Seid mir nicht böse«, sagt er und schiebt den Stuhl zurück. Er hat Schmerzen, unsägliche Schmerzen. Während des Fluges waren sie zurückgegangen, aber um so stärker spürt er sie jetzt wieder, überall, im ganzen Körper. Paulsen beobachtet Hajo besorgt, aber Dirk, in Hochstimmung, nimmt gar nicht wahr, wie schlecht es seinem Vater geht.

»Und ob ich dir böse bin«, frotzelt er. »Heute ist schließlich der Tag der Tage, und ohne dich…« Er hebt Hajo schwungvoll hoch und dreht ihn und sich im Kreis. »Wir sind die Sieger, Chef! Herr Ober«, brüllt er jetzt zur Theke hinüber, »’ne Runde Aquavit! Wir haben’s verdient, Chef!«

Hajo ist froh, daß sein Sohn ihn wieder herunterläßt. »Ich

bin sehr stolz auf dich, mein Junge«, sagt er, und er spürt, wie er vor Schwäche zu zittern beginnt. »Aber ich muß mich hinlegen.«

Jetzt hat Dirk doch begriffen, wenn auch nicht ganz. Mitleidsvoll sieht er ihn an. »Mist«, stößt er hervor. »Aber mit den ersten paar Mark, die wir mit dem Vogel machen, kaufe ich dir 'n Satz neue Bandscheiben und...«

Er verstummt, als Paulsen aufsteht und Dirk unterbricht. »Ich bring dich auf dein Zimmer«, sagt er zu Hajo und legt den Arm um ihn. Wehmütig blickt der Held des Tages den beiden hinterher. Dann wendet er sich wieder seinen Freunden zu, hält das Schnapsglas hoch und gibt das Trinkkommando:

»Attacke! Runter die Pfütze!«

Während im Festsaal des Landgasthofes noch kräftig getrunken und getanzt wird, ist Hajo in Zimmer zwölf des Gästetraktes zu Bett gegangen. Er kann sich kaum bewegen vor Schmerzen. Die Tabletten, die er mitgebracht hat, zeigen keine Wirkung; sie helfen ihm nicht mehr. Er versucht zu schlafen, aber es gelingt ihm nicht. Schwer atmend wälzt er sich in dem großen Bett hin und her. Er ist stolz auf seinen Sohn und glücklich, daß er mit ihm gemeinsam die Jungfernfahrt im Cockpit des *Albatros* machen konnte – aber nun ist er drauf und dran, vor Schmerzen den Verstand zu verlieren. Was kann er tun? Er möchte nicht die Party stören. Einen Arzt rufen? Wofür? Hajo weiß, daß der ihn auch nicht mehr heilen kann. Nein! Das, was Hajo jetzt braucht, ist Liebe. Er braucht Else. Mit zitternden Fingern wählt Hajo ihre Telefonnummer.

Else hat schon geschlafen, aber nach Hajos Anruf setzt sie sich sofort ins Auto und fährt los. Es ist tiefdunkel draußen und neblig, aber das schreckt sie nicht. Sie ist eine sichere Autofahrerin, trotz ihrer Ängste vor unberechenbaren Nebelschwaden. Es geht Hajo nicht gut, soviel weiß sie, und das ist Grund genug für sie, ihre Bedenken vor dem nächtlichen Fahren bei schlechter Sicht zu überwinden.

Niemand der Feiernden bemerkt Elses Auto vor dem Landgasthof; weder Dirk noch Paulsen, noch Jan und Corinna ahnen, daß Hajo bereits auf dem Weg zurück nach Hamburg ist. Er hat ihnen eine Nachricht dagelassen, an der Rezeption, denn ängstigen sollen sie sich seinetwegen nicht.

Während Else ihren kleinen Renault sicher und ruhig durch die nächtliche Landschaft steuert, eröffnet Hajo ihr sein Schicksal. Er erzählt ihr zum ersten Mal von seiner Krankheit und davon, daß er glaubt, nicht mehr sehr lange zu leben. Else sagt gar nichts, bis er ausgeredet hat. Sie kämpft mit den Tränen. Immer wieder verschwimmen die weißen Sichtstreifen der Landstraße vor ihren Augen. Sie drosselt die ohnehin nicht allzu schnelle Fahrt.

»Seit wann weißt du es?« fragt sie.

»Seit fast einem Jahr.«

Es beginnt zu regnen. Else schaltet den Scheibenwischer ein. »Möchtest du nicht zu mir ziehen?« fragt sie behutsam, bereit, sich für ihn aufzuopfern.

»Nein, Else«, sagt Hajo leise. »Ich will nicht, daß du mir beim Sterben zusiehst.«

Else schweigt wieder. Dann bittet sie ihn: »Schenk mir das bißchen Zeit, das dir bleibt.« Hajo antwortet lange nicht. »Komisch, daß du nie geheiratet hast«, meint er dann nachdenklich.

Es regnet stärker. Else muß höllisch aufpassen, um noch etwas auf der Straße sehen zu können. Die Scheiben beschlagen. Sie schaltet das Gebläse ein. Was hat Hajo da gesagt? Ein merkwürdiger Ton schwang bei seiner Bemerkung mit, oder nicht?

»War das ein Antrag?« fragt Else.

»Ja«, antwortet Hajo mit fester Stimme. Er legt seine Hand

auf ihr Knie. Else verstummt. Sie streichelt kurz und zärtlich über seine Finger, hält dann aber wieder mit beiden Händen das Steuerrad fest.

»Ich liebe dich«, sagt sie.

»Und ich dich erst«, versucht Hajo, sie zu übertreffen.

Als Dirk gegen Mittag erwacht und aus dem Fenster sieht, gleicht die Welt einer Waschküche. Es hat sich so richtig eingeregnet. Sein erster Gedanke gilt *Albatros*, der heute wieder nach Hamburg zurücktransportiert werden soll. Dirks Kopf dröhnt. Es war wohl ein wenig zuviel des Guten gestern abend, aber, verdammt, Alter, er hatte es sich verdient. Nur schade, wirklich schade, daß Vera nicht dabeisein konnte, daß sie seinen Triumph nicht miterleben konnte. Verdammter Dienstplan der Wasserschutzpolizei Hamburg.

Beim Frühstück reicht ihm der Wirt einen Zettel. Es ist Hajos Mitteilung, daß Else ihn aus Hamburg abgeholt habe. Dirk lächelt. So leidenschaftlich noch, in dem Alter, denkt er schmunzelnd und freut sich für seinen Vater, den er jetzt nach einer unbeschwerten Liebesnacht in Elses Armen wähnt. Auch Corinna und Jan turteln am Frühstückstisch wie zwei frisch Verliebte, und Dirk sehnt sich noch stärker nach Vera als zuvor.

Aber etwas zieht ihn noch mehr hinaus: *Albatros*. Wie weit die Jungs von der Werft wohl mit der Transportvorbereitung gekommen sein mögen? Lustlos beißt Dirk in sein Marmeladenbrötchen, stochert im Frühstücksei herum, nippt ein bißchen von seinem Kaffee. Dann hält er es nicht länger aus.

»Kinder, ich muß zur Mole runter«, verabschiedet er sich von Jan und Corinna, just in dem Augenblick, als Paulsen mit einem noch recht verschlafenen »Moin!« das Gästezimmer betritt.

»Bis später«, ruft Dirk seinem Chef zu, der sich kopfschüttelnd zu Jan und Corinna gesellt, um sich wie ein Ausgehungerter auf die sauren Rollmöpse des Frühstücksbuffets zu stürzen.

Als Dirk in seinem Pick-up an der Mole angekommen ist, wird *Albatros* gerade mit einem Kran aus dem Wasser gehoben. Am Heck ist eine Bedienungsklappe geöffnet. Ein paar Schaulustige haben sich eingefunden. Dirk geht ein paar Schritte auf die fliegende Fähre zu. Noch ist sie nicht aus dem Wasser, denkt er, noch könnte ich sie ein zweites Mal ausprobieren…

»Halt, Jungs!« ruft er den Werftarbeitern zu. Die blicken auf, winken ihm zu. »Ich will den Vogel noch mal fliegen!« ruft Dirk. »Wenn er schon mal da ist…«

Der Teamchef der Werftleute kommt ihm entgegen. »Entschuldigung, Herr Hansen, aber ohne Genehmigung dürfen wir leider nicht…«

Dirk lacht. »Ich habe das Ding ohne Genehmigung gebaut, da werde ich es wohl auch ohne Genehmigung noch mal fliegen können, oder?« Er winkt zu den anderen Jungs hinüber. »Wer will mit?«

Der Teamchef räuspert sich. »Das kommt überhaupt nicht in Frage«, versucht er, deutlicher zu werden.

Dirk steigt sein Erfolg zu Kopf. »Klappe, sonst sind Sie entlassen«, entfährt es ihm. Er blickt in die Runde der Arbeiter und Techniker, die ihn mit einer Mischung aus Überraschung und Bewunderung ansehen. »Also? Wer kommt mit?«

»Ich würde gerne, Herr Hansen.« Markus, ein junges Mitglied des Werftteams, hebt schüchtern die Hand.

»Na, dann woll'n wir mal«, bestimmt Dirk. »Und sag, verdammt noch mal, Dirk zu mir.«

Der Teamchef entfernt sich kopfschüttelnd, während Markus und Dirk mit glänzenden Augen ins Cockpit hinaufsteigen – unter dem Beifall der Passanten.

Wenig später hebt *Albatros* brummend von der Wasseroberfläche ab, ein gutes Stück außerhalb des Hafens von Travemünde, und gleitet so, parallel zum Wasser, ruhig und immer schneller werdend über die Ostsee. Nach und nach erreicht das Flugboot seine Höchstgeschwindigkeit von einhundertachtzig Stundenkilometern. Dirk ist wie berauscht. »Na...? Das ist 'n Gefühl, Junge«, ruft er Markus zu. »Jetzt kannst du deinem Mädel mal was erzählen, oder?« Markus nickt begeistert.

Aber dann deutet er mit seinem Finger in Flugrichtung. »Ein Frachter, Herr Doktor!«

Aber Dirk lächelt. »Längst gesehen, Markus«, beruhigt er den jungen Techniker. »Und jetzt sag endlich Dirk zu mir, sonst nenn ich dich Herr Vietinghoff!«

Aber *Albatros* weicht dem Frachter nicht aus. Mit unverminderter Geschwindigkeit rast das Flugboot auf das riesige Frachtschiff zu.

»Hilfe!« ruft Markus in Todesangst und klammert sich an seinen Sitz.

»Verdammt!« brüllt Dirk, der die Kontrolle über die Fähre verloren hat. Die Steuerung scheint blockiert zu sein. Buchstäblich im letzten Augenblick gelingt es Dirk, das Flugboot herumzureißen – dann wird ihm schwarz vor Augen.

Dirk erwacht einmal kurz, weil er schreckliche Schmerzen verspürt. Jemand hat ihn auf eine Trage gelegt und scheint ihn mit Absicht durchrütteln zu wollen. Wütend will er losbrüllen, aber er kann nicht. Er ist unendlich schwach, zu schwach, um einen Laut von sich zu geben. Jetzt taucht Jans Gesicht über ihm auf. Warum weint er? Die blonde Frau da neben ihm, natürlich, das ist Corinna. Vielleicht braucht er doch bald eine Brille, denkt Dirk, alles ist so verschwommen. Dann ist es wieder schwarz um ihn. Bis er von dem Lärm eines Helicopters erwacht. Fliege ich, fragt er sich und versucht sich zu konzentrieren. Ach ja, fällt ihm ein, wir wollten doch zur Bohrinsel, um die *Ökotrans* zu beobachten … Aber war das nicht schon gestern? Dirk bringt alles durcheinander. Dann schwinden ihm die Sinne erneut.

Du darfst nicht sterben, Papi!

Es war wie ein Alptraum für Vera: Gedankenverloren stand sie am Ruder des Patrouillenbootes und blickte über die Elbe. Ein trüber Tag war es, auch in Hamburg, aber dafür schien heute wenig los zu sein. Vera und ihre Mannschaft konnten mal eine ruhigere Kugel schieben. Sie dachte an Dirk und daran, wie schade es war, daß sie nicht bei der Jungfernfahrt – oder dem Jungfernflug – des *Albatros* in Travemünde dabeisein konnte. Ärgerlich, wirklich. Wenn man einmal etwas Besonderes vorhat! Und dann dachte sie daran, wie glücklich sie war, jemanden wie Dirk kennengelernt zu haben, diesen quirligen, sensiblen, bulligen Kerl, und daran, wie sehr sie auch seinen Sohn Kevin schon in ihr Herz geschlossen hatte.

Die Stimme der Zentrale aus dem Bordfunkgerät ließ sie aufhorchen. »Seenotrettung Travemünde, bitte melden!« Travemünde – da waren sie jetzt, Dirk und sein Vater, Jan de Fries und Corinna, und da wäre sie jetzt so gern. »Hier Travemünde, was gibt's?« meldete sich eine andere Stimme. »Abschnitt drei«, antwortete die Zentrale aus dem Funkgerät, »Flugbootcrash in der Nähe von Hermannshöhe. Alle Einsatzkräfte nach elf null sieben vierundfünfzig sechsunddreißig.«

Flugboot? Crash? Vera erstarrte. War die Jungfernfahrt nicht schon gestern? Sie hatte doch vor kurzem noch mit Dirk telefoniert! Die *Albatros* sollte heute nachmittag wieder nach Hamburg zurückgebracht werden.

»Was heißt 'n hier Flugboot?« fragte die zweite Stimme zurück, in einem Ton, als befürchtete man, auf den Arm genommen zu werden. Aber die Zentrale antwortete: »So 'ne Prototyp-Kiste von einem Verrückten. Hat gestern in Travemünde die Jungfrau gemacht.«

Vera wußte nur zu gut, wer mit dem »Verrückten« gemeint war. Glücklicherweise war ihre Dienstzeit an diesem Tag bald zu Ende. Per Funk fand sie heraus, daß Dirk und einer der Techniker im Koma lagen. Und daß sie sofort mit einem Hubschrauber nach Hamburg in die Universitätsklinik gebracht worden waren.

Es ist Nacht. In den Klinikfluren sind die Lichter gedämpft. Nur auf den Fluren vor dem Operationssaal herrscht hektische Betriebsamkeit. In einem durch Glaswände abgetrennten Raum sind sie alle versammelt – Jan und Corinna, Hajo Hansen und Paulsen –, als Vera den Raum betritt. Hajos Augen leuchten auf, als er sie sieht, und auch Jan, der gerade aus einem Getränkeautomaten heißen Kaffee zieht, lächelt erfreut, als er Vera begrüßt. Am liebsten möchte sie in Tränen ausbrechen, doch Vera beherrscht sich, als sie das sorgenvolle Gesicht Hajo Hansens sieht.

»Wie steht es um ihn?« fragt Vera ängstlich. Jan zuckt mit den Schultern und reicht Corinna den Kaffee. »Wir wissen es noch nicht«, sagt er.

Stunden vergehen. Paulsen, der bald wieder die Werft aufschließen muß, hat sich verabschiedet. Corinna ist ein wenig eingenickt. Hajo starrt auf die Tür zum Operationssaal, als versuche er, durch sie hindurchzusehen. Jan und Vera sprechen von Dirk. Er erzählt ihr, wie sie sich kennengelernt haben, als Dreizehnjährige, in der Schule.

»Das war auf dem Schulhof«, erinnert sich Jan. »Ich war gerade in Schwierigkeiten. Drei größere Jungs verprügelten mich, weil ich ein Mädchen in Schutz genommen hatte. Sie hatten es blöd angemacht, und mir paßte das nicht. Also bekam ich eins auf die Nase. Und Dirk...« – Jan lächelt, als er an die alten Zeiten denken muß – »Dirk hat mir da rausgeholfen. Du weißt ja, was für ein Bär er sein kann.«

Vera muß lächeln. Sie kann sich gut vorstellen, wie Dirk sich damals dazugesellt hatte, auf dem Schulhof, die Fäuste geballt. Ein Idealist, wie Jan, damals wie heute.

»Von da an waren wir immer zusammen«, erzählt Jan weiter. Meine Eltern hatten ein Haus in Timmendorf, eine Art Wochenendhaus. Dirk durfte in den Ferien mitkommen. Segeln konnten wir damals beide noch nicht, aber Unsinn im Kopf hatten wir schon reichlich. Also haben wir eines Tages ein Boot geklaut.«

Vera lacht auf. Sie versucht sich Jans Geschichte bildlich vorzustellen, wie die beiden Pubertierenden am Strand entlangzogen, immer auf der Suche nach neuen Abenteuern.

»War ziemlich viel Wind an dem Tag«, erinnert sich Jan, »und wir sind mit dem Boot nicht so weit gekommen. Schon bei der ersten Böe sind wir gekentert. Aber jetzt kommt's! Dirk konnte nicht schwimmen! Und ich wußte das nicht. Aber dann habe ich's natürlich gemerkt und ihn gerettet. Und seitdem heißt es: einer für beide und beide für einen. Vertrimmt hat uns der Besitzer des Bootes dann beide.« Jan lächelt wehmütig. Dann schaut er Vera an. »Noch 'n Kaffee?«

Sie nickt. Tränen laufen ihr über die Wangen. Jan reicht ihr ein Taschentuch, das sie dankbar annimmt. Er ist rührend um Vera besorgt, als falle es ihm dadurch leichter, seinen eigenen Schmerz zu ertragen.

»Und wie kommt ein Mädchen wie du zur Wasserschutzpolizei?« fragt er und reicht ihr einen Becher mit dampfendem Kaffee aus dem Automaten.

»Das war die Idee meines Vaters«, sagt Vera. »Ich sollte nämlich ein Junge werden und Viktor heißen.« Sie blickt Jan ein wenig schelmisch an.

»Da hat Dirk aber Glück gehabt«, meint Jan warm. Er betrachtet Vera liebevoll. Sie schlägt die Augen nieder. Schweigend trinken sie ihren Kaffee.

»Und was machen wir, wenn er stirbt?« fragt Vera.

»Das traut er sich nicht. Er kennt mich.«

»Und wenn er gelähmt bleibt...«

Wieder schweigen sie. Eine Krankenschwester kommt in den Raum, sieht sich suchend um, nennt einen Namen, den keiner der Anwesenden kennt, und verschwindet wieder. Aber Hajo ist hochgeschreckt, weil er hoffte, etwas Neues, Positives von Dirk zu hören. Nun sinkt der alte Herr wieder in sich zusammen, die Augen zur Zimmerdecke gerichtet, die Hände gefaltet, als habe er auf seine alten Tage noch zum Gebet gefunden. Corinna neben ihm ist fest eingeschlafen, den Kopf schräg an die Wand gelehnt. Vera putzt sich die Nase. Immer wieder kommen Tränen, so sehr sie sich auch bemüht, sie zurückzuhalten. Jan legt einen Arm um ihre Schultern und hält sie fest.

Plötzlich springen die elektrischen Schiebetüren zum OP zurück, und ein Arzt kommt in den Warteraum. Hajo erhebt sich und stürzt auf ihn zu.

»Wie geht es meinem Sohn?«

»Er lebt.«

»Und... und wird er es schaffen, ich meine...«, stammelt Hajo, den Tränen nahe. Corinna ist aufgewacht, und Jan und Vera kommen näher.

»Das können wir erst in ein paar Tagen mit Sicherheit sagen«, antwortet der Arzt.

»Darf ich ihn sehen?« fragt Hajo, fast bittend. Aber der Arzt schüttelt den Kopf. »Nein, tut mir leid. Wir melden uns.«

Verzweifelt blickt Hajo auf Jan, der seinen Arm ergreift und ihn stützt. »Wie geht es Herrn Vietinghoff?« fragt Jan. Auch um ihn, so der Arzt, stehe es fünfzig zu fünfzig. Jan führt den zitternden Hajo in Richtung Ausgang. Corinna stützt Hajo an der anderen Seite. Vera ist wie angewurzelt stehen geblieben. Als sie schon fast aus der Tür sind, dreht Corinna sich noch einmal um. »Kommst du, Vera?«

Schleppend geht sie den anderen hinterher.

In Elses Imbißbude ist noch Licht. Else erwartet Hajo. Jan steigt aus dem Wagen, öffnet dem alten Hansen, der hinter ihm sitzt, die Tür und hilft ihm beim Aussteigen. Er spürt, daß Hajo Schmerzen hat.

»Versuch zu schlafen«, redet Jan ihm zu. »Dirk schafft es, das weiß ich. Ich erschlag ihn sonst nämlich.« Hajo versucht ein Lächeln.

»Schlaf gut, mein Junge.«

Die Tür zur Imbißbude wird von innen geöffnet. Else hat ihn schon kommen hören. »Er lebt!« sagt Hajo mit brechender Stimme, als er die kleine Stufe hinaufsteigt. Else umarmt ihn und zieht ihn sanft in das kleine Holzhaus.

Corinna, der die Augen zufallen, bittet Jan, sie zuerst in ihre Wohnung zu bringen. Die Straße, in der Vera lebt, ist noch ein ganzes Stück weit weg, und Corinna hat das Gefühl, auf der Stelle einschlafen zu müssen. »Bis später, Schatz«, ruft Jan ihr nach, als sie fröstelnd die Treppenstufen zu ihrem Appartementhaus an der Alster hinaufsteigt.

Schweigend fahren Jan und Vera durch die Nacht. Es hat zu regnen aufgehört, und es scheint windstill zu sein – so still, als halte ganz Hamburg in Sorge um Dirk Hansen und Martin Vietinghoff den Atem an.

Sie sind da. Vera macht keine Anstalten auszusteigen. Jan

spürt, daß sie innerlich zittert. »Ich kann jetzt nicht allein sein«, sagt sie leise.

Jan schaltet den Motor ab und steigt aus. Er hilft ihr aus dem Wagen und legt den Arm um sie. »Ich bringe dich nach oben«, sagt er fürsorglich. Merkwürdig. Auch er verspürt das Bedürfnis, noch ein wenig mit Vera zusammenzusein. Als könne er durch Vera indirekt die Verbindung mit Dirk aufrechterhalten.

Wortlos steigen sie die Treppe hinauf. Vera hat ihren Arm um Jans Hüfte gelegt. »So«, meint Jan, als sie vor ihrer Wohnungstür angekommen sind, »und jetzt versuch zu schlafen.« Vera schließt ihre Tür auf. »Ich wollte mit ihm leben«, sagt sie tonlos.

»Ich weiß«, murmelt Jan. Vertrauensvoll lehnt sie sich an ihn. »Was soll ich jetzt tun?«

Jan zieht sie näher an sich heran. Vera umarmt ihn fester. Das Licht im Hausflur geht aus. Sie küssen sich leidenschaftlich.

»Du darfst nicht weggehen«, bittet Vera Jan nach einer Weile, »ich brauche dich jetzt. Du bist sein bester Freund.« Sie scheint völlig außer sich zu sein.

»Vera...«

Jan versucht, sie sanft von sich zu schieben. Aber Vera läßt es nicht zu. »Bleib bei mir«, fleht sie. »Du mußt einfach... Küß mich!«

Jan küßt sie und läßt sich von ihr in die Wohnung ziehen.

Vera hat kaum Licht gemacht in ihrem Appartement. Sie zieht Jan direkt in ihr Schlafzimmer. Er läßt es zu, wehrt sich nicht mehr. Aus irgendeinem Grund empfindet er Veras Verhalten als folgerichtig, empfindet er das gleiche Bedürfnis nach Nähe zu ihr wie sie zu ihm. Er kann es nur nicht erklären, will es auch nicht. Er spürt den Duft ihres Haares, genießt ihre Umarmungen, ihre samtweiche Haut, ihre Küsse. Sie lieben sich auf dem großen, breiten Bett wie besinnungslos.

Vera lacht, Vera weint. Berauscht läßt Jan sich treiben. »Wir sind wahnsinnig«, sagt er, als sie gelegentlich innehalten und einander schwer atmend in die Augen sehen.

»Ja, das sind wir«, sagt Vera.

Sie rollt sich auf die Seite und schließt die Augen, als wolle sie schlafen. »Geh jetzt, bitte«, flüstert sie.

»Was?« Jan ist verwirrt über Veras plötzlichen Sinneswandel.

»Du sollst gehen!« sagt sie. Ihre Stimme klingt verzweifelt. Jan schüttelt verständnislos den Kopf. Er setzt sich auf den Bettrand und stützt den Kopf in seine Arme. Aber er ahnt, daß Vera von Gewissensbissen gequält wird. Vorsichtig tastet seine Hand nach ihrer Schulter. »Vera.« Aber sie antwortet nicht.

Er zieht sich an und geht zur Wohnungstür. Dann dreht er sich noch einmal um.

»Auf Wiedersehen, Vera. Wir telefonieren morgen, ja?«

Vera hat sich im Bett aufgerichtet. »Jan?«

»Ja?«

»Er darf das nie erfahren.«

»Nein.«

»Versprochen?«

»Ja.«

Als Jan unten auf der Straße in seinen Wagen steigt, geht Vera ins Bad, um Wasser in die Wanne einzulassen. Lange betrachtet sie sich im Badezimmerspiegel. Sie scheint sich selbst nicht wiederzuerkennen.

Jan sitzt unschlüssig in seinem Wagen. Wo soll er hin? Zu Corinna, in ihre Wohnung? Jan bringt das jetzt nicht fertig. Er weiß, daß sie ihn erwartet, aber er braucht jetzt erst einmal ein bißchen Zeit für sich allein. Ziellos steuert er seinen Wagen durch das nächtliche Hamburg.

Vor einer Bar am Rand von St. Pauli parkt er seinen Combi.

Er geht hinein. Drinnen schlägt ihm Lärm von gröhlenden Gästen und Musik aus Lautsprechern entgegen, die Luft ist verqualmt, zum Schneiden dick. Er drängt sich zum Tresen durch und bestellt ein Bier. Neugierige Blicke junger und betagterer Frauen, mehr oder weniger zurechtgemacht, streifen ihn, ein älterer betrunkener Mann will seinen Arm um ihn legen und ihm das Bier bezahlen, aber Jan wehrt alle ab. Der Barkeeper weist den Alten in seine Schranken. Jan nickt ihm dankend zu, als er sein Bier über den Tresen geschoben bekommt. Nur nicht auffallen möchte er, einfach eintauchen in die Menge der Nachtschwärmer. Man läßt ihn in Ruhe. Jan kippt das Bier in einem Zug hinunter, wirft ein paar Münzen auf den Tresen und verläßt die Bar.

Draußen dämmert es.

»Da bist du ja endlich«, sagt Corinna, als Jan in der Tür steht. Sie hat schon geschlafen, war aber aufgewacht, als sie hörte, wie Jan ihre Wohnung aufschloß.

»Ja«, antwortet Jan, »ich war noch bei Vera.«

Corinna schlingt die Arme um seinen Hals. »Schön, daß du da bist. Hajo hat noch angerufen und mir die Nummer von Else gegeben, damit wir ihn erreichen können.« Jetzt erst bemerkt Corinna Jans verändertes Verhalten. »Was hast du denn?«

»Entschuldige«, stammelt Jan, »aber ich konnte sie unmöglich allein lassen. Sie liebt Dirk nämlich wirklich.«

Corinna stutzt.

»Na, dann hoffen wir mal, daß er überlebt«, sagt sie in einem Ton, der Jan aufhorchen läßt.

»Ist irgendwas?«

Corinna blickt ihn prüfend an. »Nein, was soll sein? Ich hab mir bloß Sorgen um dich gemacht.« Jan weicht ihrem Blick aus. »Ganz schöner Mist für das Mädel.« Er beginnt, sich langsam und umständlich die Schuhe auszuziehen.

»Jetzt komm endlich zu mir«, sagt Corinna liebevoll-ungeduldig, »oder willst du im Flur übernachten?«

Jan lächelt ein wenig unsicher und verschwindet dann im Badezimmer. Als er frisch geduscht zurückkommt, ist Corinna bereits eingeschlafen. Nachdenklich betrachtet er seine Freundin, als er neben ihr im Bett liegt. Dann löscht er das Licht.

Hajo Hansen ist am nächsten Tag sehr früh aufgestanden. Ein Taxi bringt ihn ins Krankenhaus. Er darf seinen Sohn sehen, zum ersten Mal seit dem Unfall. Eine Schwester führt ihn zu Dirk auf der Intensivstation. Er ist intubiert und über Schläuche an die verschiedensten Geräte angeschlossen, die ihn am Leben halten.

»Dirk«, sagt Hajo leise, als er an das Bett herantritt. Sein Sohn antwortet nicht. Hajo nimmt Dirks Hand, die schlaff auf der Bettdecke liegt. Sein Sohn reagiert nicht. Verzweifelt blickt der alte Hansen die Schwester an. »Sie müssen noch etwas Geduld haben«, versucht sie ihn zu trösten, »es kann noch einige Zeit dauern, bis er aus dem Koma erwacht.«

Hajo setzt sich auf einen Stuhl, der neben dem Bett steht. Er betrachtet das Gesicht seines Sohnes. Zehn Jahre hat er ihn nicht gesehen, zehn Jahre Entwicklung hat er nicht miterlebt. Sollte er ihn, den er gerade erst zurückgewonnen hat, auf einmal wieder verlieren? Sollte sein eigener Sohn ihn, den Vater, noch eher verlassen als der Vater ihn? Trotz der schweren Krankheit, der er jeden Tag aufs neue ein Stückchen Leben abringt?

Hajo streichelt Dirks Hand, die wie leblos daliegt. Aber sie ist warm. Hajo erhebt sich von dem Stuhl, beugt sich über das Gesicht seines Sohnes und küßt ihn auf die Stirn. »Halte durch, Junge«, flüstert er ihm ins Ohr. »Ich warte auf dich.«

Vor dem Krankenhaus ist ein Taxistand. Hajo winkt dem Wagen, der an erster Stelle wartet, der Fahrer läßt den Motor an und kommt dem alten Mann, der nur schleppend gehen kann, entgegengefahren. Hajo läßt sich zur Werft bringen, die Dirks Flugboot gebaut hat. Dort wird *Albatros* zur Zeit untersucht. Man will herausfinden, was den Unfall von Dirk und Markus Vietinghoff verursacht hat.

Als Hajo die große Werfthalle betritt, trifft ihn fast der Schlag. Vor ihm breitet sich über etliche Quadratmeter das Wrack des *Albatros* aus, tausend Teile, größere, kleinere, etliche sind verbeult, verbogen, zerrissen...

Die Männer des Werftteams sind dabei, die einzelnen Teile zu untersuchen, sie in noch kleinere Teile zu zerlegen. Zwei uniformierte Beamte des Luftfahrtamtes schauen zu und achten mit ernsten Gesichtern darauf, daß nichts verändert wird, niemand manipuliert. Sie sind mißtrauisch per Auftrag: Man wird herausfinden müssen, ob es sich hier auch nicht um einen Anschlag oder Sabotage handelt. Als der Teamchef Hajo kommen sieht, unterbricht er seine Arbeit und geht ihm entgegen. »Guten Morgen, Herr Hansen«, begrüßt er ihn freundlich. »Wie geht es Ihrem Sohn?«

»Schlecht«, sagt Hajo. Seine Stimme ist brüchig. Bevor der Teamchef weiterreden kann, ist schon einer der Beamten hinzugekommen. »Wer sind Sie?« fragt er streng. »Das hier ist eine amtliche Untersuchung.«

»Ich bin der Vater«, antwortet Hajo. Und der Teamchef ergänzt erklärend: »Herr Hansen hat uns bei der Entwicklung des Prototyps geholfen.« Der zweite Beamte hat sich dazugesellt. »Sie wissen, daß wir Anzeige gegen Ihren Sohn erstatten werden«, sagt er, »der Flug war nämlich nicht bewilligt. Abgesehen davon, daß ein Mitarbeiter bei dem Unfall schwer verletzt wurde, Herr Hansen.«

»Herr Vietinghoff ist freiwillig mitgeflogen«, wirft der Teamchef ein.

»Was nichts daran ändert«, belehrt ihn der Beamte, »daß sich Doktor Hansen strafbar gemacht hat.« Der Teamchef nickt. Hajo wischt sich mit dem Taschentuch den Schweiß von der Stirn. »Sind Sie mir sehr böse«, sagt er ruhig, »wenn ich erst mal hoffe, daß mein Sohn überlebt?« Der Beamte starrt Hajo an. »Natürlich nicht, es ist nur ...«, stottert er. Seine bürokratische Ausdrucksweise ist ihm sichtlich peinlich. Hajo wendet sich an den Teamchef. »Schon was gefunden?«

»Ja«, antwortet der, »die hintere Zugangsklappe war nicht richtig geschlossen.«

»Ah ja?«

»Dadurch ist beim Start Wasser in den Rumpf gelaufen.«

Hajo nickt.

»Und bei dem plötzlichen Ausweichmanöver mit dem Frachter lief das Wasser nach hinten und dann ...«

»Und dann Pitch-up«, ergänzt Hajo. »Verstehe.«

Der zweite Beamte hat zugehört. »Also bloße Schlamperei?« fragt er.

»Anscheinend«, sagt Hajo. Er schüttelt fassungslos den Kopf.

Am nächsten Tag erwacht Markus Vietinghoff aus dem Koma. Jan erfährt es von Hajo Hansen, der ihn im ehemaligen Büro von Lührs im de-Fries-Kontor in der Speicherstadt besucht.

»Gott sei Dank«, sagt Hajo wieder und wieder.

»Ja«, nickt Jan, »und jetzt hoffen wir, daß dein Blödmann von Sohn es ebenfalls schafft.«

»Tja ...«, meint Hajo gedankenverloren. Aber die Hoffnung, sein Sohn könne nun auch bald wieder zu Bewußtsein kommen, gibt ihm neue Kraft. Jan steht auf, um Hajo eine Tasse Kaffee zu holen.

»Irgendwie komisch, dich an diesem Schreibtisch zu sehen.« Hajo lächelt.

»Ich wäre lieber auf meinem Forschungsschiff, glaub mir«, versichert Jan ihm mit einem schmerzlichen Grinsen. Er gießt etwas Kaffee aus der Glaskaraffe, die auf einer Wärmeplatte steht, in eine Tasse.

»Hast du etwas von Lührs gehört?« fragt Hajo.

»Er ist in ein Penthouse gezogen«, antwortet Jan, »und wir sind an ihm dran.«

»Gut.« Hajo rührt mit dem Löffel in seinem Kaffee.

»Wann ist deine Verhandlung?« fragt Jan.

»Die Manteuffel meint, in drei Monaten.«

»Ich hätte gedacht, daß es länger dauert«, sagt Jan.

»So?« Hajo sieht Jan überrascht an. »Für mich ist das immer noch lange genug«, flüstert er. Er weiß, daß Jan nicht ahnen kann, wie er das eigentlich meint.

Das Telefon klingelt. Von der Heydt, einer der Mitarbeiter der Rechtsanwaltskanzlei Tippner, meldet sich an. Erfreut bittet Jan die Sekretärin, ihn hereinzulassen. Hajo erhebt sich. Auch er kennt von der Heydt und streckt dem jungen Mann die Hand zur Begrüßung hin, als er eintritt. »Wie geht es Ihrem Sohn?« fragt von der Heydt. Jan nimmt Hajo die Qual des Antwortens ab. »Er liegt noch immer im Koma.« Von der Heydt spricht Hajo sein Bedauern aus und sagt ihm, daß er hoffe, Dirk möge so schnell wie möglich gesund werden. Hajo dankt ihm und verabschiedet sich.

»Was gibt es Neues?« fragt Jan gespannt, nachdem er von der Heydt einen Sitzplatz angeboten hat.

»Die fünf Millionen, die am Tag, als Voss verhaftet wurde, auf ein Nummernkonto in die Schweiz überwiesen wurden, sind, denke ich, mehr als ein Indiz«, teilt von der Heydt Jan mit.

»Und die *Linea Verde?*« will Jan wissen.

»Auch da hatten Sie recht. Wie es aussieht, gehört sie tatsächlich unserem Freund, Doktor Lührs.« Jan schnippt mit den Fingern. »Also doch! Es ist nicht zu fassen!«

»Zumindest kann sich in Genua niemand erklären, womit Casini die Schiffe bezahlt haben will. Seine Reederei stand kurz vor der Pleite. Soll ich den Italienern mal auf den Zahn fühlen?«

»Da fragen Sie noch?«

Darauf hat von der Heydt nur gewartet. Er hat alles vorbereitet. Mit einem beflissenen »Darf ich?« holt er sein Handy aus der Jackettasche hervor, wählt eine Nummer und sagt – nachdem er sich mit seinem Namen gemeldet hat – nur ganze drei Worte: »Sie können loslegen.«

»Tja«, meint Jan zufrieden, »jetzt wird es endgültig eng für den Herrn.«

Von der Heydt erhebt sich. Er macht zum Abschied eine leichte Verbeugung. Jan wirft ihm einen wohlwollenden Blick zu. »Ich bin sehr zufrieden mit Ihnen, Herr von der Heydt«, beginnt er und deutet seinem Gegenüber an, sich noch einmal zu setzen. »Und Sie wissen, daß ich nicht gern hinter diesem Tisch sitze. Was würden Sie davon halten, wenn Sie diesen Platz übernehmen würden?«

Von der Heydt ist platt. Das hat er nicht erwartet. »Diese Frage kommt etwas plötzlich für mich, Herr de Fries«, sagt er.

»Ich weiß«, lächelt Jan ihm zu, »aber da Sie sich schon mal in diesen ›Drecksladen‹ eingearbeitet haben, läge es doch auf der Hand…« Von der Heydt ist noch immer sprachlos. »Und ich würde Ihnen dasselbe bezahlen, was Helge Lührs sich bezahlt hat«, setzt Jan noch einen drauf.

Von der Heydt verabschiedet sich mit dem Versprechen, über

das Angebot nachzudenken. Als er das Büro verläßt, wartet draußen schon Esther mit einem ihrer Teams auf Jan. Sie stürzt auf ihn zu und hält ihm das Mikrophon vor den Mund. Dabei setzt sie, wie immer, ihr allerschönstes Reporterinnenlächeln auf. »Ich hätte nur ein paar Fragen an Sie, Herr Professor de Fries. Es geht um den Unfall von Doktor Dirk Hansen ...« Von der Heydt ist stehengeblieben, um dem Interview zuzusehen. Als Esther das bemerkt, raunt sie Jan augenzwinkernd zu: »Sieht gut aus, der Junge. Ob sich da was für mich machen läßt?«

Jan schmunzelt. Man kann Esther wegen ihrer mehr als direkten Art nicht böse sein. »Wie war noch Ihre Frage?« sagt er ins Mikrophon.

Das Interview wird wenig später im Fernsehen übertragen. Auch Kevin sitzt vor dem Apparat, zu Hause im Wohnzimmer seiner Mutter. Erst jetzt begreift er, was geschehen ist. Sein Papi ist mit *Albatros* abgestürzt und liegt im Krankenhaus. Weinend läuft er in die Küche, wo seine Mutter gerade das Abendbrot zubereitet.

»Papi ist im Krankenhaus!« ruft er schluchzend und wirft sich in Birgittas Arme.

»Woher weißt du das?« fragt sie beunruhigt. »Hat jemand angerufen?« Kevin nimmt ihre Hand und zieht sie zurück ins Wohnzimmer. Birgitta traut ihren Augen kaum, als sie Esthers Bericht im Fernsehen verfolgt. Erst spricht Jan, dann Hajo.

»Opa! Opa!« ruft Kevin.

Sprachlos setzt Birgitta sich in den Sessel. »Mit Hans Joachim Hansen, dem Vater des schwerverletzten Erfinders, ist es uns heute nachmittag auf dem Gelände der Werft, die den Prototyp gebaut hat, gelungen, ein erstes Gespräch über mögliche Ursachen des Unglücks zu führen.«

Birgitta kommt aus dem Staunen nicht heraus. Zum ersten

Mal sieht sie Kevins Opa väterlicherseits, den Totgeglaubten, und dann ausgerechnet im Fernsehen. »Herr Hansen«, sagt Esther Wilms jetzt, »ich darf Sie auch im Namen unserer Zuschauer des tiefen Mitgefühls versichern. Wie konnte es nach diesem epochemachenden Jungfernflug zu diesem entsetzlichen Unfall kommen?«

»Das wissen wir noch nicht hundertprozentig«, sagt Hajo ins Mikrophon, »aber wie es aussieht, durch menschliches Versagen.«

Birgitta und Kevin sehen sich an. »Bitte, Mama«, fleht der Junge, »ich will Papi besuchen!«

»Ich weiß nicht«, sagt Birgitta unsicher. »Wir stören da vielleicht nur. Laß uns bis morgen warten. Dann wissen wir bestimmt mehr.«

In dieser Nacht kann Kevin nicht schlafen. Die Angst, er könne seinen geliebten Vater verlieren, quält ihn zu sehr. Kaum ist die Sonne aufgegangen, schleicht er sich zum Bett seiner Mutter und weckt sie auf. »Mami, wir müssen ins Krankenhaus. Papi liegt in der Uniklinik, das haben sie im Fernsehen gesagt.«

Eine Stunde später betreten sie das Foyer des Krankenhauses. Sie erhalten Zutritt zur Intensivstation. Als sie den Raum erreichen, in dem Dirk liegt, bleibt Birgitta ein wenig zurück. Mutig geht Kevin auf das Bett zu, in dem sein Vater liegt. Die Maschinen, an die er angeschlossen ist, geben merkwürdige Tonsignale von sich.

»Papi«, flüstert Kevin.

Dirk scheint ihn nicht zu hören.

»Du darfst nicht sterben, Papi«, bittet ihn der Junge. »Ich brauche dich noch, Papi!« Eine Schwester tritt ein und bittet die Besucher zu gehen. Kevin streichelt zum Abschied die Hand seines Vaters, dreht sich dann um und folgt seiner Mutter aus dem Raum.

Ein Strohmann weiß von nichts

Von der Heydts Recherchen haben Jan unglaublich wütend gemacht. Mit welcher Kaltschnäuzigkeit sich sein Schwager die Millionen zur Seite geschafft hat – das ist für einen Idealisten wie Jan kaum zu verkraften. Gut, daß er herausgefunden hat, wo Lührs jetzt wohnt. Er muß dorthin. Er muß ihn einfach sehen und ihm die Meinung sagen. An einer Straßenkreuzung muß er scharf bremsen: Rot. Ein Zeitungsverkäufer springt auf die Straße und stellt sich an sein Seitenfenster. »Hamburger Abendblatt?«

»Nein danke.« Jan hat schon abgewunken, da fällt sein Blick auf die Schlagzeile: »*Ökotrans*-Transfer perfekt! – *Linea Verde* will Arbeitsplätze erhalten.« Der Zeitungsjunge will schon wieder weiterrennen, aber Jan kurbelt das Fenster herunter und ruft: »Halt!« Er steckt dem Jungen das Geld zu und bekommt die zusammengerollte Zeitung. Hinter ihm hupen Autos ungeduldig. Die Ampel hat schon wieder auf Grün geschaltet.

Jan vergißt, sein Auto abzuschließen, so sehr ist er in Gedanken schon dabei, es seinem Schwager heimzuzahlen. Ein eleganter Fahrstuhl bringt ihn in den siebenten Stock des Hauses, auf dessen Flachdach das Penthouse liegt. Kaum hat sein Schwager die Tür geöffnet, drängt Jan sich auch schon hinein, packt den Überrumpelten am Kragen und zerrt ihn ins Wohnzimmer.

»Wem gehört diese Drecksreederei?« brüllt er ihn an. Als Lührs nicht antwortet, verpaßt er ihm einen Stoß, so daß er hinterrücks durch die riesige Glasscheibe der Terrassentür fällt und auf die weißen Fliesen der Terrasse stürzt. Jan ist außer sich.

»Und wenn ich dir jede Rippe einzeln brechen muß!« brüllt er. »Los, sag es mir: Wem gehört diese Drecksreederei!«

Helge Lührs versucht aufzustehen. Er greift sich an den Hinterkopf: Blut. »Du kommst dir wohl riesig vor«, sagt er in verächtlichem Ton. So hätte er nicht reden dürfen, denn jetzt springt Jan auf ihn zu, reißt ihn nochmals hoch, holt aus und versetzt ihm einen gewaltigen Kinnhaken, so daß Lührs durch die zerbrochene Scheibe der Tür zurück in das Innere der Wohnung fliegt. Dort landet er zwischen halb ausgepackten Umzugskisten.

»Der Makler hat inzwischen geplaudert«, teilt Jan ihm mit. »Die Provision für unsere Schiffe hast du dir eingesteckt. Fast zehn Millionen. War das dein Eintrittsgeld in den Schweineladen?« Lührs antwortet nicht. »Mach's Maul auf!« schreit Jan ihn an und tritt ihm in die Rippen. Lührs jault auf vor Schmerz. »Ich habe damit nichts zu tun«, behauptet er.

»Was habt ihr der Senatorin bezahlt, um den Auftrag zu kriegen?« will Jan wissen.

»Wovon redest du?« sagt Lührs und wischt sich mit der Hand das Blut ab, das ihm von der Schläfe über das Gesicht rinnt.

Jan packt seinen Schwager erneut, schleift ihn ins Badezimmer. Er zerrt ihn in eine Ecke neben der Badewanne und läßt ihn dort liegen.

»Ich rede von der Schweinerei, die ihr vorhabt«, erklärt er Lührs. »Die Schiffe sind gnadenlos überversichert. Aber was immer es ist, ich werde es rausfinden, Helge, und dann gnade dir Gott!«

»Du bist wahnsinnig«, stößt Helge hervor.

Jan verläßt den Raum und dreht den Schlüssel im Schloß herum. Das Bad ist fensterlos. Er geht zum Wohnungseingang, nimmt den Schlüsselbund vom Haken, schließt die Wohnung ab und verläßt das Penthouse wieder per Fahrstuhl. Lührs wird in seiner Zelle eine ganze Weile so sitzen müssen.

Jan hat nämlich vor, eine Reise zu machen.

Brütende Hitze liegt über dem Flughafen von Genua. Gerade haben Jan und von der Heydt das Flugzeug verlassen und blicken sich suchend nach Weller um, dem Privatdetektiv, mit dem sie hier verabredet sind. Und Weller, die Zuverlässigkeit in Person, läßt nicht lange auf sich warten. Er hat schon Wichtiges ausgekundschaftet. Bei einem Espresso in der Ankunftshalle packt er schon mal aus.

»Zwei von den Dampfern sind Richtung Cartagena raus«, berichtet er. »Der nächste ist in zwei Stunden dran. Und wissen Sie, wieviel Mann an Bord sind? Vier statt der vorgeschriebenen zehn. Und wissen Sie, wie der Kahn betankt ist?« Er blickt fragend in die Runde. Jan und von der Heydt schütteln ahnungslos die Köpfe. Jetzt kann Weller die Bombe platzen lassen:

»Gerade mal für dreihundert Meilen. Das heißt, bis querab Korsika. Da hat das Meer 'ne Tiefe von zweitausendfünfhundert Metern.«

Jan leert seine Tasse in einem Schluck. »Na, wunderbar«, sagt er sarkastisch.

Weller hat einen unauffälligen Combi gemietet. Sie fahren zum Hafen hinunter. Jan hat sich neben Weller gesetzt, von der Heydt auf dem Rücksitz Platz genommen. Der Verkehr rund um den Hafen hat es in sich, Weller flucht, aber irgendwie gelingt es ihm dann doch, den Wagen dorthin zu lenken, wo sie hinwollen: zu einem der Küstenmotorschiffe der *Ökotrans*, die hier vor Anker liegen, natürlich unter neuem Namen: *Linea Verde.* Die Buchstaben an der Schiffswand sind nur grob überstrichen, so daß man bei genauem Hinsehen unter dem neuen Namen, hinter den eine große römische Drei gemalt ist, den alten gut erkennen kann. Die *Linea Verde III* wird gerade von farbigen Arbeitern mit Fässern beladen. Die Fässer sehen harmlos aus. Aber Jan ahnt, was wirklich drin ist: Giftmüll.

Sie parken den Wagen in der Nähe des Schiffes und schlendern am Kai entlang, direkt auf die Arbeiter zu. Weller zückt seinen Ausweis und spricht die beiden Männer auf italienisch an. Er deutet auf eines der Fässer und gibt vor, ein Hafenkontrolleur zu sein. Die beiden Arbeiter sehen sich an. Weller zeigt auf seinen Mietwagen und befiehlt den Arbeitern, das Faß dorthin zu rollen. Sie tun es, ohne zu murren, und Weller schließt den Kofferraum auf, in dem Jan zu seiner Überraschung eine fabrikneue Sackkarre liegen sieht.

Plötzlich kommt der Vorarbeiter angelaufen. »Momento, momento!« ruft er. »Was machen Sie da?«

Weller erklärt ihm, daß es sich um eine Routinekontrolle handele, und zückt wieder flüchtig seinen Ausweis. An Deck des Schiffes taucht das Gesicht eines etwa fünfzigjährigen Mannes auf. Es scheint der Capitano zu sein. »Was nicht in Ordnung?« brüllt er auf italienisch.

Weller sagt wieder seinen Spruch auf. Dann schließt er den Kofferraum – in dem jetzt das Faß liegt – zu, alle drei steigen ins Auto, und Weller gibt Gas.

»Ich bin gespannt, was er dazu sagt, unser Signore Casini«, meint Jan.

Nicht weit vom Hafen liegt das Büro der *Linea Verde* – auch das hat Weller herausgefunden. Ein altersschwacher Fahrstuhl bringt die drei samt dem Giftfaß auf der Sackkarre in den dritten Stock des Bürohauses. An einer der vielen Türen klebt ein

Schild, ein simpler Computerausdruck: *Linea Verde.* Darunter ist ein Messingschild befestigt. *Casini S.P.A.,* liest von der Heydt laut vor. Jan klopft. Es dauert eine Weile, bis eine ältere Dame, vermutlich eine Sekretärin, öffnet.

»Guten Tag, Sie wünschen?« fragt sie auf italienisch.

Jan klaubt sein bestes Italienisch zusammen und sagt ihr, daß sie gekommen sind, um Signore Casini zu sprechen. »Vogliame parlare con Signore Casini, per cortesia.« Die Sekretärin öffnet die Tür etwas weiter, und Jan und von der Heydt treten ein, während Weller – bevor die Sekretärin überhaupt begreift – mit der Sackkarre und dem Giftfaß hinterherkommt. Kaum haben sie die Tür hinter sich geschlossen, dreht Jan am Schraubverschluß des Fasses und stößt es von der Karre herunter, so daß es krachend auf das alte Parkett rollt und sich die giftige Säure, die aus dem Verschluß dringt, auf einen wertvollen Perserteppich ergießt.

Die Sekretärin schlägt die Hände über dem Kopf zusammen und ruft ihren Chef. Der – ein kleiner, leicht ergrauter Mann Mitte Vierzig – ist von dem Krachen bereits angelockt worden.

»Sind Sie wahnsinnig?« brüllt er auf italienisch. »Was machen Sie da?« Er fuchtelt mit den Armen in der Luft herum und herrscht seine Mitarbeiterin an, sie möge das Faß schließen und wegschaffen. Die steht wie paralysiert in der Ecke und rührt sich nicht. Casini hechtet zu dem Faß. »Der Deckel!« ruft er. »Wo ist der Deckel?!« Seelenruhig geht Weller auf das Faß zu und verschließt es wieder. Es ist genug Dünnsäure auf Boden und Teppich geflossen – die Demonstration ist gelungen: Ätzend frißt sich die giftige Flüssigkeit in das Holz und in die Farbenpracht des Perserteppichs.

»Was ist das, was Sie da auf den Boden kippen?!« kreischt Casini, immer noch auf italienisch. »Und wer sind Sie überhaupt?«

»Das ist Dünnsäure, nehme ich an, Signore Casini, aber die Polizei wird das bestimmt noch in aller Ruhe analysieren«, antwortet Jan ruhig und in deutscher Sprache. »Und mein Name ist Jan de Fries. Sie sind doch Signore Casini, oder?«

»Selbstverständlich! Aber…«

Jan ist noch nicht fertig. »Aber bevor die Polizei kommt, sagen Sie mir noch, für wen Sie als Strohmann fungieren, wem die *Linea Verde* wirklich gehört und wo Sie das Schiff versenken wollen, okay?«

Er spreche kein Deutsch, behauptet Casini auf einmal. »Io non parlo tedesco.«

Jan lacht laut auf. »Und wie haben Sie dann mit Doktor Lührs verhandelt? Soweit ich weiß, spricht er kein Italienisch.«

Jetzt stellt Casini sich völlig dumm. »Non capito un cazzo«, behauptet er.

Die *Linea Verde III* stampft durch die offene See. Das Mittelmeer ist azurblau, so daß Touristen – wären denn welche an Bord – begeistert ihre Fotoapparate zücken würden. Aber das hier ist keine Vergnügungsfahrt.

Es ist 19 Uhr 15, und die Sonne steht bereits sehr tief, als der Capitano einen Zeitzünder einstellt. Er programmiert ihn auf 19 Uhr 30. Dann soll das Schiff samt seiner Dünnsäurefässer in die Luft gehen.

Er gibt zwei seiner Matrosen, es sind Araber, die Anweisung, eines der Beiboote zu Wasser zu lassen. Dann nimmt er ein Handy, drückt auf eine Taste und ruft Casini und seine Leute an. »Alles klar«, gibt er durch. »Wo seid ihr?«

»Wir sind in fünf Minuten bei euch«, antwortet eine Stimme am anderen Ende der Leitung. Es knirscht ein wenig in der Verbindung, und der Capitano hört nicht, daß es sich nicht um Casinis Stimme handelt. Es war Weller, der Privatdetektiv.

»Perfetto«, gibt der Capitano zu verstehen und aktiviert, nachdem er das Handy wieder ausgeschaltet hat, den Zünder. Jetzt kommt einer der Filipinos an Deck, um den Capitano abzuholen. Er klettert über ein Fallreep ins Beiboot, in dem die anderen Matrosen schon auf ihn warten, der Filipino hinter ihm her. Die Zeit ist knapp, nur schnell weg von hier.

Von achtern nähert sich eine große Motoryacht und gibt Blinkzeichen. Der Capitano blinkt mit einem Handscheinwerfer zurück. Das Beiboot geht an der Motoryacht längsseits. Der Capitano klettert als erster an Bord, nachdem der Bootsmann ihn begrüßt und ihm zur Hilfe die Hand gereicht hat.

»Und jetzt Beeilung«, sagt der Capitano, »wir haben nur noch zehn Minuten.« Er geht zum Steuerstand und nimmt das Funkgerät »May day, may day, *Linea verde tre...*«

Plötzlich taucht Jan hinter ihm auf. »Probleme?«

Der Capitano zuckt zusammen und fährt herum. Er blickt Jan ins Gesicht – diesen Herrn kennt er nicht. Oder doch? Hat er ihn nicht heute morgen am Kai gesehen, gemeinsam mit den Leuten von der Kontrolle? Waren es nicht diese Leute, die ein Faß zurückbehalten haben? Jetzt fällt sein Blick auf seinen Chef: Casini sieht anders aus als sonst. Sein Haar ist verstrubbelt, ein Auge blutunterlaufen, und er trägt Handschellen. Rechts und links wird er von Weller und von der Heydt gestützt.

»Was soll das?« ruft der Capitano.

»Ich denke, Ihr Auftrag ist es, das Schiff nach Cartagena zu bringen«, sagt Jan auf deutsch.

Der Capitano schaut auf die Uhr. Es ist 19 Uhr 25. »Wir müssen weg hier!« ruft der Italiener ängstlich.

»Und warum?«

Jan hat alles andere vor, als wegzufahren. Er weiß genau, was zu tun ist. Gemeinsam mit dem Capitano, den Weller mit einer

Pistole in Schach hält, besteigen sie ein Schlauchboot, um zur *Linea Verde III* hinüberzufahren. Dem Capitano stehen Schweißperlen auf der Stirn. Aber Jan zwingt ihn gemeinsam mit Weller, das Fallreep, das noch von der Außenwand herunterhängt, zu besteigen und aufs Schiff zurückzugehen. Von der Heydt bleibt mit Casini und den Matrosen auf der Yacht zurück. Durch ein Fernglas beobachtet er die Männer, wie sie zum Frachter hinaufklettern. Aber das ist unvorsichtig von ihm. Denn Casini reagiert blitzschnell. Mit gefesselten Händen kann er eine Winschkurbel greifen, mit der er von der Heydt von hinten niederschlägt. Getroffen sackt der junge Anwalt von seinem Sitz herab.

Jan auf dem Schiff hat davon nichts mitbekommen. Er springt als erster an Deck des Frachters und reicht dem Capitano, der hinter ihm heraufkommt, die Hand. Aber auch der nutzt die Lage. Er tut so, als habe er Schwierigkeiten damit, über die Reling zu steigen, so daß Weller bereits dicht hinter ihm ist. Dann gibt der Capitano vor, den Halt zu verlieren, strauchelt und versetzt Weller, der gerade an der Bordkante auftaucht, einen kräftigen Faustschlag mitten ins Gesicht. Weller schreit auf, kann sich nicht mehr halten und fällt rücklings ins Wasser. Außer sich vor Wut, stürzt Jan sich auf den Capitano. Der kracht auf die Schiffsplanken, und die beiden rollen auf dem Boden hin und her.

Der Capitano hat Kräfte wie ein Bär. Aber Jan hat eine ungeheure Wut im Bauch. Keuchend zwingt er seinen Widersacher immer wieder zu Boden, aber der steht jedesmal von neuem auf. Jans Kopf dröhnt, denn der Capitano hat ihm schon einige Fausthiebe verpaßt. Er spürt, daß sein Auge geschwollen ist, schlägt ins Leere – und wird von einem Kinnhaken des Capitano an die Wand des Ruderhauses gedonnert. Jan schwinden die Kräfte, er kann sich kaum noch wehren. Die Fausthiebe und Fußtritte des bulligen italienischen Kapitäns graben sich in seinen Körper. Fast muß er aufgeben – da sieht er plötzlich, wie der Capitano hintenüberfällt.

Weller, klatschnaß, hat es offensichtlich geschafft, sich aus dem Wasser zu retten. Er ist unbemerkt das Fallreep hochgeklettert, um den Capitano von hinten zu überwältigen. Jetzt kommt Schwung in Jan, er springt auf die Füße, als er erkennt, daß er noch eine Chance hat. Gemeinsam mit Weller können sie den Capitano in den Schwitzkasten nehmen. Sie stoßen ihn ins Ruderhaus.

Dort blinkt der Zeitzünder: Es ist 19 Uhr, 29 Minuten und 30 Sekunden...

Ein entferntes Platschen schreckt Jan auf. Als er sich umdreht, sieht er, wie von der Heydt gefesselt über Bord der Yacht geworfen wird – von den Matrosen der *Linea Verde III.* Er hört, wie Casini den Motor anwirft. Die Yacht nimmt Kurs in die entgegengesetzte Richtung, nach Korsika.

»Von der Heydt! Diese Schweine!« stößt Jan hervor. Er verpaßt dem Capitano einen Fußtritt. »Los, mach schon. Du mußt die Zeituhr stoppen!« Der Capitano zittert. »Ich weiß nicht, wie das geht«, stammelt er. Schweißperlen stehen ihm auf der Stirn. Er hat Todesangst.

Jetzt wächst Weller über sich hinaus. Er stößt den Capitano zur Seite. »Kennen Sie sich aus?« fragt Jan. Er ist leichenblaß geworden.

Nur noch zwanzig Sekunden!

»Wir können es probieren«, sagt Weller, »wir haben keine andere Wahl mehr.«

Weller arbeitet fieberhaft an der Zeituhr. Noch fünfzehn Sekunden! Vierzehn, dreizehn, zwölf, elf, zehn, neun...

Geschafft!

Weller hat die Uhr gestoppt und den Zünder entschärft!

»Du bist großartig!« brüllt Jan. Er hat vergessen, daß sie einander siezen. Aber angesichts der Tatsache, daß sie gerade alle dem sicheren Tod von der Schippe gesprungen sind, tut das wohl nichts mehr zur Sache. »Gehört zum Handwerk eines Privatdetektivs«, sagt Weller bescheiden. Jan nimmt Wellers Kopf in beide Hände und drückt ihm einen dicken Kuß auf die Stirn. Dem Capitano ist übel geworden von der Anspannung. Er kotzt mitten auf die Planken des Ruderhauses.

»Ich kümmere mich um von der Heydt«, ruft Jan Weller zu. »Verständigen Sie die Küstenwache!«

Jan stürzt aus dem Ruderhaus. Aber jetzt kommt wieder Leben in den Capitano, und er versucht, Weller, der ihm eben das Leben gerettet hat, von hinten anzugreifen. Aber Weller hat ein paar japanische Tricks auf Lager, gegen die der sehr geschwächte Capitano nichts mehr aufzubieten hat.

Jan kann von der Heydt, der sich zappelnd über der Wasseroberfläche halten konnte, in letzter Sekunde retten und hievt ihn an Bord des Schlauchbootes. Von der Heydt ist bleich und benommen. Jan löst ihm die Fesseln. Er wirft den Motor an und nimmt die Verfolgung der Yacht auf. Das Schlauchboot ist schneller als die schwere Yacht, und nach kurzer Zeit gelingt es Jan, das Boot an der Yacht festzumachen und hinaufzuklettern. Die Matrosen versuchen, sich ihm in den Weg zu stellen, aber ihre Augen sind angstvoll aufgerissen, als wollten sie mit der ganzen Sache nichts mehr zu tun haben. Jan schiebt sie einfach beiseite. Casini kommt aus dem Ruderhaus.

»Das war's dann, Herr Casini«, sagt Jan ruhig. »Finito, capito?«

Der Flug nach Hamburg ist ruhig und für Jan, Weller und von der Heydt ein paar Stunden Erholung pur. Aber ganz fertig sind sie noch nicht mit ihrer Mission. Gleich nach der Ankunft auf dem Hamburger Flughafen lassen sie sich von einem Taxi in Helge Lührs' neue Wohnung bringen. Schließlich muß der Mann ja noch aus dem Badezimmer geholt werden.

Als Jan die Tür zum Bad aufschließt, sitzt sein Schwager auf dem Boden. Er hat breite Schatten unter den Augen – ein Häufchen Elend.

»Ich werde dich anzeigen, Jan«, sagt er, halb ohnmächtig vor Schmerz und Wut. »Körperverletzung, Freiheitsberaubung...«

Jan fährt ihm über den Mund. »Halt die Klappe, Helge«, sagt er barsch. »Ich hab dir Besuch mitgebracht.« Er packt Helge, zieht ihn hoch und stößt ihn in den Wohnraum. Dort warten Weller und von der Heydt schon auf ihn.

»Guten Abend«, sagt von der Heydt.

Lührs blickt verwirrt von einem zum anderen. »Was soll das?«

»Ich dachte, wir leisten dir so lange Gesellschaft, bis du uns die ganze Wahrheit erzählt hast«, teilt Jan ihm mit.

»Welche Wahrheit?« protestiert Lührs. »Und wer sind die Leute überhaupt?«

»Mitarbeiter«, sagt Jan. »Wir kommen nämlich gerade aus Genua. Käufliche Menschen haben einen Nachteil«, fährt er fort, »sie lassen sich eben kaufen. Dieser Casini hat es allerdings billig gemacht.«

»Casini?« Lührs gibt vor, nichts von dem, was Jan erzählt, zu verstehen.

»Ja. Casini. Er wollte nämlich nicht für dich ins Gefängnis.«

»Ich habe keine Ahnung, wovon du redest.«

»Das hätte mich auch gewundert«, kontert Jan. »Wie ich dich kenne, wolltest du die Versicherung *für uns* betrügen und das Mittelmeer *für uns* mit dem Giftmüll verseuchen...«

Helge Lührs schweigt.

»Aber bitte«, sagt Jan, »wenn du noch einmal nachdenken willst...« Er blickt sich im Raum um. »Wir suchen inzwischen nach den Verträgen.«

Er packt seinen Schwager, dreht ihm den Arm auf den Rücken, so daß er vor Schmerz aufschreit, befördert ihn wieder ins Badezimmer und schließt die Tür ab. Lührs brüllt und tobt, soweit es seine Kräfte noch zulassen.

Weller und von der Heydt suchen in dem einen, Jan in dem anderen Teil der Wohnung. Lührs Einrichtung befindet sich zum großen Teil noch in Umzugskartons.

»Na bitte, wer sagt's denn?« ruft von der Heydt plötzlich und zieht ein Paket geordneter Akten aus einem der Kartons. »Ordentlich ist er, das muß man ihm lassen.«

Eine Stunde später öffnet Jan die Badezimmertür. »Herr Doktor von der Heydt hat einen Vertrag aufgesetzt«, gibt er Lührs zu verstehen, der ihn haßerfüllt ansieht, »und ich denke dabei – im Gegensatz zu dir – wirklich an uns, vor allem an Frauke und deine Kinder. Du wirst den Vertrag unterschreiben, bevor ich dich der Polizei übergebe.«

Von der Heydt hält ihm seinen Füllhalter entgegen. Lührs macht keine Anstalten, ihn zu nehmen. »Das überlebst du nicht, Jan«, zischt er.

»Was willst du damit sagen?« fragt Jan provozierend.

»Dich warnen«, sagt Lührs.

»Unterschreibe!« befiehlt Jan.

Als Helge Lührs seinen Namenszug unter das Papier setzt, zittert seine Hand.

Daß Jan nun auch noch ein Wörtchen mit Georg zur Netten reden muß, ist ihm mehr als unangenehm. Wie gern hätte er den Vater seiner liebsten Corinna, seinen zukünftigen Schwiegervater, aus dem Spiel gelassen. Aber es muß sein. Sie treffen sich in der *Scholle* am Fischereihafen. Zur Netten erscheint pünktlich; der Ober führt ihn an den Tisch, an dem Jan auf ihn wartet.

»Ist das jetzt dein Lieblingslokal?« fragt zur Netten seinen Schwiegersohn in spe, während er sich an den Tisch setzt. Er wirkt ein wenig unsicher.

Jans Antwort ist mehr als direkt. »Ich finde, die Dinge sollten immer dort enden, wo sie begonnen haben.« Dennoch gibt zur Netten vor, ihn nicht zu verstehen. Jan beugt sich vor. »Georg«, sagt er, »das war nicht irgend etwas, was ihr da versenken wolltet. Das war hochkontaminierter Müll.«

Zur Netten wird bleich. Oder kommt es Jan nur so vor? Als der Ober kommt und sich nach seiner Bestellung erkundigt, hört er ihn zunächst nicht.

»Ich nehme an, daß sogar du weißt, was das bedeutet – auch wenn in deinen Augen Geld keine Moral kennt«, fügt Jan noch hinzu.

Der Ober räuspert sich. Zur Netten zuckt zusammen. »Ein Bier bitte«, sagt er. Der Ober verschwindet mit einer Verbeugung, jedoch nicht ohne Jan noch einen prüfenden Blick zuzuwerfen.

»Fisch würdest du in deinem geliebten Alassio jedenfalls keinen mehr kriegen«, setzt Jan seine Rede fort, »und Baden käme einem Selbstmord gleich.«

Zur Netten streicht sich mit der flachen Hand über seine hohe Stirn. »Sag mal, weißt du, was du da sagst?«

»Was habt ihr der Senatorin bezahlt, damit sie da mitmacht?« fragt Jan lauernd. Der Ober serviert das Bier. Zur Netten nimmt einen Schluck und wischt sich anschließend mit dem Handrücken den Schaum vom Mund. »Tut mir leid«, sagt er, »aber wenn du auf das Essen anspielst, das ich mit Doktor Lührs und der Senatorin hier vor ein paar Wochen hatte...« Jan nickt.

»Ich habe damals versucht, ihn davon abzubringen, die *Ökotrans* zu verkaufen«, sagt zur Netten. Er schiebt das noch halbvolle Bierglas zur Seite und erhebt sich. »Und jetzt entschuldige mich. Dein Verfolgungswahn geht mir etwas zu weit.«

Aber Jan läßt nicht locker. »Nur noch eine Frage«, sagt er. »Wenn du mit der Sache absolut nichts zu tun hast, was hast du dann vor vier Tagen in Genua gemacht?«

»Was meinst du?«

Jan zückt ein Foto, auf dem zur Netten und Casini beim Essen in einem Restaurant sitzen – ein Schnappschuß von Weller. Zur Netten nimmt das Foto und betrachtet es, ohne sich wieder hinzusetzen. Dann gibt er Jan das Bild zurück. »Er ist in Alassio mein Nachbar«, meint er ungerührt. »Da warst du ja leider nie. Ein sehr kultivierter Mann. Wieso fragst du?«

Jan beobachtet zur Netten genau, während er spricht.

»Weil diesem kultivierten Mann die *Linea Verde* gehört oder, besser gesagt, gehört hat. Die italienische Polizei hat ihn gestern verhaftet.«

Zur Netten setzt sich nun doch. »Ich wußte gar nicht, daß er mit Schiffen zu tun hat.« Er trinkt den Rest seines Bieres aus.

»Warum deckst du Lührs?«

Zur Netten übergeht Jans Frage. Statt dessen steht er wieder auf und schiebt den Stuhl an den Tisch. »Ich nehme an, ich bin eingeladen.« Zur Netten dreht sich um und verläßt das Restaurant. Kopfschüttelnd sieht Jan ihm nach.

Der Ober eilt an den Tisch. »Darf ich dem Herrn die Karte bringen?«

»Nein, vielen Dank«, sagt Jan.

Ihm ist der Appetit vergangen.

Liebe verträgt keine Lüge

Hajo erfährt es als erster. Um sieben Uhr morgens klingelt das Telefon bei Paulsen. Hajo sitzt gerade am Küchentisch, liest Zeitung und trinkt seinen morgendlichen Kaffee. Etwas umständlich erhebt er sich, schlurft zum Telefon und hebt den Hörer ab. Es ist eine Schwester des St. Hedwig-Krankenhauses. Dirk ist aus dem Koma erwacht.

Hajo vergißt, den Hörer zurückzulegen. Er wirft ihn einfach neben das Telefon, stürzt aus der Küche und eilt in die Arbeitshalle der Werft, wo Paulsen gerade dabei ist, sein Werkzeug für eine kleinere Schiffsreparatur zusammenzusuchen.

»Er ist aufgewacht, Paulsen! Ich fahre hin!«

Scheppernd fällt Paulsen der Schraubenzieher aus der Hand. Er geht auf Hajo zu und umarmt ihn fest. Tränen schießen ihm in die Augen.

Als Hajo vor dem Bett seines Sohnes steht, ist Dirk noch immer intubiert und an diversen Maschinen angeschlossen. Als er jedoch seine Hand ergreift, erwidert sie den Druck.

Und jetzt schlägt Dirk die Augen auf!

»Mein Junge!« ruft Hajo immer wieder, »mein Junge!«

Dirk lächelt seinen Vater nur an. Dann fallen ihm die Augen wieder zu. Fragend sieht Hajo die Schwester an, die an der Tür darauf wartet, ihn bald wieder hinauszubegleiten. Sie tritt näher und legt dem alten Herrn ihre Hand auf den Arm. »Keine Sorge, Herr Hansen, er schläft nur.«

»Schafft er es?« fragt Hajo und sieht die Schwester angstvoll an. »Wir hoffen es, genauso wie Sie«, antwortet sie. »Er hat deutliche Fortschritte gemacht.«

Als Hajo seine Schutzkleidung in der Schleuse abgelegt hat, kommt ihm ein Arzt entgegen. »Herr Hansen?« fragte er.

Hajo bleibt stehen. »Guten Tag, Herr Doktor.« Der Gesichtsausdruck des Arztes ist ernst. »Kann ich Sie einen Augenblick sprechen?« Blitzschnell versucht Hajo, in dem Gesicht des Arztes zu lesen, bevor er ihm angstvoll in ein kleines Sprechzimmer folgt: Was wird er ihm über Dirks Zustand sagen?

Der Arzt bietet Hajo einen Stuhl an und setzt sich selbst auf einen zweiten, der daneben steht. »Die Gehirnfunktionen Ihres Sohnes sind durch das lange Koma beeinträchtigt«, beginnt der Arzt vorsichtig. »Aber alles in allem hat er sehr viel Glück gehabt. Man wird seinem Verstand nichts anmerken, aber…«

»Was aber?«

»Er wird nicht gehen können.«

Hajo schweigt. Im ersten Augenblick ist er erleichtert. Dirk wird also wieder »ganz normal« sein. Aber dann sieht er ihn vor sich, seinen Jungen, die Sportskanone, den quirligen Segler, den Hans Dampf in allen Gassen – im Rollstuhl…

»Heißt das, er wird *nie wieder* gehen können?« fragt Hajo nach, als könne er mit dem Infragestellen die Tatsachen verändern. Der Arzt windet sich. »Das Wort ›nie‹ gibt es nicht«, sagt er, ein wenig unsicher, »aber…« Er verstummt. Dann fügt er ein »Es tut mir leid« hinzu, was für Hajo soviel bedeutet, als hätte der Arzt noch einmal laut und deutlich »nie« gesagt.

»Weiß er es schon?« fragt Hajo.

»Nein«, sagt der Mediziner. »Ich wollte zuerst mit Ihnen sprechen. Sie kennen Ihren Sohn schließlich besser als wir.«

Als Hajo das Krankenhaus verläßt, kommt ihm Jans Combi entgegengefahren. Er und Vera steigen aus. Als sie Hajo entdecken, ruft Jan ihm zu: »Wie geht es ihm?«

Hajo nickt mit einem hoffnungsvollen Lächeln, winkt kurz und steigt dann in ein Taxi, das ihn zurück zur Paulsen-Werft bringt. Dort wird er sich erst einmal ausruhen, denkt er.

Paulsen hatte sofort Jan angerufen. Und der hatte Vera Bescheid gesagt. Eine halbe Stunde später stand Jans Wagen vor Veras Wohnhaus. Sie begrüßten einander mit Handschlag. Merkwürdig, eigentlich hätten sie sich zur Begrüßung küssen sollen, nach alldem, was zwischen ihnen gewesen ist. Aber jeder versuchte, die Distanz, die es einmal zwischen ihnen gegeben hat, wieder herzustellen. Verlegen grinsten sie einander an, als Jan den Motor startete und so schnell es ging zum St. Hedwigs Krankenhaus brauste.

Schweigend hasten sie nun durch die langen Flure zur Intensivstation. Schweigend legen sie die Schutzkleidung an, lassen sie sich an Dirks Bett führen. Vera nimmt Dirks Hand, der bei der Berührung die Augen aufschlägt.

Dirk lächelt, als er Vera sieht.

»Erkennst du mich?« Sie beugt sich zu ihm hinunter und küßt ihn zart auf die Wange. Dirk seufzt und lächelt immer noch. Jan tritt ans Bett heran. »Daß du immer nur Mist baust«, sagt er trocken. Dirk zwinkert ihm zu. Er scheint die beiden ganz genau zu verstehen.

»Dein Vater hat den Fehler gefunden«, sagt Jan. »Wenn du hier rauskommst, ist der nächste Prototyp fertig. Ich lasse ihn auf der de-Fries-Werft bauen.«

Dirk antwortet, indem er die Augendeckel auf- und zuschlägt.

»Wir machen weiter«, sagt Jan. »Attacke!«

»Halte durch! Wir brauchen dich!« flüstert Vera in Dirks Ohr. Er blickt sie liebevoll an. Dann schließt er wieder die Augen. Er scheint von der kurzen Unterhaltung völlig erschöpft zu sein. Sie verabschieden sich von ihrem Freund und verlassen das Krankenhaus.

»Hast du schon etwas gegessen?« fragt Jan, nachdem sie wortlos nebeneinanderher zum Parkplatz gelaufen sind.

»Nein«, sagt Vera.

»Kommst du mit ins *Al Forno*?«

Vera schüttelt verschämt den Kopf. Jan sieht sie fragend an. »Wie soll das bloß weitergehen mit Dirk«, meint Vera ratlos.

»Er schafft das«, prophezeit Jan. »Ich weiß es.«

Vera blickt Jan lange an. »Und dann?«

Jan weiß genau, wovon Vera spricht. »Wir müssen es vergessen.« Seine Stimme klingt unsicher.

»Kannst du das?« fragt sie ihn.

»Nein.«

»Ich kann so nicht leben«, sagt Vera. Sie blickt in den blauen Sommerhimmel hinein, als suche sie dort oben eine Lösung.

»Wir müssen«, antwortet Jan fest. »Es würde ihn töten.«

Natürlich gehen sie noch gemeinsam ins *Al Forno* essen, denn jeder fühlt sich wohl mit dem anderen. Obwohl sie wissen, daß das, was passiert ist, nie wieder geschehen wird. Nach dem Essen bringt Jan Vera nach Hause. Zum Abschied gibt er ihr einen flüchtigen Kuß auf die Wange. Vera errötet.

In der Villa wartet Frauke schon auf ihren Bruder. Sie ist schockiert darüber, was ihr Mann sich alles hat einfallen lassen, um in der de-Fries-Familie an Geld und Macht zu kommen. Lotte serviert ihnen den Tee diesmal in Fraukes Wohnung. Als Jan sich umsieht, bemerkt er, daß seine Schwester schon begonnen hat, die Wohnung umzugestalten. Sie richtet sich auf ein Leben ohne ihren Mann ein.

»Gut, daß Vater das nicht mehr erleben mußte«, sagt sie nachdenklich und gibt einen Löffel Kandiszucker in ihre *Sylter Mischung.* Aber Jan läßt nicht zu, daß seine Schwester sich neue Selbstlügen aufbaut. »Wir haben auch ihn immer falsch gesehen, Frauke«, versucht er ihr vorsichtig klarzumachen. »Das müssen wir begreifen, auch wenn's schwerfällt.«

»Ja, vielleicht«, meint Frauke, die in Gedanken schon wieder bei ihrem Ehemann ist. »Weißt du, was verrückt ist?« Sie blickt aus dem Fenster in den goldenen Schein der Abendsonne. »Daß ich ein halbes Leben damit verbracht habe, Entschuldigungen für seine miesen Geschäfte zu finden.«

»Tja«, sagt Jan und zuckt mit den Schultern, »du hast ihn wohl sehr geliebt.«

Frauke schweigt eine Weile. Sie nimmt einen Schluck Tee, stellt die Tasse ab und sieht ihren Bruder an. »Liebe?« flüstert sie dann, und ihre Stimme scheint von ganz weit weg zu kommen. »Du glaubst, daß es Liebe war?« Sie schüttelt leicht den Kopf. »Ich habe ihn für seine Durchsetzungskraft bewundert«, sagt sie, »denn das ist etwas, was ich nicht habe. Ich fühlte mich dadurch sicher bei ihm. Aber Liebe …«

»Und eure Kinder?«

Frauke hört nicht zu. »… davon konnte wohl nicht die Rede sein«, beendet sie ihren Satz. Jan rührt in seinem Tee. »Ich liebe meine Mädchen«, sagt Frauke. »Das ist Liebe.«

»Ich weiß.«

»Aber trotzdem möchte ich dich bitten, ihn leben zu lassen.« Sie sieht ihren Bruder offen an.

»Natürlich«, versichert ihr Jan. »Ich tu das für dich und für deine Kinder.«

In dieser Nacht kuschelt sich Jan immer wieder eng an Corinna, so eng, daß sie ihn schon von sich stoßen muß, um beim Schlafen überhaupt Luft zu bekommen. Aber Jan ist, als müsse er sich versichern, daß sie noch da ist, daß Corinna bei ihm ist, in diesen unberechenbaren Zeiten, in denen er offensichtlich nicht mal sich selbst trauen kann...

Hajo hat in der Küche von Paulsen gestanden und versucht, seine Gedanken zu ordnen. Er hat nicht schlafen können, obwohl er es sich vorgenommen hatte. Dirk wird nicht mehr gehen können, diese schreckliche Diagnose des Arztes wird für ihn nun immer mehr zu einer Gewißheit. Nein, er kann jetzt nicht ruhen, er muß zu Else.

Als Hajo an der Imbißbude ankommt, sieht er, daß Else heute besonders viel zu tun hat. Eine große Gruppe Matrosen hat sich an den Tischen breitgemacht, und alle sind bestens gelaunt. Aus der Musikbox dringt ein alter Schlager, Hans Albers singt »Ein Seemann, der geladen hat«, und Else sorgt dafür, daß auch kräftig nachgeladen wird. Schließlich ist es ihr Geschäft.

Hajo arbeitet sich bis zur Theke vor. »Gib mir 'n Klaren, Else.« Jetzt erst nimmt sie Hajo wahr. Sie lächelt ihm zu, schüttelt aber dennoch über seinen Wunsch den Kopf. »Du sollst doch nichts trinken«, raunt sie ihm leise zu.

»Else«, sagt Hajo, »Dirk wird den Rest seines Lebens im Rollstuhl sitzen.«

Einer der Matrosen, der neben Hajo steht, betrachtet den alten Herrn wohlwollend. Der Matrose schwankt schon ein wenig. Plötzlich schlägt er Hajo kräftig auf die Schulter und brüllt: »Ist das wahr? Du schmeißt uns 'ne Runde, Kumpel?«

Hajo ist kein Kind von Traurigkeit. Aber heute verschlägt es ihm die Sprache. Hilfesuchend sieht er Else an.

»Laßt ihn in Ruhe, Till!« weist sie den Matrosen zurecht.

Der sieht Else schuldbewußt an, als habe seine Mama ihn gerügt. »Man wird ja noch fragen dürfen…«

Else seufzt, dreht sich um und holt aus dem Regal eine Flasche Weizenkorn. Sie öffnet die Flasche und gießt Hajo ein kleines Glas voll bis zum Rand. »Und da ist bestimmt nichts zu machen?« fragt sie und schiebt ihm das Glas über den Tresen.

»Der Arzt sagt nein.« Er nimmt das Glas, führt es an den Mund und kippt den Korn in einem Schwung hinunter. Else sieht ihn lange an. Als Hans Albers sein Lied beendet hat, geht sie zur Musikbox und zieht den Stecker heraus.

»Schluß jetzt, Jungs«, sagt sie rigoros zu ihren Gästen, »ich mach Feierabend.«

Nachdem sich die Matrosen ein wenig maulend verzogen haben, schließt sie den Laden ab, geht mit Hajo in ihre kleine, gemütliche Wohnung und läßt Badewasser ein. Als sie später miteinander in Elses Bett liegen, weint sich Hajo an ihrer Brust aus wie ein kleines Kind. Else streichelt ihrem Geliebten zärtlich die tränennassen Wangen.

Am nächsten Morgen ruft Hajo bei Jan an, um ihn auf Dirks Gesundheitszustand vorzubereiten. Corinna hat sich gerade verabschiedet, um mit Jans Wagen in die Galerie zu fahren, weil es in Strömen regnet. Jan schweigt eine Weile am Telefon, nachdem Hajo ihm von Dirks Gesundheitszustand erzählt hat. »Ich möchte, daß du Bescheid weißt, wenn du ihn heute besuchst«, sagt Hajo. Diesmal holt Vera Jan mit ihrem Wagen ab. Als er ihr mitteilt, was mit Dirk los ist, bricht sie in Tränen aus. Sie muß den Wagen anhalten, und Jan muß weiterfahren.

Dirk ist verlegt worden. Er hat jetzt ein ruhiges, sonniges Einzelzimmer mit Blick auf den wunderschön angelegten Park des Krankenhauses. Aber seine Verfassung ist alles andere als wunderschön. Der behandelnde Arzt hat ihn am Morgen nach dem Frühstück über seinen Zustand informiert. Dirk ist wütend und verzweifelt.

»War schön mit dir, und jetzt vergiß es!« sagt er mit gequältem Gesichtsausdruck zu Vera, die sich dicht neben ihn ans Bett gesetzt hat.

»Unsinn, Dirk...«, versucht sie zu protestieren. Aber er läßt sie nicht ausreden.

»Vergiß mich, kapiert?« sagt er barsch. »Such dir einen anderen Typ, Vera! Kannst doch an jedem Finger zehn haben, so wie du aussiehst! Was hängst du dich denn an einen Krüppel, der nichts hat außer Schulden und der es im Bett nie wieder bringen wird!«

»Dirk! Hör auf!« Aber Veras Proteste klingen schwach. Angespannt sitzt sie da. Wenn er wüßte, denkt sie. Jan geht im Zimmer auf und ab und beißt sich auf die Lippen.

»Hau ab!« wimmert Dirk. »Am besten nimm Jan. Der ist angeblich riesig im Bett und stinkt vor Kohle.«

Auch das noch. Als ahnte Dirk, was zwischen Vera und Jan vorgefallen ist. »Jetzt beruhige dich, Alter!« mischt Jan sich ein, bemüht, seiner Stimme einen warnenden Ton zu geben. Auch er ist unsicher und voller Schuldgefühle gegenüber seinem Freund.

»Beruhigen? Haut ab, alle beide!« ruft Dirk schwach. »Na, geht schon und werdet glücklich. Ich will euch nie wieder sehen!«

Erschöpft sinkt er in sein Kissen zurück und schließt die Augen. Vera ist den Tränen nahe. Sie ergreift Dirks Hand und küßt sie. Er entzieht sie ihr.

»Wir gehen jetzt, Dirk«, sagt Vera schockiert.

»Aber wir kommen wieder«, meint Jan trocken.

Vera läuft aus dem Zimmer. Sie läßt die Tür offenstehen, läuft den langen Flur entlang und bleibt erst am Fahrstuhl stehen. Außer Atem wartet sie dort auf Jan, der ihr langsam gefolgt ist, nachdem er sich noch von Dirk verabschiedet hat. Sie blicken einander in die Augen.

»Stell dir vor, wir hätten's ihm gesagt!« keucht Vera.

»Aber ich werde es ihm sagen.«

»Bist du wahnsinnig?« Vera blickt Jan mit vor Angst weit aufgerissenen Augen an.

»Wenn er weiterleben will, muß er der Realität ins Auge sehen«, behauptet Jan. Vera trommelt mit den Fäusten gegen seine Brust. »Untersteh dich! Er braucht uns jetzt!«

Der Fahrstuhl kommt. Die Türen öffnen sich. Sie treten ein. »Ich weiß, daß er uns braucht«, sagt Jan. »Aber weder du noch ich können mit einer Lüge leben.« Verzweifelt rauft Vera sich die Haare. »Bitte, tu's nicht. Ich liebe ihn.«

»Ich auch«, sagt Jan.

Der Fahrstuhl bringt sie ins Erdgeschoß. Sie durchqueren die Eingangshalle. »Warum mußte ich euch treffen – und eure Freundschaft zerstören?« flüstert Vera. Jan bleibt stehen und hält ihren Arm fest, so daß auch sie stehenbleiben muß.

»Du hast nichts zerstört«, sagt er und sieht sie liebevoll an. »Du hast mich gebraucht und ich dich …« Vera geht weiter, mit schnellerem Schritt, Jan folgt ihr. Sie treten auf die Straße. »Er wird es nicht verstehen«, sagt Vera hoffnungslos, »so weit kenne ich ihn.« Jan zuckt mit den Achseln. »Aber wenn«, schlägt Vera in einem plötzlichen Sinneswandel vor, »dann sag *ich* es ihm, ja? Das mußt du mir versprechen.«

»Und wo ist da der Unterschied?« fragt Jan, der in diesem Fall nicht gern die Fäden aus der Hand geben würde. »Ich will mit ihm leben«, sagt Vera. Schluchzend fällt sie Jan in die Arme.

Er hält sie fest.

Helge Lührs schwimmen die Felle weg. So einsam wie derzeit war er wohl noch nie in seinem Leben. Es gibt keinen Zentimeter mehr an seinem Körper, der nicht schmerzt! Blutergüsse befinden sich überall, eine Rippe ist gebrochen, der Rücken hat bei dem Sturz durch das Türglas Schürfwunden abbekommen; Schwellungen, Prellungen, Quetschungen – die Liste der Blessuren ist lang. Und dann jene des Herzens, der Seele, vom Ego ganz zu schweigen. Frauke hat ihn rausgeschmissen, eine herbe Enttäuschung. Silke läßt sich von ihm nicht mehr berühren – das verletzt seine Mannesehre. Seine Töchter schauen ihn nicht mehr an – das tut am meisten weh.

Daß er ganz allein all das ausbaden muß, was ihm – zumindest teilweise – vom alten de Fries eingebrockt wurde, das findet Helge Lührs zutiefst ungerecht. Bitter lacht er auf: Der alte Jens de Fries. Macht sich einfach aus dem Staub, stirbt und grinst sich da oben ins Fäustchen.

Und jetzt hat auch noch Georg zur Netten ihn zu sich ins Büro gerufen. Er wolle ihm etwas Wichtiges mitteilen.

»Ich möchte jetzt nicht gestört werden«, weist zur Netten seine Sekretärin an, bevor er die gepolsterte Tür seines Büros hinter sich und dem ehemaligen Geschäftsführer der de-Fries-Gruppe, Helge Lührs, zumacht. Dann bietet er Lührs einen Zigarillo an, den er dankend annimmt, gibt ihm Feuer und fragt nach seinem Befinden. Lührs macht seiner Empörung über seinen Schwager Jan de Fries Luft, der sich erdreistet hat, ihn äußerst arrogant beiseite zu schieben und ihm jämmerliche dreitausend Mark im Monat anzubieten.

»Wie finden Sie das?« fragt er und inhaliert tief. »Und das, nachdem man sich für diese Firma Jahr um Jahr nur krummgelegt hat!« Er bläst den blauen Dunst an die Zimmerdecke. »Na ja, bei meiner Qualifizierung wird es mir sicher ein Leichtes sein, einen angemessenen Job zu finden«, tröstet er sich selbst. »Ich habe schon so einiges angekurbelt.«

Nervös rückt er seine Brille zurecht und wartet auf ein Wort des Bankiers. Der hält mit dem Grund ihres Treffens nicht länger hinter dem Berg. »Das hoffe ich für Sie«, erwidert er zunächst auf Lührs letzte Bemerkung, »ich muß Sie aber trotzdem um Verständnis dafür bitten, daß ich bis dahin Ihren Kreditrahmen von dreihundertfünfzigtausend auf fünfzehntausend reduzieren muß.«

Vor Schreck hat Lührs vergessen, an dem teuren Zigarillo zu ziehen, der ihm köstlich schmeckt und der nun in seiner rechten Hand vor sich hin qualmt. Er betrachtet die Fingernägel seiner linken Hand, um etwas Zeit zu gewinnen.

»Verstehe«, sagt er dann, legt seinen Kopf schief und betrachtet sein Gegenüber mit zusammengekniffenen Augen. »Machen Sie das mit allen Partnern so, mit denen Sie über so viele Jahre erfolgreich zusammengearbeitet haben?«

Zur Netten erwidert seinen Blick ungerührt. »Sie werden verstehen, daß die Interessen meines Hauses Vorrang haben.«

Lührs spitzt die Lippen und blickt ins Leere, als denke er über etwas nach. »Und Sie haben keine Angst um Ihren zukünftigen Schwiegersohn?« fragt er mit einem beißenden Unterton. Georg zur Netten verzieht keine Miene. Nur sein Blick, mit dem er Lührs über den Schreibtisch hinweg fixiert, hat etwas Unerbittliches.

»Sie wissen, was ich tun würde, wenn ihm etwas passiert«, sagt der Banker. Er erhebt sich und demonstriert damit das Ende ihrer Unterredung. Lührs arbeitet sich aus dem Sessel und verläßt den Raum, nachdem er den Zigarillostummel in einem der vergoldeten Aschenbecher ausgedrückt hat.

Lührs blickt auf seine Armbanduhr: In einer halben Stunde ist er im Hotel *Atlantic* mit Dr. Haller verabredet, dem Headhunter. Lührs ist zuversichtlich. Wie er schon zur Netten selbstbewußt verkündete, ist er davon überzeugt, daß ein wohl ebenso herausfordernder und lukrativer Job wie der, den man ihm gerade weggenommen hat, bereits an der nächsten Ecke auf ihn wartet. Bei seinen Qualifikationen, bei seiner Geschicklichkeit!

Als Lührs die Hotelhalle betritt, ist Dr. Haller schon da. Er hat in einem der quadratischen weißen Ledersessel Platz genommen und telefoniert per Handy. Er sitzt mit dem Rücken zum Eingang und hat den Mann, mit dem er hier verabredet ist, noch gar nicht wahrgenommen.

Lührs geht auf die Sitzecke zu. Dabei schnappt er ein paar Wörter auf von dem, was Haller ins Handy ruft – offensichtlich ist die Verbindung nicht besonders gut.

»Entschuldigen Sie, aber das ist der beste Mann, den Sie kriegen können«, ruft er ins Telefon, und ein warmes Gefühl steigt in Helge Lührs gepeinigtem Körper auf: Er wird siegen, er wird glänzen, er wird es allen zeigen!

Jetzt dreht Haller sich um und erkennt Lührs. Während er weiterspricht, winkt er ihn heran und bedeutet ihm, sich zu setzen.

»Hören Sie«, sagt er ins Handy, »unter eins Komma zwei per anno ist der Mann nicht zu haben…« Er nickt Lührs zu, als dieser sich in den Sessel setzt. »Dazu kommen Haus oder Wohnung, Umzugskosten, Dienstwagen und das ganze restliche Pipapo…«

Das ist der richtige Ton! Lührs lächelt zufrieden in sich hinein. Er hat das Gefühl, daß er freier atmet, seit er sich in dieser Hotelhalle befindet. Wohlgefällig streift sein Blick die jungen Damen an der Rezeption. Wie lange, Junge, ist es her, daß du den Frauen nachgeschaut hast, fragt er sich. Es wird Zeit!

»Ja. Ja. Ich freue mich drauf, von Ihnen zu hören«, beendet Haller sein Ferngespräch, »und wenn Sie meinen Rat hören wollen, überlegen Sie nicht zu lange. Es gibt noch andere Interessenten. Auf Wiederhören …«

Lührs nickt. So muß man's machen. Haller schaltet sein Handy aus. Lührs macht es sich im Sessel bequem und schlägt die Beine übereinander. »Tut mir leid, wenn ich mich ein paar Minuten verspätet habe«, sagt er. »War das der Mann von *FinSped?* Sie machen das toll, Doktor Haller. Ich freu mich schon auf Finnland.«

Dr. Haller, der etwas in einem kleinen Büchlein notierte, während Lührs gesprochen hat, schüttelt den Kopf. »Ich muß Sie leider enttäuschen, Herr Doktor«, sagt er förmlich, »dies hier betraf einen anderen meiner Klienten. Ich habe mich gestern – wie Sie sicher verstehen werden – ein wenig über Sie erkundigt …«

Lührs wird blaß. »Sie meinen …?«

»Professor de Fries hat zwar nichts Konkretes gesagt, aber seine Auskünfte waren immerhin so, daß ich Sie nicht mehr vermitteln möchte.«

»Professor …« Lührs verstummt. Er lockert seine Krawatte, weil sie ihm plötzlich zu eng gebunden vorkommt. Ohnmächtige Wut steigt in ihm hoch. Nein, mehr: blanker Haß.

Vera hat in der Nacht keine Ruhe finden können. Hat Jan wirklich recht, wenn er behauptet, sie müßten Dirk reinen Wein einschenken? Ist es nicht das Grausamste, was man Dirk antun kann, gerade jetzt? Nun, die Last, die tragen sie beide weiterhin, das ist klar. Wollen sie ihr schlechtes Gewissen erleichtern, müssen sie ihrem Freund alles erzählen.

Vera wälzt sich in ihrem Bett hin und her. Sie will mit Dirk leben, das hat sie für sich entschieden, auch wenn er sein restliches Leben im Rollstuhl verbringen muß. Sie weiß, daß sie ihn liebt, und sie wird nicht vor der Verantwortung davonlaufen. Um jedoch einen neuen Anfang machen zu können, müssen die alten Dinge bereinigt sein. Natürlich könnte man noch eine Weile warten, bis er stabiler ist, überlegt sie. Das wäre sicher das allerbeste. Aber was, wenn Jan ihr zuvorkommt? Wenn er es seinem Freund zuerst sagt? Nein, das würde sie nicht ertragen. Sie wird es Dirk sagen. Schon morgen.

Dirk wird von Tag zu Tag selbständiger. Er braucht keine Hilfe mehr beim Essen, beim Trinken, kann ohne Medikamente schlafen. »Ich muß dir etwas sagen…«, beginnt Vera ihre Beichte, als sie am nächsten Vormittag sein Zimmer betritt. Ihr Herz klopft bis zum Hals.

Dirk verzieht keine Miene, während sie erzählt. Als fiele es ihm schwer, ihren Worten zu glauben. Als erzähle sie ihm ein böses Märchen. Er läßt sie ausreden, läßt sie alles sagen, was nötig ist, und er läßt sie schweigen und auf seine Antwort lange warten.

»Sag das noch mal«, murmelt er dann.

Vera weiß, daß er alles verstanden hat. Daß er fassungslos ist. Immerhin – der schreckliche Kloß in ihrem Hals ist verschwunden. Für sie ist es gut, daß sie die Wahrheit herausgebracht hat. Jetzt ist es an Dirk, eine Entscheidung zu fällen.

»Geh bitte«, sagt Dirk.

»Ich liebe dich!« beeilt sich Vera zu sagen.

»So nennst du das?« spottet Dirk.

Vera greift nach seiner Hand. Er zieht sie weg. »Dirk, bitte«, fleht sie ihn an.

»Geh«, sagt er. »Ich will dich nie wieder sehen.«

Dann sagt er kein einziges Wort mehr. Demonstrativ starrt er an die Zimmerdecke. Vera erhebt sich, nimmt ihre Tasche und ihre Jacke und geht zur Tür. Als sie sich noch einmal umdreht, sieht sie, daß Dirk noch immer regungslos daliegt, die Augen zur Zimmerdecke gerichtet.

Als Jan an diesem Morgen sein Büro in der Speicherstadt betritt, überreicht ihm seine Sekretärin ein Telegramm. Überrascht betrachtet Jan das Papier. »Ein Telegramm? Ich wußte gar nicht, daß es das noch gibt!« Er reißt den Umschlag auf und liest. Die Nachricht besteht nur aus drei Worten:

»Du wirst sterben!«

Erstaunt läßt Jan das Papier sinken. Helge Lührs, ist sein erster Gedanke.

Hastig weist er seine Sekretärin an, alle Anrufe zur Kanzlei von Anwalt Tippner weiterzuleiten. Sie nickt erschrocken und blickt ihren Chef besorgt an. Und schon ist er aus dem Haus. Er muß sofort mit von der Heydt sprechen.

»Und du glaubst wirklich, daß dein Schwager dahintersteckt?« fragt Anwalt Holm Tippner und betrachtet das Telegramm, während sich von der Heydt sofort nach Jans Ankunft ans Telefon gehängt hat, um nachzuhaken.

»Wer sollte es denn sonst geschrieben haben?« fragt Jan.

»Aber das Telegramm ist in Genua aufgegeben worden.«

»Und? Was beweist das?«

Von der Heydt hat das Telefonat beendet. »Casini wurde heute früh auf Kaution entlassen«, berichtet er.

Tippner ist skeptisch. »Was hätte er davon, Jan zu bedrohen?«

»Weißt du, welche Leute hinter ihm stehen?« gibt Jan zu bedenken. »Also, wenn das so wäre, hätte er sich bestimmt nicht mit Lührs eingelassen«, glaubt Tippner.

Von der Heydt zündet sich eine Zigarette an. »Ich würde trotzdem zur Polizei gehen«, schlägt er vor. Jan schüttelt den Kopf. »Das ist doch lächerlich.«

»Und wenn Sie recht haben und Ihr Schwager doch dahintersteckt? Er hat Sie auch schon bedroht, als Weller und ich dabei waren«, gibt von der Heydt zu bedenken.

»Ich würde vorsichtig sein«, bekräftigt Tippner die Warnung seines jungen Mitarbeiters.

Gedankenverloren fährt Jan durch die Straßen. Er muß frische Luft schnappen, muß seinen Kopf ordnen, in dem so manches ungelöste Problem herumschwirrt. Am Elbufer parkt er den Wagen, um ein paar Schritte zu Fuß zu gehen. Es tut gut, auf das Wasser zu sehen, das ewig und träge zwischen seinen Ufern dahinzieht.

Soll er Dirk erzählen, daß er mit Vera…? Er wird ihn lynchen. Aber die Lüge aufrechterhalten? Jan bückt sich und hebt einen hellen Kieselstein auf. Er schnippt ihn über die Wasseroberfläche. Als sie noch Jungen waren, haben sie das oft miteinander gemacht, er und Dirk, Steine ins Wasser geworfen. Riesenkaliber, die so schön platschten, daß man ganz naß wurde, aber auch die feinen, flachen, die fünf, sechs, sieben Mal über die Oberfläche hüpften, bevor sie endlich versanken.

Er muß seinem Freund die Wahrheit sagen.

Jan parkt seinen Wagen vor Elses Imbiß. Hajo ist bei ihr. Er bittet ihn, mit ihm essen zu gehen. Und er vertraut sich Dirks Vater an.

Hajo hört aufmerksam zu. »Und Dirk weiß es?« fragt er, nachdem Jan ihm die Situation geschildert hat.

»Eben nicht«, antwortet Jan. »Das ist mein Konflikt. Aber ich glaube, er ahnt etwas. Sonst hätte er uns nicht so angemotzt.«

Hajo überlegt einen Augenblick. »Also, ich finde das Ganze auch nicht so toll«, sagt er. »Und Heimlichkeiten mag ich auch nicht sonderlich. Aber es kommt doch jetzt auf seine Heilung an, oder?« Jan nickt. »Und deswegen würde ich es ihm nicht sagen«, schlägt Hajo vor. »Geh hin zu ihm und schweig. Er braucht dich. Du bist doch sein einziger Freund.« Jan ist sehr nachdenklich geworden. Er muß Hajo recht geben.

»Danke«, sagt er. »Du hast mir sehr geholfen.« Er ruft den Kellner, um zu bezahlen. »Und wenn Frau Manteuffel, deine Anwältin, irgend etwas braucht, dann ruf nur an. Von der Heydt ist im Büro und weiß Bescheid. Alle unsere Akten stehen euch zur Verfügung.«

»Von der Heydt?« fragt Hajo überrascht. »Arbeitet er nicht mehr für Tippner, wie Frau Manteuffel?«

Jan lacht. »Ab morgen wird er bei mir anfangen. Als Nachfolger von Helge Lührs.«

»Gratuliere«, sagt Hajo. »Und Tippner ist dir nicht böse, daß du ihn abgeworben hast?«

»Tippner freut sich für ihn. Schließlich ist das jetzt 'ne Bombenposition für von der Heydt.«

»Er ist ja auch ein Bombenkerl«, meint Hajo anerkennend. Jan nickt. »Spätestens seit Genua weiß ich, was wirklich in ihm steckt.«

Jan hat sich gedanklich präpariert. Er wird sich bei Dirk nichts anmerken lassen. Gemeinsam mit dem alten Hansen betritt er das Zimmer.

Hajo setzt sich auf einen der Stühle, und Jan tritt ans Bett. Dirk hat noch gar nicht gemerkt, daß auch sein Vater im Raum ist.

»Ich habe gesagt, du sollst mich in Ruhe lassen«, herrscht er Jan an.

»War Vera bei dir?« will Jan wissen.

»War sie.«

»Und?«

Jan bricht der Schweiß aus. Jetzt bloß keinen Fehler machen. Aber wie bekommt man heraus, ob Vera etwas gesagt hat – ohne etwas zu sagen?

»Was hat sie denn so alles gesagt?«

Dirk zögert mit der Antwort. »Sie war nicht so rücksichtsvoll wie du«, meint er bitter.

Also doch. Es ist klar: Vera hat Dirk alles erzählt.

Es klopft. Eine thailändische Hilfskraft betritt fröhlich den Raum. Sie zieht einen Essenswagen hinter sich her. »So, Ihre Suppe, Herr Hansen«, sagt sie freundlich.

»Schaffen Sie mir diesen Mann aus dem Zimmer«, knurrt Dirk. Jan zuckt zusammen. Aber die Hilfskraft versteht nicht. »Guten Appetit.« Sie lächelt und stellt den Teller auf Dirks Nachttisch.

Jan macht einen neuen Versuch. »Du bist der einzige Freund, den ich habe«, sagt er eindringlich. Dirk wendet ihm zum ersten Mal sein Gesicht zu. Es kommt Jan vor, als sei jede Lebensfreude aus seinem Blick verschwunden.

»Geh!« sagt er tonlos.

Hajo verläßt mit ihm das Zimmer, ohne Dirk begrüßt zu haben. Er will später noch einmal hineingehen, wenn er mit ihm ganz allein sein kann. Als sie auf dem Flur stehen, dringt plötzlich ein markerschütterndes Brüllen aus dem Zimmer. Erschrocken sehen sie sich an. Dirk brüllt sich seinen Schmerz von der Seele wie ein schwerverletztes Tier. Eine Schwester kommt erschrocken angerannt und stürmt ins Krankenzimmer. »Was ist denn, Herr Hansen?« ruft sie aufgeregt.

Aber Dirk brüllt nicht mehr. Er hat seinen Mund zu einem stummen Schrei geöffnet. Schweißgebadet liegt er im Bett. Er zittert am ganzen Körper. Durch den Türspalt sehen sie, wie die Schwester sich zu ihm setzt und ihm beruhigend über das Haar streicht.

»Entweder er kann damit leben oder…« Jan beendet seinen Satz nicht. »Ich würde mich ein Leben lang schuldig fühlen«, sagt er leise. Er umarmt Hajo zum Abschied und geht zum Fahrstuhl. Tief betroffen bleibt der alte Hansen im Krankenhaus zurück.

Draußen regnet es Bindfäden. Deprimiert steigt Jan ins Auto. Er fährt zu Corinna. Sie sind für den Abend verabredet. Corinna hat Theaterkarten besorgt. Aber vorher wird er ihr alles erzählen – oder nachher? Egal wann, Jan weiß nur eins: Wer A sagt, muß auch B sagen.

Als er bei ihr ankommt, wirkt Corinna sehr aufgekratzt. Sie telefoniert gerade auf englisch mit einer wichtigen Geschäftskollegin. Sie hat sich elegant zurechtgemacht, mit einem kurzen schwarzen Abendkleid. »Ich bin gleich soweit!« ruft sie und wirft Jan eine Kußhand zu. Dann konzentriert sie sich wieder auf ihr Telefonat.

Jan fühlt sich elend. Nach Schauspielhaus ist ihm weiß Gott nicht zumute. Er schlendert im Raum hin und her, betrachtet verschiedene Bilder. Corinna schaltet ihr Handy aus.

»Soll toll sein, die Aufführung«, sagt sie strahlend und geht auf ihn zu, um ihn zu küssen. »Wie lange waren wir schon nicht mehr gemeinsam im Theater?« Jan erwidert ihren Begrüßungskuß.

»Der Strötzner soll wieder mal fantastisch sein. Bea war in der Vorpremiere. Sie ist hingerissen!«

Jan fühlt sich fehl am Platz. Corinna tut ihm leid. Wie sie sich auf den Abend freut. Das Telefon klingelt.

»Gehst du ran?« bittet seine Freundin ihn. »Aber egal, wer es ist, ich bin nicht mehr da!« Sie verschwindet im Bad, um sich die Haare zu ordnen. Jan nimmt ab.

»Galerie zur Netten…?« Es ist ein Herr Ludwig, Geschäftskollege von Corinna. Jan wimmelt ihn ab, wie Corinna ihm aufgetragen hat.

Frisch geschminkt und elegant frisiert, kommt sie aus dem Badezimmer zurück. »Wie ich mich auf den Abend freue«, trällert sie und hakt ihn ein. »Gehen wir?«

»Ja.«

Corinna wird stutzig. »Was hast du denn?«

Jan sieht sie lange an. »Wir haben Mist gebaut.«

»Wer wir?«

»Vera und ich«, meint Jan. Er blickt zu Boden. »Dirk wird gelähmt bleiben, sagen die Ärzte.«

Corinna stellt ihre Tasche auf einem kleinen Tischchen ab. »Moment mal«, sagt sie. »Was war mit Vera und dir?« Jan schweigt. Er kann ihr nicht mehr in die Augen sehen.

»Weißt du, was du bist?« brüllt Corinna los. Sie schlägt sich mit der flachen Hand an die Stirn. »Ich fasse es nicht!«

»Ich weiß nicht, wie es passieren konnte«, flüstert Jan. Corinna ist außer sich. »Das weißt du nicht?« Sie ist rot geworden im Gesicht. »Jetzt sag bloß, du wolltest das gar nicht, und diese ganze verlogene Männerscheiße!«

»Corinna!« Jan will sie berühren, aber sie läßt es nicht zu. »Mach, daß du rauskommst! Raus!« Sie hat ihren rechten Arm lang ausgestreckt und deutet mit dem Zeigefinger auf ihre Tür. Jan geht auf sie zu und hält sie fest. »Wir wollten das wirklich nicht«, versucht er ihr zu erklären. »Es ist passiert.«

»Laß mich los!« befiehlt Corinna eiskalt. »Du tust mir weh.« Jan läßt sie los. »Und jetzt geh!« sagt sie.

»Liebes ...!« versucht Jan es nochmals.

Corinna hat die Schmerzgrenze erreicht. Außer sich vor Wut, kreischt sie ihn an: »Du sollst gehen! Und laß dich nie wieder blicken! Nie, nie, nie wieder!«

Langsam geht Jan zur Tür. Kaum hat er die Wohnung verlassen, schlägt sie die Tür hinter ihm zu und schließt zweimal ab. Aber dann muß sie noch einmal öffnen. Jan hat seine Schlüssel vergessen. Sie wirft den Schlüsselbund ins Treppenhaus.

Krachend fällt die Wohnungstür ins Schloß.

Jan bückt sich und hebt den Schlüsselbund auf.

»Mist«, flucht er.

Jan bleibt noch eine Weile vor Corinnas Haus stehen. Dann entschließt er sich, zu Vera zu fahren. Er weiß, daß sie heute erst um zweiundzwanzig Uhr Dienstschluß hat. Vor dem Eingang der Wasserschutzpolizei wartet er. Sein Herz klopft, als habe er mit Vera ein heimliches Rendezvous. Aber nein, es ist Corinna, die er liebt. Nur… was soll er tun? Er muß dringend mit Vera sprechen. Er stellt sich ein wenig ins Halbdunkel, als er hört, wie Veras Mannschaft in der Eingangshalle die Treppe hinunterkommt.

»Kommst du noch mit, was trinken, Vera?« fragt einer der Kollegen. »Nee, Lars, heute nicht«, antwortet Vera. »Schon wieder nicht? Du kommst ja gar nicht mehr mit«, meint Lars enttäuscht. »Ach laß man«, versucht Vera, den leisen Vorwurf abzuwehren, »trink was für mich mit, ja?«

Jan nähert sich Vera, als sich die Kollegen voneinander verabschieden. Vera ist überrascht, als sie ihn sieht.

»Hallo, Jan«, sagt sie. Als sie seinen verstörten Gesichtsausdruck wahrnimmt, ahnt sie, daß er bei Dirk gewesen ist. »Warst du bei ihm?« fragt sie.

»Ja.«

»Und?«

»Warum hast du's ihm gesagt?« will Jan wissen.

»Weil ich nicht wollte, daß du's ihm sagst.«

Jan nickt schweigend.

»Es war falsch, es ihm zu sagen, nicht wahr?«

Jan zuckt mit den Schultern. »Vielleicht nicht…«

Vera senkt den Kopf. »Es tut mir leid. Es ist meine Schuld.« Als sie ihn wieder anblickt, stehen Tränen in ihren Augen. »Jetzt haben wir ihn wohl beide verloren.« Abrupt dreht sie sich um und läuft fort. Jan weiß, daß es sinnlos wäre, sie aufzuhalten.

Langsam, sehr langsam fährt er zur Villa zurück. Noch nie in seinem Leben ist er so ratlos gewesen. Er ist zum ersten Mal vollkommen allein. Und er spürt, wie schwer das ist. Immer hat ihm irgend jemand zur Seite gestanden, und dieser irgend Jemand war, seit der Kindheit, sein Freund Dirk. Später kamen seine Freundinnen dazu, die ebenfalls wichtige Rollen spielten, aber wenn die Liebe verging, war immer noch der beste Kumpel da. Mit Corinna sah es schon anders aus. Die Beziehung zu Corinna hatte ihren eigenen Wert. Jan erinnert sich daran, daß Dirk sogar eifersüchtig wurde, als er nach einer Weile merkte, daß es sich bei der Liebe zwischen Jan und Corinna um etwas Besonderes handelte. Diese Frau hat ihren eigenen Kopf, und das gefällt Jan. Sie ist ehrgeizig, und sie ist schön. Sie hat Temperament und Humor. Und sie klebte ihm nicht ständig an den Hacken, sie klammerte nicht – das schätzte Jan immer am meisten bei ihr. Mit Corinna konnte er sich frei fühlen. Aber jetzt – jetzt hat er diese Freiheit, die sie ihm immer zugestand, mißbraucht.

Jan fühlt sich elend. Er wünscht plötzlich, Corinna sei so eine von diesen Klammerfrauen, die einen Mann nicht gehen lassen. Eine, die ihm zwar eine Szene macht, aber nachher doch wieder lammfromm angekrochen kommt. Aber das ist sie wohl nicht, wie er jetzt schmerzhaft erfahren muß.

In der Villa sind schon fast alle Lichter gelöscht. Er parkt den Wagen und schlendert durch den Park zum Gartenhaus. Oben, bei Frauke, brennt noch Licht. Jan klopft an Fraukes Wohnungstür. Bei seiner Schwester schüttet er sein Herz aus. Aufmerksam hört sie zu. Als Jan aufgehört hat zu reden, sagt sie nur: »Ich werde euch Männer nie begreifen.«

»Kannst du nicht mal mit Dirk reden? Ich meine, so ganz taktvoll, so wie es deine Art ist?« fragt er bittend. Frauke lächelt. Warum nicht. Es wäre etwas, was sie von ihrem großen Kummer über Helge etwas ablenken würde.

Auf Jans Schreibtisch im Meeresbiologischen Institut an der Universität stapeln sich die schriftlichen Arbeiten der Studenten. Er hatte sich ein paar Tage freigenommen, aber nun muß die Arbeit dringend erledigt werden. Ausgerechnet jetzt, wo er Corinnas wegen keinen klaren Gedanken fassen kann. Fahrig packt er zu Hause noch ein paar Manuskripte zusammen, die er für seine Vorlesungen dringend braucht, da klingelt das Telefon, und kurz darauf setzt sich das Faxgerät in Bewegung. Corinna? Es wäre zu schön, um wahr zu sein... Jan hechtet zum Apparat, aber das Papier, das er jetzt in den Händen hält, enthüllt alles andere als eine Liebes- oder Versöhnungsbotschaft für ihn. Fünf Worte stehen da, handgeschrieben, vier auf italienisch, eines auf deutsch:

»Tu sei quasi morte (tot)!«

Jan läßt das Papier sinken. Das hier kommt nicht von Corinna. So weit würde sie nicht gehen, trotz allem. Das hier ist eine knallharte Morddrohung. Schon die zweite. Vielleicht sollte er die Sache doch ernster nehmen?

Auf dem Weg zur Uni fährt Jan bei Tippner vorbei. Der Anwalt läßt sofort herausfinden, woher das Fax gekommen ist. Und wieder ist das Ergebnis das gleiche: Das Fax wurde von einem Postamt in Genua aus gesendet.

»Egal, wer dahintersteckt, Jan«, sagt Tippner, »ich mache mir Sorgen um dich.«

Merkwürdig. So richtig erschrecken kann Jan diese Morddrohung nicht. Er wundert sich selbst darüber. Aber worum geht es eigentlich im Leben. Ist es nicht das wichtigste, daß man nicht allein ist? Daß man gute Freunde hat, daß man lieben darf und geliebt wird? Was sonst macht den Wert des Lebens aus? Lieber ein kurzes, glückliches Dasein, als ein langes voller Einsamkeit und Eintönigkeit. Nein, wenn man ihn jetzt umbringen möchte – bitte sehr. Nie war der Zeitpunkt so günstig wie heute, denkt Jan sarkastisch.

Die Freundschaft mit Dirk und die Liebe zu Corinna, das sind die Dinge, die in Jans Leben zählen. Und genau diese Dinge müssen jetzt wieder in Ordnung gebracht werden. Dann kann alles andere folgen. Er faltet das Fax wieder zusammen, steckt es in seine Tasche und setzt seine Fahrt zur Uni fort.

Wie eine gute Fee hat Frauke sich auf den Weg ins Krankenhaus gemacht. Als die Schwester ihr das Zimmer öffnet und sie mit ihrem Stuhl hineinrollt, ist Dirk gerade dabei, verbissen und schweißüberströmt mit schweren Hanteln zu trainieren. Auch er sitzt im Rollstuhl.

»Rollis der Welt, vereinigt euch, oder was soll das hier werden?« ruft Dirk bitter aus, als er Frauke sieht. »Wenn Jan dich schickt, kannst du dir jedes Wort sparen.«

Frauke rollt etwas näher heran. Sie geht auf seine Bemerkung überhaupt nicht ein, sondern sagt fröhlich: »Dein Arzt, Dr. Frey, der hat mich vor vier Jahren auch hingekriegt.«

Dirk läßt die Hanteln sinken. »Hingekriegt«, äfft er sie nach, »und jetzt sollst du mir sagen, daß er mich genauso hinkriegen wird.«

»Nein«, entgegnet Frauke tapfer, »aber wie du weißt, habe ich danach sehr viel Kraft gehabt und Mut, Neues auszuprobieren. Und dadurch habe ich jemanden kennengelernt, der sich mit Elektroakupunktur auskennt und enorme Erfolge damit hat. Bei mir hat es zwar nichts geholfen, aber bei sehr, sehr vielen anderen.« Frauke läßt ihre Worte ein wenig wirken, bevor sie Dirk die nächste wichtige Information preisgibt: »Er ist Professor in Lübeck.«

Doch sie scheint auf Granit zu beißen. »Ich habe was gegen Universitätsprofessoren«, sagt Dirk kurz angebunden. Frauke kennt ihre Mission und fährt ungehindert fort: »Ich weiß, aber Doktor Frey ist der Meinung, du solltest es zumindest probieren.«

Dirk schweigt. Er macht ein paar Hantelübungen, aber ist nicht mehr recht bei der Sache. Mit dem Handtuch, das er sich um den Hals gebunden hat, wischt er sich den Schweiß von der Stirn.

»War das alles?«

»Nein«, sagt Frauke.

Dirk sieht sie an. Sein Blick ist leer.

»Liebe ist, wenn man auch den anderen liebt und nicht nur sich selbst«, flüstert sie.

Dirk schweigt. Er preßt den Mund zusammen. Frauke spürt, daß die letzten Worte ihre Wirkung nicht verfehlt haben. Dirk läßt sich nichts anmerken, aber sie spürt es einfach. Sie weiß auch, daß sie über sich selbst hinausgewachsen ist. Ein völlig neues Gefühl ungeahnter Stärke durchströmt sie. Sie, die hilflose Fraukc, jahrelang klein gehalten, gedemütigt, bis sie selbst nicht mehr an sich glaubte, hat etwas bewirkt: Sie hat – und dessen ist sie sich hundertprozentig sicher – den sturen, starken, verletzten Dirk zum Nachdenken gebracht.

Wortlos rollt sie zur Tür, drückt auf den Schalter an der Wand, die Tür springt auf, und Frauke rollt hinaus auf den Flur.

Draußen, auf einer der Bänke, sitzt Kevin. Er hat seine

Schulmappe bei sich. Kevin kennt die Frau im Rollstuhl nicht, die lächelnd an ihm vorbeifährt. Die thailändische Hilfsschwester gibt dem Jungen ein Zeichen: Er könne jetzt zu seinem Vater.

Als der Junge eintritt und seinen Vater im Rollstuhl sieht, springt er ihm gleich auf den Schoß. »Fährst du mit mir eine Runde?« Dirk kann nicht anders, er muß lachen. Vorsichtig dreht er sich mit dem Jungen im Kreis, schneller und schneller, bis ihnen schwindelig wird. Zärtlich drückt Dirk Kevin an sich.

»Papi, warum magst du Vera nicht mehr?« kommt der Junge gleich zur Sache.

»Woher weißt du das?« fragt Dirk überrascht.

»Ich habe mit ihr telefoniert«, sagt Kevin, »wegen deines Unfalls. Und dabei habe ich gemerkt, daß sie traurig war. Weil du sie nicht mehr magst.«

»Ich bin auch traurig.«

Kevin hantiert am Rollstuhl herum. Er erkundet jeden Hebel, jede Schraube. »Du hast dich doch so gut mit ihr verstanden, oder nicht?« fragt er, während er versucht, die Fußstützenhöhe zu verstellen.

»Habe ich«, sagt Dirk. Er muß schlucken.

Kevin richtet sich auf und stellt sich vor seinen Vater. »Hör mal, Papi. Mami hat einen Freund und hat seitdem viel bessere Laune. Warum sollst du nicht auch eine Freundin haben? Das wäre doch für alle viel, viel besser!«

»Schon«, gibt sein Vater zu. »Nur ...«

Aber Kevin unterbricht ihn. »Dann ruf sie jetzt an, und sag ihr, daß sie herkommen soll.«

»So einfach geht das nicht, Großer«, will Dirk seinen Jungen bremsen. Aber der gibt nicht auf. »Zu mir sagst du immer, man muß auch auf andere einen Schritt zugehen können. Schließlich sind es die Freunde.«

Dirk schweigt. Das sind die Weisheiten, die er seinem Sohn vermittelt? Klar. Es ist immer leichter, anderen gute Ratschläge zu geben...

Dirk spürt, wie er weich wird. Wie dieser schwere Klumpen verletzten Stolzes auf seiner Brust leichter zu werden scheint. »Also, du meinst, wir sollten telefonieren?« sagt er.

»Zwozwoneunnullsechsachtdrei«, rattert Kevin schon Veras Telefonnummer herunter. Dirk muß unweigerlich grinsen. »Hast du die Nummer von Jan auch im Kopf?« Seinem Sohn fällt der Unterkiefer herunter.

»Wieso? Magst du den auch nicht mehr?«

Eine Stunde später steht Jan im Krankenzimmer. Dirk, der mit Kevin schon auf ihn wartet, starrt ihn finster an. Wie verabredet, verläßt der Junge das Zimmer – aber nicht ohne seinem Vater noch einmal zuzuzwinkern.

»Kannst dich bei Kevin bedanken«, murmelt Dirk.

»Verstehe«, sagt Jan, der dasteht wie ein begossener Pudel.

»Ein Schwein bist du trotzdem«, schleudert Dirk ihm entgegen. Dann streckt er ihm seine rechte Hand entgegen. Jan geht auf ihn zu und ergreift sie. »Schwamm drüber?«

Aber da landet ein kräftiger Faustschlag von Dirk in Jans Gesicht. Der fällt zu Boden und reißt dabei einen Besucherstuhl um. Dirk hat die Oberlippe getroffen. Es blutet kräftig aus einer Platzwunde.

»Ich hätte dir damals auf dem Schulhof nicht helfen sollen«, sagt Dirk. Jan tastet nach seiner Nase. Gott sei Dank, sie ist noch dran. »Dann hättest du heute keinen einzigen Freund«, erwidert Jan. Er versucht zu grinsen. Es gelingt ihm nicht recht.

Von dem Lärm alarmiert, stürzt Kevin ins Zimmer. »Alles in Ordnung?« ruft er erschrocken. Dirk betrachtet zufrieden seine blutige Faust. »Alles sehr in Ordnung, Großer. Die Frage ist jetzt nur noch: Wo gibt's Orchideen?«

Die Sonne versinkt an diesem Abend blutrot hinter den Hafenkränen. Ein mystisches Bild. Vera versucht, die Melancholie, die in ihr hochsteigt, zu bekämpfen. Vergebens. Es ist warm, aber Vera fröstelt trotzdem. Sie schlägt den Kragen ihres Trenchcoats hoch und macht sich auf den Weg nach Hause.

»Vera!«

Hat sie eine Halluzination? Ist der Mann dort im Rollstuhl wirklich Dirk, oder bildet sie sich das nur ein? Aber neben ihm stehen Jan und Kevin – Jan mit zwei dicken Pflastern im Gesicht. Das kann keine Fata Morgana sein!

»Komm her«, sagt Dirk leise. Er rollt langsam zu ihr. Auf seinem Schoß liegt eine wunderschöne zartrosa Orchidee. Vera geht ihm entgegen. Als sie sich treffen, beugt sie sich zu ihm hinunter und sieht ihm in die Augen. Er umarmt sie und drückt sie fest, so fest, daß Vera lachend nach Luft schnappt.

Eine Rechnung ist noch offen: Zu viert fahren sie zu Corinnas Galerie am Jungfernstieg. Als Jan Dirk durch die Glastür schiebt – diesmal mit einem riesigen Strauß weißer Rosen auf dem Schoß –, telefoniert Corinna gerade, den Rücken zum Eingang, so daß sie sie nicht gleich sehen kann. Vera folgt den beiden Männern, ihr klopft das Herz bis zum Hals. Aber Kevin hält sie an der Hand.

Corinna telefoniert wieder einmal mit ihrer Freundin und Geschäftskollegin Holly in London. Als sie hört, daß jemand den Laden betritt, dreht sie sich um und erschrickt. »Hang on a second, Holly«, sagt sie in den Hörer und läßt das Handy sinken. »Sagt mal, spinnt ihr total?«

Jan kann Corinna noch immer nicht recht ansehen. Verlegen

befühlt er sein Gesicht; unter den Pflastern brennt und juckt es.

»Ja, wir spinnen«, sagt Dirk, da Jan kein Wort herausbringt. »Wir haben nämlich beschlossen, dir zu verzeihen.« Corinna wirft empört den Kopf in den Nacken. Ihr verzeihen? Aber bevor sie etwas sagen kann, spricht Dirk weiter: »Allerdings nur unter einer Bedingung...« Er hält ihr den Rosenstrauß entgegen. »Daß du mir einmal in der Woche politisch-erotisch zur Verfügung stehst. Und jetzt hör auf mit dem Oversea-Gequatsche, gib diesem Arschloch 'n Kuß, dieser Dummkuh 'n Tritt in den Zauberhintern, und mach 'ne Flasche Champagner auf, bevor wir's uns anders überlegen.«

Corinna ist überrumpelt. Jetzt erst fällt ihr ein, daß Holly noch am Telefon ist. »I call you back in a minute«, sagt sie. Ihre Stimme zittert.

»Und du glaubst, das geht so einfach?« wendet sie sich an Jan. Ehe der antworten kann, hat Dirk sich schon wieder eingemischt: »So was geht einfach oder gar nicht.«

»Genau!« bestätigt Kevin. »Also mach schon, Corinna.«

Corinna muß grinsen. Sie weiß nicht recht, wie sie sich verhalten soll. Die Rosen nimmt sie Dirk nicht ab, wie käme sie dazu, alles so schnell hinwegzuwischen! Sie ist tief gekränkt, und das soll Jan noch eine Weile spüren. Denn wenn sie ihm verzeiht, dann erst, wenn sie sicher ist, daß so etwas nie wieder vorkommen wird. Jan läßt sich von Dirk die Rosen geben und reicht sie Corinna.

»Kuß, Tritt, Champagner«, bittet er.

Corinna nimmt die Rosen an. »Die Reihenfolge bestimme ich«, sagt sie. »Ich hol mal eben den Champagner.«

Es gibt noch einen anderen Grund, weshalb Corinna Jan verzeihen will. Aber diesen Grund erfährt er erst am nächsten

Morgen, nachdem sie die Nacht miteinander verbracht haben.

»Welcher Name gefällt dir besser«, fragt sie ihn, »Frederik oder Dominique?«

»Was?« Jan reibt sich die Augen. Er gähnt. Die Nacht war nicht gerade lang. Aber schön.

»Frederik oder Dominique?«

Jan sieht in Corinnas strahlende hellblaue Augen. Ihr Lächeln ist noch zauberhafter als sonst. Frederik oder Dominique – was hat sie bloß?

Und dann fällt der Groschen.

»Corinna... du bist doch nicht etwa...?« Jan wagt den Satz nicht zu Ende auszusprechen.

»Klar. Im dritten Monat.«

Jan zieht sie an sich. »Du bist schwanger?«

»Ja doch! Kapier's endlich!« lacht sie ihn an.

»Und du weißt schon, daß es ein Junge wird?«

»Das ist immer so, wenn der Vater schwach ist.«

»Warum hast du nichts gesagt?« fragt er. Sie lächelt geheimnisvoll. »Nach unserer Hochzeit hätte ich es dir ganz bestimmt erzählt«, sagt sie und gibt ihm einen zarten Kuß auf die Nasenspitze. Jan kann es kaum fassen. »Ich werde Papa«, sagt er immer wieder. »He, du! Ich werde Papa!«

»Sei froh, daß ich dir noch mal verziehen habe!« knurrt Corinna ihn an. Sicherheitshalber.

Vera wacht an diesem Morgen allein in ihrem Bett auf. Aber das heißt nicht, daß sie nicht rundum glücklich ist.

Sie hat Dirk in der Nacht ins Krankenhaus zurückgebracht. Dort herrschte helle Aufregung, weil er nicht aufzufinden war. »Tun Sie das nie wieder!« warnte ihn die Stationsschwester, und nur durch Veras diplomatisches Eingreifen – irgendwie merkte man ihr dann doch die Wasserschutzpolizeikapitänin an – konnte Schlimmeres für Dirk verhindert werden. Dann verloschen die Lichter in den Zimmern des Krankenhauses, und Vera verabschiedete sich zärtlich von Dirk. Aber der ließ sie einfach nicht gehen.

»Leg dich zu mir«, bettelte er.

»Und wenn jemand kommt?«

»Der Patient ist hier König«, behauptete Dirk und zog sie ganz nah an sich heran. »Und außerdem...« – er knöpfte ihre Bluse auf – »... hast du ja deine Uniform an. Davor haben sie Respekt.«

Lachend schlang Vera ihre Arme um Dirk. Später mußte sie sich hinausschleichen wie eine Diebin. Sie fand selbst, daß ihre Uniform ein wenig derangiert aussah nach ihrem Besuch, aber der Pförtner am Krankenhauseingang hielt dennoch salutierend seine ausgestreckte Hand an die Mütze.

Vera muß in sich hineinkichern, als sie sich beim Aufwachen an alles erinnert. Erschrocken blickt sie auf die Uhr – schon neun? Aber dann fällt ihr wieder ein, daß sie ja auch heute Spätdienst hat. Zufrieden seufzend dreht sie sich auf die Seite und schläft noch eine Runde.

Fraukes Besuch bei Dirk war also nicht erfolglos: Dirk hat angefangen, über sich nachzudenken. Vielleicht hätte er sonst weder Jan noch Vera vergeben können. Und noch etwas anderes hat ihr Besuch bei ihm bewirkt: eine starke Hoffnung, daß es vielleicht Heilung geben mag. Dirk hat sich mit dem Professor aus Lübeck, den Frauke erwähnte, in Verbindung gesetzt.

In einem eigens für Dirk umgebauten, nagelneuen Bus holen Jan und Vera ihren Freund zwei Wochen später aus dem Krankenhaus ab.

»Attacke, Alter«, sagt Jan, als er Dirk mit seinem Rolli per

Rampe ins Innere des Wagens schiebt. Dirk ist in bester Stimmung. »Die Ausgabe hättest du dir sparen können«, sagt er, während er das Fahrzeug begutachtet, »der Professor aus Lübeck meint nämlich, daß ich in drei Wochen an einem Zehnkampf teilnehmen könnte, wenn ich so weitermache.«

Paulsen hat sich zur Begrüßung einen guten Anzug angezogen. »Tag, meen Jung«, sagt er glücklich. »Willkommen zu Hause.« Gemeinsam mit Vera bereitet er in der Küchenecke Dirks Lieblingsgericht zu: Matjes mit Bratkartoffeln.

»Und dazu gibt's 'n Lütten, oder?« schlägt Paulsen vor.

»Nach Auskunft meines Arztes ist wenig Alkohol, in großen Mengen genossen, für den Genesungsfortschritt absolut hilfreich«, behauptet Dirk. Kevin deckt schon mal den Tisch. Überglücklich blickt er von einem zum anderen. Fehlt nur noch Opa, findet er. Aber den werden sie später besuchen, bei Else. Sie soll ihn ja auch ein bißchen für sich haben dürfen.

Racheakt auf irisch

Immer dieses Handy. Bei Corinna scheint es einfach nicht stillzustehen. Sogar am Sonntagmorgen klingelt es und reißt die Frischverliebten aus dem Schlaf.

»Oh, Mist!« ruft Corinna, als sie auf die Uhr sieht, »ich hab verschlafen!«

»Am Sonntag?« murmelt Jan schlaftrunken.

Corinna springt aus dem Bett, und Jan sieht ihr schmunzelnd dabei zu, wie sie, splitterfasernackt, durchs Zimmer hüpft und nach ihrer Tasche sucht, in der ihr Handy mit einer Melodie aus *Carmen* ungeduldig sein Recht fordert.

»Zur Netten, hallo?« ruft Corinna in den Apparat. »Gerade wollte ich Sie anrufen...« Jan grinst zu ihr herüber und wirft ihr eine Kußhand zu. Sie erwidert die Kußhand und sagt: »Ich stecke in einem Auffahrunfall... tut mir leid...« Jan hält sich den Mund zu vor Lachen. »Ich beeile mich, so gut ich kann«, verspricht Corinna und legt auf. »Puh. Das ist noch mal gutgegangen.«

»Komm her!« bittet Jan und streckt seine Arme nach ihr aus. Aber Corinna hat keine Zeit. »So ein Mist. Ich hab total verschlafen.«

»Und das wundert dich?« sagt Jan mit einem triumphierenden Grinsen.

»Du mußt es wirklich jeden Tag hören, daß du der tollste Mann bist, den es für mich gibt«, sagt sie, die Genervte spielend. Dabei sucht sie hektisch ihre Kleidungsstücke zusammen.

»Ich hör's nicht ungern«, gibt Jan zu und streckt ihr seinen Mund entgegen. »Du bist wunderschön … Kuß!«

»Du bist furchtbar«, sagt sie zärtlich. »Ich bin über eine Stunde zu spät. Ausgerechnet bei dem. Da geht's richtig um Kohle. So ein Wichtigscheißer von Art-Consultant, weißt du.«

Sie küßt ihn flüchtig auf den Mund. »Ciao, du Tier.«

»Soll ich dich fahren?« fragt Jan.

»Blödsinn. Schlaf weiter. Aber vielleicht kann ich dein Auto nehmen. Bis ich bei dem Wetter ein Taxi …«

»Na klar«, sagt Jan und sucht die Wagenschlüssel aus seiner Hosentasche. »Aber paß auf meinen Sohn auf, egal wie er heißen wird.«

»Danke, Schatz!«

Sie steckt die Wagenschlüssel in ihre Manteltasche und geht zur Tür.

»Aber Frederik gefällt mir besser!« ruft Jan ihr zu. Sie dreht sich um. »Okay, dann bleibt's dabei. Er heißt Frederik.«

»Und wenn's 'ne Tochter wird?«

»Friederike. Logisch.«

Jan hat seinen Wagen diesmal nicht in der Garage geparkt. Praktisch für Corinna, so verliert sie weniger Zeit. Sie schließt das Auto auf und blickt noch einmal zum de Friesschen Grundstück hinüber. Da erscheint Jan, barfuß und im Schlafanzug. »Du hast dein Handy vergessen!«

Sie lacht, schüttelt den Kopf und winkt ihm zum Abschied. Die Zeit drängt. Dann steigt sie in den Wagen und wirft die Fahrertür hinter sich zu.

Eine gewaltige Detonation erschüttert die Straße und die umliegenden Häuser. Jans Combi ist explodiert und fliegt in tausend Teilen durch die Luft. Jan wird von der Druckwelle auf den Boden geworfen. Er rappelt sich hoch und stürzt zum Auto.

»Corinna!«

Beim Anblick des zerfetzten Wagens, von Blut und Qualm, bricht er ohnmächtig zusammen.

Helge Lührs hat seine Kartons noch immer nicht ausgepackt. Bis auf den Fernseher und eine Matratze gibt es nicht viel in dem Penthouse, das schon benutzbar ist. Die Dinge scheinen Lührs über den Kopf zu wachsen. Auch das Glas in der Tür ist noch nicht erneuert worden; gerade mal die Scherben und Splitter hat er notdürftig mit einer Kehrschaufel zusammengefegt.

Lührs spürt jedoch von der sommerlichen Wärme, die von außen hereindringt, nicht viel, im Gegenteil. Fröstelnd zerrt er eine Wolldecke aus einem der Umzugskartons hervor, breitet sie auf dem Boden aus und setzt sich darauf. Er hat den Fernseher angestellt und sich eine neue Flasche Whiskey aufgemacht. Er trinkt gleich aus der Flasche; wozu Gläser auspacken?

Im Fernsehen bringen sie die Nachrichten. Esther Wilms erscheint auf dem Bildschirm. Lührs nimmt einen Schluck, seine Augen fallen ihm zu, dabei ist es noch mitten am Tag.

»Fest steht nur, daß nicht Professor de Fries dem Anschlag zum Opfer fiel, sondern seine Freundin Corinna zur Netten, die er in drei Wochen heiraten wollte. Esther Wilms für *Nord TV*.«

»Oh Gott...« Lührs verschluckt sich fast. Er stellt die Whiskeyflasche auf den Boden. Mühsam versucht er, seine Augen aufzuhalten, alles verschwimmt ihm. Aber die Nachrichten hat er begriffen.

Er will sich vom Boden erheben, aber immer wieder sackt er zurück. Corinna zur Netten ist tot. Er atmet schwer, fährt sich durchs Haar, Schweiß steht ihm plötzlich auf der Stirn; er macht einen zweiten Versuch aufzustehen.

Es klingelt. Helge Lührs reißt sich zusammen, so gut es geht, und tastet sich zum Wohnungseingang vor. Er betätigt die Überwachungsanlage und sieht zwei Männer vor seiner Tür stehen. Lührs drückt auf den Knopf der Gegensprechanlage. »Ja, bitte?«

Einer der Männer hält seinen Dienstausweis vor die Kamera. »Mordkommission«, sagt er, »wir möchten einen Augenblick mit Doktor Lührs sprechen, wenn er da ist.«

Lührs versucht angestrengt, nachzudenken. Verdammter Whiskey. Er tastet sich ins Wohnzimmer zurück, schaltet den Fernseher aus und geht wieder an die Tür. »Kommen Sie hoch.«

Während die Beamten im Fahrstuhl in den siebenten Stock fahren, bleibt Lührs noch ein wenig Zeit. Er geht ins Bad, öffnet den Wasserhahn und taucht sein Gesicht unter kaltes Wasser. Er kämmt sein Haar glatt, spült den Mund aus.

»Kröger, guten Tag – und das ist mein Kollege Ballmann«, stellen sich die Polizeibeamten vor, als er sie in die Wohnung eintreten läßt. »Ich hoffe, wir stören nicht allzusehr?« Neugierig sehen sich die Polizisten in der Eingangshalle um.

»Was kann ich für Sie tun?« fragt Lührs zuvorkommend.

»Tja, ich weiß nicht, ob Sie schon erfahren haben, daß auf Ihren Schwager ein Attentat verübt worden ist«, teilt ihm der Beamte mit, der sich als Kröger vorgestellt hat.

Lührs hat sich wieder im Griff. »Ein Attentat?« fragt er und setzt eine erstaunte Miene auf. »Keine Ahnung. Ich bin erst von einer Geschäftsreise wiedergekommen...« Er blickt die beiden Polizisten erschrocken an. »Ist er tot?«

»Nein, er lebt«, sagt Kröger und beobachtet Lührs' Reaktionen genau.

»Gott sei Dank«, sagt Helge.

»Und wo waren Sie?« fragt Kröger nach.

»In München«, behauptet Lührs. »Warum?«

»Sie kannten Corinna zur Netten gut?« fragt Kröger.

»Ja«, sagt Lührs betont harmlos, »warum fragen Sie?«

Die beiden Polizisten von der Mordkommission bekommen nicht viel aus Lührs heraus. Sie riechen wohl seine Alkoholfahne – daran hat auch die schnelle Mundddusche nichts ändern können –, und sie haben wohl bemerkt, daß seine Wohnung alles andere als Gemütlichkeit ausstrahlt, soweit sie das vom Eingang her beurteilen konnten. Aber das sind keine Verdachtsmomente. Sie verabschieden sich und nehmen den Fahrstuhl zurück ins Entree.

»Wir drehen trotzdem die volle Runde«, schlägt Kröger vor, »Hotel, Mietwagen und so weiter.« Ballmann nickt.

Kaum haben die Beamten von der Mordkommission das Haus verlassen, sind schon die nächsten Kollegen im Anmarsch: Zwei Polizisten des Betrugsdezernats haben gerade ihren Wagen an der Ecke geparkt und steuern auf den repräsentativen Eingang zu. Als sie klingeln, ist Lührs schluchzend auf seiner Matratze zusammengebrochen. Schwerfällig erhebt er sich und schleppt sich zur Überwachungsanlage. Wieder Polizei. Lührs öffnet, die Beamten sind in wenigen Minuten mit dem Fahrstuhl im siebten Stock und stehen mit gezückten Ausweisen vor seiner Tür.

»Herr Doktor Lührs?« fragt der erste Beamte.

»Ich habe Ihren Kollegen schon alles gesagt«, behauptet Lührs, der kaum noch auf den Beinen stehen kann.

»Der Staatsanwalt ist da anderer Meinung«, teilt ihm der zweite Beamte mit. »Ich muß Sie bitten, mit uns zu kommen.«

Lührs bemüht sich um Balance. Er stützt sich am Türrahmen ab. »Und warum, wenn ich fragen darf?«

»Wir stellen hier die Fragen«, entgegnet ihm der erste Beamte barsch. Der zweite gibt ihm endlich die Antwort:

»Gegen Sie wurde Anzeige wegen Betrugs erstattet.«

Zwei Tage lang hat Jan weder schlafen noch essen können. Und auch jetzt, am dritten Tag nach dem grausamen Anschlag, kann er nicht fassen, daß es jemand auf sein Leben abgesehen hat und daß Corinna dafür sterben mußte. Ein Loch ist in sein Leben gerissen worden, eine Wunde, die wohl – so fühlt er es jetzt – nicht mehr heilen wird. Die Vorstellung, daß vielleicht sein Schwager dahinterstecken könnte, ist für ihn zwar intellektuell möglich – jedoch gefühlsmäßig nicht faßbar. Würde Helge Lührs tatsächlich zu solchen Methoden greifen? Aber nach und nach werden die Indizien gegen seinen Schwager für diesen immer belastender. Jans Anwalt Tippner und dessen Mitarbeiter ziehen mit ihren Nachforschungen eine immer enger werdende Schlinge um Lührs und seine Helfershelfer.

Wie zum Beispiel den Bankier zur Netten, Corinnas Vater. Nach den Recherchen Tippners muß er von allem gewußt haben – die Computerausdrucke verschiedener Konten beweisen es. Jan besucht zur Netten höchstpersönlich, die Ausdrucke unter dem Arm.

»Und das hast du alles mitgemacht?« fragt er den Mann, der einmal sein Schwiegervater werden sollte.

Zur Netten, ein gebrochener Mann, steht am Fenster und bringt es nicht fertig, Jan in die Augen zu sehen. Er schweigt.

»Und damit bist du mitschuldig am Tod deiner einzigen Tochter«, sagt Jan erschüttert. Zur Netten schweigt noch immer. Er sieht aus dem Fenster. Aber an den leisen Erschütterungen seines Körpers erkennt Jan, daß er weint.

Auch Jan laufen die Tränen über das Gesicht. Lange, lange schweigen sie. Dann sagt Jan kaum hörbar: »Weißt du eigentlich, daß du bald Opa geworden wärst?« Zur Netten dreht sich um. Er schüttelt den Kopf, seine Mundwinkel zittern, sein Gesicht ist naßgeweint.

»Wir wollten ihn Frederik nennen«, flüstert Jan.

Zur Netten wischt sich die Tränen mit einem Taschentuch ab, aber es kommen immer wieder neue nach. Die Nachricht, daß Corinna schwanger war, treibt ihn zu weiteren Weinkrämpfen.

»Können wir trotzdem Freunde bleiben?« fragt zur Netten und blickt Jan fast flehend an.

»Waren wir das je?« sagt Jan kalt.

Er erhebt sich von dem Sessel und verläßt zur Nettens Büro, die Computerauszüge in der Aktentasche.

Corinnas Beerdigung ist für Jan eine Zerreißprobe. Von seiner Familie sind alle gekommen: Frauke und ihre drei Kinder Nico, Jana und Nana, Silke und Gloria, Carlos, der noch immer in der Stadt weilt, und Vera, die Dirk im Rollstuhl in die Kapelle schiebt. Auch Hajo und Paulsen kommen im letzten Augenblick, sogar Lotte, die Corinna so in ihr Herz geschlossen hatte. Später, am Grab, steht zur Netten da wie ein gebrochener Mann. Aber die Familie de Fries geht an ihm vorbei, niemand kondoliert.

Zum ersten Mal seit langem setzt Jan sich wieder an den Flügel, als sie von der Trauerfeier zurück nach Hause kommen. Er spielt den *Valse Triste* von Georges Bizet, erst noch ein wenig unsicher, dann finden sich die Finger allein auf den Tasten zurecht. Er spielt fast die ganze Nacht hindurch, und Gloria weicht nicht von seiner Seite.

»Irgendwann hört es ganz einfach auf, weh zu tun …«, sagt sie und schmiegt ihren Kopf an seine Schulter.

Gegen Mitternacht klingelt Jans Handy. Tippner bittet ihn,

noch einmal in die Kanzlei zu kommen. Man habe etwas Wichtiges herausgefunden.

Auch von der Heydt, der ja schon als Geschäftsführer der de-Fries-Gruppe zu arbeiten begonnen hat, ist gekommen und Weller, der Privatdetektiv. Beide Männer sind seit ihrem gemeinsamen Abenteuer mit der *Linea Verde III* in Genua wie Freunde für Jan.

»Laut Ermittlung der Mordkommission sind sowohl der Bewegungszünder als auch der Sprengstoff identisch mit denen, die von der IRA verwendet werden«, teilt Weller Jan mit. »Und Lührs, Ihr Schwager, hat sich in Irland aufgehalten, nicht in München.«

Jan schüttelt ungläubig den Kopf. »Ich denke, das wüßte ich, wenn er in Irland gewesen wäre. Zumindest meine Schwester, ich meine, seine Frau ...« Er verstummt. Warum soll Lührs Frauke eigentlich nicht angelogen haben?

»Wir haben den Beweis durch Briefkastenobservierung«, räumt Weller jeden Zweifel aus. »Er hat sein Ticket und das Ticket des mutmaßlichen Killers mit einer Kreditkarte bezahlt.«

Das muß er sofort Dirk erzählen. Jan braust durch das nächtliche Hamburg zum Hafen. Unterwegs meldet er sich per Handy bei seinem Freund an. Als er bei Dirk im Loft steht und dieser ihm erst einmal einen Klaren einschenkt, spürt Jan, daß er völlig fertig ist.

»Ich hätte das Schwein damals umbringen sollen«, sagt Dirk und schlägt sich mit der geballten Faust an die Stirn.

»Mir ist so schlecht, Alter«, stöhnt Jan, »mir ist so schlecht.« Dirk schenkt ihm noch einen zweiten Schnaps ein, den Jan mit einem Ruck hinunterspült. Die Flasche ist leer, Dirk will eine neue holen. Instinktiv erhebt er sich aus dem Rollstuhl und steht plötzlich vor Jan, ohne sich festzuhalten. Der traut seinen

Augen nicht. »Dirk!« ruft er, als er seinen Freund dastehen sieht, mit weit aufgerissenen Kinderaugen und mit seinen Armen rudernd, als wolle er anfangen zu fliegen. »Dirk!«

»Spinn ich oder was?« schreit Dirk, der das Gleichgewicht verliert und versucht, sich am Tisch festzukrallen. Aber das gelingt ihm nicht, und schon stürzt er der Länge nach auf den Holzfußboden, wo er selig grinsend liegen bleibt.

»Hast du dir weh getan, Alter?« ruft Jan besorgt.

»Nicht die Bohne«, wehrt Dirk ab, dem Freudentränen in den Augen stehen. »Hast du das gesehen, ich hab gestanden!«

»Du warst großartig«, lobt Jan ihn. »Versuch's noch mal, ich halte dich.« Er hilft Dirk auf. Und tatsächlich: Seine Beine tragen ihn. »Und jetzt laß mich los!« fordert er Jan auf. Der zieht seine Hand zurück, und wirklich: Dirk kann für einen kleinen Moment das Gleichgewicht halten.

»Ich hab's gewußt«, sagt Jan überglücklich, »du schaffst es!«

Kevin ist wach geworden. Er kommt aus seiner Kajüte gekrochen und sieht, wie sein Vater auf seinen eigenen Beinen steht. »Ich kann stehen, Großer, Attacke!« brüllt Dirk, ganz außer sich vor Glück. Dann muß er pausieren und fällt zurück in den Rollstuhl. Kevin sprintet heran, springt seinem Vater auf den Schoß und umschlingt ihn fest mit den Armen. Dirk gibt ihm einen Schmatzer auf die Stirn.

»Vera!« ruft Dirk plötzlich. »Wir müssen zu Vera!«

Eine knappe halbe Stunde später klingelt es bei Vera Sturm. Verschlafen öffnet sie die Wohnungstür. Dirk steht vor ihr, wenn auch noch ein wenig wackelig. Hinter ihm warten Jan und Kevin.

»Nimmst du mich auch so?« fragt Dirk.

Veras Antwort wird von ihren Tränen erstickt.

»Aber ich habe ein Problem«, fügt Dirk trocken hinzu. »Ich überlege, was wir am Sonntag machen: Sollen wir zum Squash oder zum Inlineskaten? Polo wäre natürlich auch keine schlechte Idee…« Vera fällt ihm um den Hals. Aber da verliert Dirk das Gleichgewicht. Mit einem Aufschrei Veras stürzen alle beide zu Boden. Dirk kann sich vor Lachen kaum halten. »Ich glaube, Stadtmarathon heißt die Lösung!« ruft er. »Und wie komm ich jetzt wieder hoch?«

Zur Gerichtsverhandlung erscheint Dirk nur noch mit Krücken. Den Rollstuhl hat er in den Keller verbannt. Vera hat Mühe, ihm den Weg durch die Schaulustigen zu bahnen, die sich schon vor dem Gerichtsgebäude versammelt haben. Sein Vater geht aufrecht und stolz. Dies wird der Ort sein, an dem ihm Gerechtigkeit zuteil wird. Er ignoriert die Schmerzen im Körper, die in letzter Zeit wieder stärker geworden sind. Das hier muß und wird er noch durchstehen. An seinem Arm: Else. Auch die geht stolz, leise lächelnd, den Flur entlang bis zum Gerichtssaal, wo er sie verlassen muß, weil er von seiner ziemlich aufgeregten Anwältin Manuela von Manteuffel an den Klägertisch geführt wird. Else setzt sich zu Paulsen, der sich zur Feier des Tages piekfein herausgeputzt hat.

Jan kommt mit Gloria, die sich bei ihm eingehakt hat, Frauke mit Silke – ebenfalls Arm in Arm. Helge Lührs hat schon auf der Anklagebank Platz genommen. Frauke weicht Helges Blick aus, sie mag ihm nicht mehr in die Augen sehen. Die Presse – allen voran Esther Wilms – drängt sich um die besten Plätze.

Helge Lührs wirkt gefaßt während der Verhandlung. Er scheint keine Sorge um eine strenge Verurteilung zu haben. Der Staatsanwalt ist sein Studienfreund. Und Golf haben sie ja auch immer zusammen gespielt.

Während der Staatsanwalt seine Rede hält, ist Lührs abgelenkt. Er weiß, daß der Staatsanwalt ihm einiges schuldig ist, daß die Dinge für ihn glimpflich ausgehen werden. Erst als der zum Schluß kommt, hört der Angeklagte wieder zu.

»... beantrage ich wegen Beihilfe zum Subventionsbetrug und Hinterziehung von Treuhandgeldern eine Freiheitsstrafe von einem Jahr und sechs Monaten, auf zwei Jahre zur Bewährung ausgesetzt.«

Na bitte, wer sagt's denn. Er wird nicht einmal in den Knast gehen müssen. Lührs nickt dem Staatsanwalt zu, doch der setzt sich, ohne ihn dabei anzusehen.

Im Gerichtssaal bricht Empörung aus.

»Dieser Drecksack!« flucht Dirk. Hajo ist ganz weiß geworden.

»Lührs hat ihn schon damals bestochen«, raunt Jan seinem Freund zu. Der Richter bittet um Ruhe. »Die Verteidigung hat das Wort!«

Dr. Harms, Lührs Anwalt, erhebt sich. Er nimmt seine Lesebrille ab. »Herr Präsident – hohes Gericht«, beginnt er. »Wie selbst die Staatsanwaltschaft gerade einräumen mußte, ist die Beweislage mehr als dürftig. Mein Mandant hat damals ...«

Plötzlich ein Zwischenruf: »Verzeihen Sie, Herr Präsident ...«

Dr. Harms sieht sich irritiert im Saal um. Wer wagt es, ihn zu unterbrechen? Georg zur Netten ist aufgestanden. Alle Augen sind auf ihn gerichtet; im Saal wird es mucksmäuschenstill.

»Herr zur Netten?« fragt der Richter.

Der räuspert sich. »Als Banker der de-Fries-Gruppe, der ich damals war, möchte ich im Sinne der Anklage eine Aussage machen.«

Jan stößt Dirk in die Rippen. Lührs blinzelt.

»Das ist in der Strafprozeßordnung zwar nicht vorgesehen«, wirft der Richter ein, »aber wir können noch einmal in die Beweisaufnahme eintreten und Sie als Zeugen vernehmen.«

Georg zur Netten, Corinnas Vater, hat nichts mehr zu verlieren. Er berichtet laut, deutlich und schonungslos alles, was er weiß. Helge Lührs wird kleiner und kleiner.

Hajo Hansens Gesichtszüge entspannen sich.

In der Pause vor der Urteilsverkündung wird Hajo auf dem Flur von den Journalisten und Reportern bestürmt. Esther Wilms ist, wie immer, diejenige, die ihr Mikrophon ganz vorne hat. »Wie fühlt man sich«, ruft sie Hajo zu, »wenn man nach so vielen Jahren endlich rehabilitiert wird, Herr Hansen?«

Hajo schmunzelt. »Sie werden verstehen, daß ich dazu vor der Urteilsverkündung keinen Kommentar abgeben möchte.«

Dann das Urteil: Der Richter befindet den Angeklagten Lührs in sämtlichen Anklagepunkten für schuldig. »Er wird, bei sofortigem Strafantritt, zu einer Freiheitsstrafe von neun Jahren verurteilt«, erklärt der Richter. Lührs wird totenblaß und sackt vom Stuhl. Ein Sanitäter wird herbeigerufen, der sich um ihn kümmert. Frauke verbirgt ihr Gesicht hinter den Händen und beginnt zu weinen. Silke umarmt sie tröstend.

Da erhebt sich Jan. »Verzeihen Sie bitte, Herr Präsident«, sagt er laut und feierlich, »aber ich möchte gegen Herrn Doktor Lührs Anzeige erstatten, und zwar wegen Mordes an Corinna zur Netten.«

Unruhe im Saal. Aber Jan spricht weiter. »Die Beweismittel sind lückenlos und befinden sich in den Händen meines Anwalts, Doktor Holm Tippner.«

Auf dem Flur vor dem Gerichtssaal brodelt es. Esther läuft mit ihrem Fernsehteam neben Jan her und versucht, aus ihm einen Kommentar herauszukriegen – ohne Erfolg. »Kein Wunder, meine Damen und Herren«, sagt sie schließlich in die Kamera, »zu hoch gehen die Emotionen nach diesem wohl aufregendsten Prozeß des Jahres ...«

Draußen wartet Paulsen auf Hajo, um ihm die Hand zu schütteln. »Das hättest du geschafft!«

»Ja«, sagt Hajo. Er kann es noch gar nicht fassen. Suchend blickt er sich nach Else um. Zitternd legt er seinen Arm um ihre Schultern. Silke bahnt sich mit dem Rollstuhl, in dem Frauke sitzt, einen Weg durch die Menge. »Ich freue mich für Sie, Herr Hansen«, sagt Frauke und reicht ihm die Hand. »Ich hoffe, wir können Partner werden.«

»Danke«, sagt Hajo.

»Darf ich Sie und Ihren Sohn heute zum Abendessen einladen?« bittet Frauke ihn. Hajo zögert. »An sich gerne, aber ...« Frauke begreift. »Sie können gerne jemanden mitbringen«, schlägt sie vor.

»Nun gut, Frau Lührs ... darf ich Ihnen Else Uecker vorstellen?« sagt Hajo feierlich. Else und Frauke reichen einander die Hand.

»Danke für die Einladung«, sagt Else bescheiden, »aber ich habe leider zu tun.« Hajo protestiert. »Du kannst die Bude auch mal dichtmachen, oder?« drängt er sie liebevoll. Else nickt ein wenig verlegen. »Wenn du es sagst ...«

»Also dann«, verabschiedet Frauke sich erleichtert, »bis heute abend!«

Während Frauke zum Auto rollt, kommt Dirk auf seinen Krücken angehumpelt, begleitet von Vera. Manuela von Manteuffel, Hajos Anwältin, folgt ihnen. Sie ist mit ihren Gedanken noch immer bei der Verhandlung, und ein zartes Rosa, das sich auf ihre Wangen gelegt hat, deutet darauf hin, daß sie mit dem Ergebnis und mit ihrer Arbeit zufrieden ist.

»Gehen wir einen trinken, Chef?« fragt Dirk. Er zeigt auf Manuela. »Ich finde, das hat sich das Mädel verdient.«

»Ich bin bei Else«, sagt Hajo nickend. Else lächelt Dirk an und streckt ihm die Hand entgegen. Dirk ergreift sie gerührt.

»Kaum vergehen zwölf Jahre, schon lernen wir uns auch mal kennen«, sagt er trocken. Else lacht. »War ja wirklich mal Zeit«, beginnt Dirk zu plaudern, der von Else sichtlich angetan ist, »der Chef hat mir damals nur erzählt, daß es da eine Frau gibt. Aber wie sie aussieht, das hat er mir verschwiegen.« Else lacht wieder. Auch sie scheint sofort einen Draht zu Dirk gefunden zu haben.

Sie verlassen das Gerichtsgebäude und gehen auf den Parkplatz zu. Als Jan sich noch einmal umdreht, sieht er zur Netten aus dem Gebäude kommen. Auch Hajo dreht sich um, und seine Blicke und die des Bankiers treffen sich. Er nickt Hajo zu.

»Erstaunlicher Mann«, flüstert Hajo Jan zu.

Else reserviert gleich den größten und schönsten Tisch im Imbiß. Und Jan bemerkt erst jetzt, daß sein neuer Mitarbeiter und Freund von der Heydt seine Augen nicht von Manuela von Manteuffel lassen kann, Hajos Anwältin, mit der er ja noch bis vor kurzem im Tippnerschen Büro zusammengearbeitet hat. Und auch Manuela schickt ihm gelegentlich ein kleines Lächeln über den Tisch.

»Auf dich, Chef, und auf unsere Zukunft«, ruft Dirk und hebt sein Glas Bier hoch. Die anderen machen es ihm nach.

»Danke«, sagt Hajo gerührt – wenn er auch beim Wort Zukunft nur schmerzliche Gefühle hat. Wie lange wird sein Gesundheitszustand es noch zulassen, für seinen Sohn dazusein, für seinen Enkel, für Else? Hajo weiß, daß seine Zeit knapp bemessen ist. Während sich sein Sohn und Vera innig küssen, Jan und Gloria in ein angeregtes Gespräch vertieft sind, Manuela und von der Heydt angefangen haben, Händchen zu halten, und Else ein Bier nach dem anderen zapft, läßt Hajo seine Gedanken schweifen hin zu dem, was wirklich wichtig für ihn ist. Nun, was wäre das? Er nimmt einen Schluck von seinem Bier und denkt nach. Ja, das wichtigste wäre, wenn *Albatros 2* gebaut würde. Darum wird er sich jetzt kümmern, und wenn das seine letzte Tat sein wird. Der genialen Erfindung seines Sohnes zu ihrem letzten Schliff zu verhelfen, damit es nie wieder zu einem Absturz kommen kann – das ist der letzte unerfüllte Traum des alten Hansen.

Hajo lehnt sich zurück. Entspannt blickt er in die Runde. Dirk gibt Vera einen Klaps auf den Hintern. Sie juchzt und verpaßt ihm eine zarte Ohrfeige. Die Stimmung wird immer ausgelassener. Und Manuela Manteuffel, die beflissene Anwältin, macht Jan sogar einen Antrag ganz besonderer Art:

»Ich finde, daß Sie die Herbstregatta gewinnen sollten«, beginnt sie mit einem schelmischen Lächeln.

»Das finde ich auch«, bestätigt Jan.

»Aber ich weiß«, sagt Manuela, »daß Sie zur Zeit keinen Vorschoter haben…« Sie blickt auf Dirk, der einmal kräftig mit einer seiner Krücken auf den Boden klopft.

»Wieso, kennen Sie einen?« fragt Jan, der nicht begreift.

»Mein Gott, bist du blöd!« ruft Dirk ihm zu. »Der Vorschoter sitzt neben dir. Er ist zwar 'ne Frau, aber dafür ist auch alles dran an ihm, was du gern hast!« Manuela rollt genervt mit den Augen, Vera kickt ihrem Dirk leicht in die Seite – Männer! Aber Jan ist Feuer und Flamme. »Wann hätten Sie Zeit zum Trainieren«, fragt er begeistert. Doch bevor Manuela ihm antworten kann, wirft Dirk sich dazwischen. »Ich warne Sie, Manuela«, sagt er und zeigt mit dem Zeigefinger auf Jan. »Er ist zwar mein Freund, aber als Skipper ist er einfach zum Kotzen.« Manuela muß lachen. Jan zwinkert ihr zu, und der junge Anwalt von der Heydt rückt noch näher an Manuela heran und legt ihr fasziniert den Arm um die Schultern. Manuela läßt es sich gefallen.

Am Abend gibt Frauke ihr Dinner. Else hat ein elegantes Kleid an, das Hajo ihr geschenkt hat, und sitzt mit hochrotem

Kopf neben dem alten Hansen. Auch die Lührsschen Mädchen sind dabei. Und Carlos, der sich nicht entscheiden kann, mit welcher von den dreien er eigentlich wirklich ausgehen will, hat zwischen Jana und Nana Platz genommen. Jens zwo liegt im Stubenwagen und schläft tief und fest, während Lotte und eine Hilfskraft das Essen servieren und ein Ober den Wein einschenkt. Es gibt gekochten Lachs mit einer feinen Meerrettichsauce, Lottes Spezialität.

Hajo erhebt sich von seinem Sitzplatz. »Entschuldigt, entschuldigen Sie, wenn ich ganz kurz etwas sage. Ich bin froh, aufrechten Ganges, als Ehrenmann, gemeinsam mit Menschen, die mir nahestehen, die letzten Schritte meines Lebens machen zu dürfen. Und dafür bin ich allen an diesem Tisch sehr dankbar.«

Nur Else weiß, wie genau Hajo seine Worte gewählt hat, wie wörtlich er es meint, wenn er von den »letzten Schritten« spricht. Jens zwo beginnt fröhlich zu krähen und zaubert allgemeines Lächeln auf die Gesichter der Anwesenden. Niemand hat bemerkt, daß es geklingelt hat und daß Lotte bereits zur Tür gegangen ist. Jetzt kommt sie ins Speisezimmer.

»Entschuldigung, Frauke…«, sagt sie leise.

»Ja, Lotte, was ist?«

»Zwei Herren von der Kriminalpolizei wollen Sie sprechen…«

Die Tischgesellschaft verstummt, als Frauke aus dem Speisezimmer rollt. Jan erhebt sich und folgt ihr. Draußen, im Entree, stehen die beiden Beamten der Mordkommission, Kröger und Ballmann. »Guten Abend, Frau Lührs«, sagt Kröger.

»Guten Abend. Was gibt's?«

»Sie müssen entschuldigen«, beginnt Kröger etwas umständlich, räuspert sich und blickt wie hilfesuchend auf Jan, der selbst nicht ahnt, was vorgefallen ist. »Herr Doktor Lührs hat sich soeben in seiner Zelle erhängt.«

Frauke ist fassungslos. Jan legt seine Hand auf ihre Schulter.

»Wir dürfen Ihnen morgen ein paar Fragen stellen?« wendet sich Kröger jetzt an Jan.

»Ja, natürlich.«

»Dann entschuldigen Sie nochmals«, meint der Beamte. »Wir finden alleine den Weg.« Lotte kommt hinzu. »Ich begleite Sie an die Tür«, sagt sie.

Die Haustür fällt ins Schloß. Frauke sitzt noch immer wie versteinert. Silke ist aus dem Speisezimmer gekommen. Sie hat die Worte der Beamten gehört. Erschrocken bleibt sie mitten im Flur stehen.

»Erhängt…«, sagt sie tonlos.

Es ist schon weit nach Mitternacht, als Gloria bei Jan an der Wohnungstür klopft.

»Störe ich?« fragt sie behutsam. »Jens zwo schläft, und Carlos achtet auf ihn. Ich wollte gern noch ein bißchen bei dir sein.«

Jan sitzt an seinem kleinen Schreibtisch und betrachtet alte Fotos. Bilder aus Zeiten, in denen das Leben noch in Ordnung zu sein schien: Jens und Gloria, Jan und Corinna unter lateinamerikanischer Sonne, strahlend.

»Mein Vater«, sagt Jan.

»Dein Vater.« Gloria seufzt. »Heute weiß ich, wie wenig ich ihn kannte, meinen Mann.«

»Komisch, einen Vater geliebt zu haben, der ein Schwein war«, sagt Jan. »Aber ich habe ihn wirklich geliebt.«

»Ich weiß, was du meinst, Jan«, erwidert Gloria. »Wir haben es nicht geahnt.«

»Nein«, sagt Jan. »Das ist und bleibt mir unbegreiflich.«

Jan blättert in einem kleinen Album, blättert und lacht kurz auf.

Gloria schaut Jan an. »Wir werden es besser machen.«

»Das verspreche ich dir. Und mir«, sagt Jan.

Gloria geht zu seinem CD-Player und legt eine Scheibe hinein. Tango. »Tanzen wir?«

Jan erhebt sich vom Schreibtischstuhl, nimmt Gloria in den Arm, und sie beginnen, sich zu der Musik zu wiegen, erst zart, dann heftiger, dann kräftig im Takt des feurigen Tangos. Mit jeder Drehung kommen sich ihre Gesichter näher. Bis sie sich plötzlich berühren.

Einen Stock höher hat Silke ihre Schwester Frauke in deren Wohnung geschoben. Zum ersten Mal sprechen die beiden Schwestern offen über alles, was zwischen Silke und Helge vorgefallen war.

»In gewisser Weise war ich dir sogar dankbar«, versucht Frauke ihre Schwester zu trösten, die ihr gerade eröffnet hat, wie elend sie sich fühlt, sie so betrogen zu haben.

»Wie«, fragt Silke erstaunt, »du hast es die ganze Zeit gewußt?« Diese Tatsache treibt ihr die Schamesröte ins Gesicht.

»Natürlich«, antwortet Frauke. »Und wir zwei sind wohl die einzigen, die trotz allem noch sehr lange um ihn trauern werden.«

Silke senkt den Kopf. »Das glaube ich auch«, flüstert sie.

Die Zukunft hat begonnen

Ein paar Tage später wird die Hansen-Werft aus der Taufe gehoben – und damit nach über zehnjähriger Zwangspause wiedergeboren. Über das überdimensionale *de-Fries*-Firmenlogo aus Leuchtbuchstaben ist weißer Stoff gespannt, auf den in großen Buchstaben *Hansen-Werft* geschrieben wurde. Die gesamte Belegschaft ist auf den Beinen, als Jan mit Hajo auf dem Beifahrersitz und Dirk hinten im Fond durch das Werfttor auf das Bürogebäude zufährt. Vor dem Pförtnerhäuschen werden sie schon von Petersen erwartet. »Hansen!« schreit der, »Hansen, Hansen!« Und plötzlich fallen alle Arbeiter mit ein. Ein gewaltiger Chor ruft einstimmig Hajos Nachnamen.

»Tja, Chef«, sagt Dirk, unendlich stolz, »jetzt mußt du echt noch mal ran!« Und Jan grinst. »Wollte er das nicht?« Nur Hajo ist stumm vor Rührung.

Vor der Eingangstür des Bürohauses empfängt ihn schon Neumann, einer seiner alten Mitarbeiter. Er öffnet die Beifahrertür und hilft Hajo aus dem Wagen. »Es ist mir eine besondere Ehre, Sie in Ihr neues Büro bringen zu dürfen, Herr Hansen«, sagt er feierlich.

»Danke, Neumann«, sagt Hajo und gibt ihm die Hand. »Danke euch allen!« Er winkt den Arbeitern und Angestellten zu, die ihm fröhlich zulächeln. Sie nähern sich dem Chefbüro der de-Fries-Werft, die von nun an wieder Hansen-Werft heißt.

Hajo darf als erster die Tür öffnen, gefolgt von Dirk, Jan und Neumann. Kaum hat er den Raum betreten, bleibt er überrascht stehen. »Da hat sich ja überhaupt nichts verändert«, sagt er ungläubig. Aber des Rätsels Lösung wird ihm gleich erklärt. »Frau Döring hat alles wieder rekonstruiert«, sagt Neumann. »Ist sie denn noch da?« fragt Hajo erstaunt.

»Wieder!« sagt Jan und macht ein Handzeichen. Völlig selbstverständlich, als habe man ihr nie gekündigt, erscheint Hilde Döring, Hajos langjährige Sekretärin, mit einem Tablett in der Hand, auf dem eine Tasse steht. »Ihr Tee, Herr Hansen, schwarz, wie immer!« sagt sie liebevoll und serviert ihm das heiße Getränk. Hajos Augen füllen sich mit Tränen, er bemüht sich sehr, nicht loszuweinen. »Danke, Hildchen«, sagt er, aufs äußerste gerührt, »man sieht Ihnen die paar Jahre wirklich nicht an.«

Frau Döring streicht sich ein wenig verlegen über das frisch frisierte Haar. »Ihnen auch kaum, Herr Hansen«, sagt sie. »Sie haben übrigens in zehn Minuten Ihren ersten Termin.«

»So?« sagt Hajo schmunzelnd. Während Frau Döring ins Chefvorzimmer zurückgeht und die Tür hinter sich schließt, betrachtet er seinen riesigen Schreibtisch von damals wie einen wiedergefundenen Freund, streicht zärtlich über die Schreibunterlage und setzt sich auf den guten alten, bequemen Drehstuhl.

»Tja«, sagt er feierlich, »dann wollen wir mal…«

Jan, Dirk und Neumann stehen um den Schreibtisch herum und applaudieren.

Die Einwohner von Travemünde sind aus dem Häuschen. Heute soll *Albatros 2* seine Jungfernfahrt machen. Wird es diesmal gutgehen? Die Presse hat schon tagelang vorher berichtet. Dirks Porträt hat die Zeitungen geziert, man hat den

Lebenslauf des genialen Erfinders und Entwicklers recherchiert, und nun kennt ihn schon fast jeder. Kevin ist unendlich stolz auf seinen Papa. Und als sich der neue Vogel dann endlich, endlich aus dem Wasser erhebt, mit jenem angenehmen Brummen, das auch schon für den ersten so typisch war, schmiegt Kevin sich ganz dicht an Dirk und Vera – die Himmel und Hölle in Bewegung gesetzt hat, um an diesem Tag freizubekommen – und sagt nur stammelnd: »Er fliegt, er fliegt ...«

Alle sind gekommen, um dabeizusein, sogar Else hat den Imbiß zugemacht. Jan beobachtet das Flugboot mit klopfendem Herzen. Er ertappt sich dabei, daß er zu beten begonnen hat. Nie, nie wieder darf ein solches Unglück passieren wie beim letzten Mal... Neumann und das neue Werft-Team sehen dem Flug mit Begeisterung zu, sie klatschen, grölen, pfeifen, als könnten sie dem schweren Vogel dadurch zu noch mehr Höhe verhelfen.

Dirk blickt seiner Erfindung überwältigt nach. Daß er *Albatros* nicht selbst fliegen kann, schmerzt ihn schon. Aber so kann er erleben, wie wunderschön das Flugboot aussieht, wenn es sich aus dem Hafenwasser in die Lüfte erhebt wie ... ja, tatsächlich wie ein richtiger *Albatros*! Elegant fliegt er auf die Ostsee hinaus, immer dicht über der Wasseroberfläche, macht dann, wie *Albatros 1* bei der ersten Fahrt, eine leichte Kurve und kehrt wieder sicher zur Mole zurück, nachdem er sanft aufgesetzt hat, als transportiere er zwanzig schlafende Raubtiere, die man nicht aufwecken dürfe.

Überglücklich läßt sich Dirk von Hajo, Vera und Jan in den Arm nehmen, nachdem *Albatros 2* wieder glücklich gelandet ist. Kevin springt ihm einfach in die Arme, so daß er fast umgefallen wäre, hätte Jan ihn nicht noch rechtzeitig gestützt.

»Papi, er ist geflogen, er ist geflogen!«

Dirk gibt seinem Sohn einen dicken Kuß auf die Wange. Dann setzt er ihn wieder auf dem Boden ab.

»Ja, Großer«, sagt er. »Aber weißt du, was das schönste für mich ist?«

Kevin strahlt. »Vera! Ist doch oberklar!« Alle lachen. Dirk gibt Vera einen zarten Kuß auf den Mund. Aber dann schüttelt er den Kopf und sagt: »Nee, das schönste ist für mich, daß Markus Vietinghoff im Cockpit sitzt!«

Und in der Tat, Vietinghoff steigt aus dem Cockpit, strahlend und gesund, als habe er den Absturz des ersten Flugbootes nur geträumt. Die Menge applaudiert. Auch er wird nun, wie Dirk und Hajo, von Journalisten und Reportern umringt, in ein Blitzgewitter getaucht und muß erzählen und erzählen, direkt in neugierige Kameras und Mikrophone hinein.

Am Rande des Geschehens umarmt Else ihren Hajo. »Wie schön, daß wir zwei das zusammen erleben dürfen«, flüstert sie ihm ins Ohr. Hajo drückt sie an sich. »Ja«, sagt er leise, »jetzt ist fast keine Rechnung mehr offen.«

»Fast?«

Else blickt ihn erstaunt an. Hajo lächelt. »Oder willst du mich etwa nicht mehr heiraten?«

Vier Wochen später durchpflügt Jans *Flying Dutchman* die breiten Wellen der graublauen Elbe im dichtgedrängten Regattafeld. Manuela ist an der Vorschot, und sie macht ihre Sache sehr gut, wie Dirk durch den Feldstecher vom Beiboot aus feststellt. Der Vorsprung des Seglers ist knapp, und nur noch eine Wendeboje liegt vor ihnen. Der junge Anwalt von der Heydt, der Dirk immer wieder das Fernglas entreißen will, weil er sich an seiner neuen Geliebten nicht satt sehen kann, fiebert ebenso mit wie Gloria, die aus ihrer Zuneigung zu Jan nun ganz offiziell keinen Hehl mehr macht.

Kevin weicht keinen Schritt mehr von Vera; er weiß, daß er anderen Gleichaltrigen etwas voraushat: Er hat jetzt zwei Mütter, die er liebt. Wie ein rasender Reporter klettert Kevin auf dem Begleitboot hin und her und hält seine nagelneue Handycam vor die Nase. Kein Motiv entgeht seinem hungrigen Blick. Er weiß jetzt, daß er Fernsehreporter werden wird. Irgendwie findet er, daß ihm der Beruf geradezu auf den Leib geschnitten ist. Allerdings ist die Szene, auf die er noch viele Jahre später am meisten stolz sein wird, eine ganz andere als die, die von den professionellen »Kollegen« am Ende der Regatta aufgenommen wird. Kevin hält mit der Kamera fest, wie sein Vater in dem Augenblick, als der *Flying Dutchman* souverän durchs Ziel rauscht, vor jubelnder Begeisterung seine Krücken in die Luft wirft – und eine davon im Wasser landet. Das Siegerboot hat Kevin dafür aus der Linse verloren.

Was soll's! Das wirkliche Leben spielt sich eben oft eher am Rande ab als im gleißenden Licht aller Scheinwerfer.

Hajo sitzt an Elses Eßtisch und ist über ein Blatt Papier gebeugt. Bei der Regatta zuzuschauen, das mag er sich heute nicht zumuten. Noch dazu bei dem Wind, der schon den kühlen Spätherbst ankündigt. Kälte verstärkt seine Schmerzen. Er will lieber in aller Ruhe mit Else zum Essen gehen, in ihrem Lieblingsrestaurant am Hafen, dort, wo sie den besten Matjes von ganz Hamburg zubereiten. Else hat den ganzen Tag nichts gegessen, weil sie meint, sie dürfe sich sonst kein üppiges Mahl am Abend erlauben, und sie ist bereits ausgehfertig angezogen. Aber er, Hajo, sitzt noch immer da und schreibt.

»Ich habe Hunger«, sagt Else jetzt ganz direkt, »kommst du? Ich bin soweit!«

»Bin sofort fertig.«

Else geht zum Spiegel, um sich noch die Lippen zu schminken. »Ich überlege, ob ich heute nicht doch lieber Bratkartoffeln bestelle statt der Salzkartoffeln«, meint sie und muß über sich selbst lachen. »Meine Güte, läuft mir das Wasser im Mund zusammen!«

»Hm.«

Else zieht ihren Mantel an, und Hajo hört noch immer nicht auf zu schreiben. Es ist etwas sehr Wichtiges, spürt Else, denn noch nie hat Hajo sie warten lassen, wenn der Grund nicht ein ganz besonderer gewesen ist. Sie tritt an den Eßtisch heran.

»Was schreibst du da?« fragt sie vorsichtig. Hajo blickt auf. Er sieht sie ernst an. »Mein Testament«, sagt er. »Falls uns keine Zeit mehr zum Heiraten bleibt.«

»Hajo, warum sagst du das?« fragt Else ängstlich, obwohl sie die Antwort auf diese Frage kennt. Hajo lehnt sich ein wenig zurück und blickt Else in die Augen. »Weißt du eigentlich, was du für mich warst?«

»Bitte, Hajo«, fleht sie, »noch bist du nicht gestorben!«

Er setzt seine Unterschrift unter das Geschriebene. »Ein Leben«, sagt er. Er schraubt den Deckel auf den Füllfederhalter. »So, jetzt fühle ich mich ruhiger.«

»Dann komm, Hajo«, sagt Else sanft, »laß uns gehen.«

Der alte Hansen will sich vom Tisch erheben, aber er hat auf einmal keine Kraft mehr. Mit brechenden Augen sieht er sie an. »Ich habe dir noch nicht gesagt, daß ich dich liebe«, sagt er schwer atmend.

»Ich habe es immer gewußt«, bestätigt sie ihm sanft und stützt ihn, der immer mehr in sich zusammensackt. Sie versucht ihm vom Stuhl herunterzuhelfen und ihn auf das Sofa zu legen, aber sie kann ihn nicht halten. Er sinkt auf den Teppich.

Else kniet sich neben ihn. »Hajo! Bitte… noch nicht!« Hajos Atem wird kürzer. Er hat jetzt die Augen geschlossen, aber er lächelt. Dann setzt seine Atmung ganz aus.

Else hält ihn noch lange, lange in ihren Armen.

Im Yachtclub Blankenese geht es drunter und drüber. Jan und Manuela sind von ihrem Regattasieg wie berauscht. Von der Heydt läßt Manuela nun nicht mehr los. Er liest ihr jeden Wunsch von den Augen ab und füttert sie ständig mit kleinen Häppchen, die er an einem der zahlreichen leckeren Buffets ergattert hat. Eine fünfköpfige Band spielt gegen den enormen Lärm der aufgekratzten Gäste an. Dirk versucht sich im Krückentanz – mit einer Krücke! –, und Vera dreht und wendet sich vor ihm wie eine Elfe. Jan und Gloria tanzen ganz nah aneinandergedrängt, stolz streichelt Gloria dem Regattasieger die Wange. Kevin entgeht das nicht. »Glaubst du, daß Jan und Gloria bald heiraten?« fragt er seinen Vater und zoomt mit seiner Handycam ganz nah an die beiden heran.

»Wie kommst du denn auf die Idee?« entgegnet Dirk lachend, aber dann muß er doch seinem Sohn recht geben, als er Jan und Gloria beobachtet: Lange und ausgiebig, entrückt von der Welt und allem Geschehen, küssen sie sich und scheinen damit nicht mehr aufhören zu wollen.

»Und ich hätte auf Jan und Manuela getippt«, raunt Dirk seinem Sohn augenzwinkernd zu, während er sich atemlos wieder an den Tisch setzt, um etwas auszuruhen. Kevin schüttelt heftig den Kopf. »Fehlanzeige, Papi. Du kriegst aber auch gar nichts mit!« Er deutet mit dem Zeigefinger auf von der Heydt, der gerade ein weiteres Kaviarhäppchen in Manuelas weit aufgerissenen Mund stopft und diesen anschließend mit einem Kuß verschließt.

»Komm, Vera!« ruft Dirk aufgekratzt, noch ehe er sich den Schweiß richtig von der Stirn gewischt hat, »keine Müdigkeit vorschützen. Es geht weiter!« Lachend reicht ihm Vera die übriggebliebene Krücke und zieht ihn dabei zurück zur Tanzfläche.

Da kommt einer der Segler auf Dirk zu. »Entschuldigung, Herr Hansen, Telefon…«

Dirk arbeitet sich durch die Menge der Tanzenden zum Tresen vor. Ein Kellner hält ihm schon den Hörer entgegen.

Dirk preßt sein Ohr ans Telefon. Er ist leichenblaß.

Er reißt Augen und Mund weit auf wie zu einem Schrei: »Was?… Wann?«

Vera geht auf ihn zu. Sie will ihn stützen, was auch immer für eine Nachricht das war. Wie in Trance humpelt Dirk in ihre Arme und umschlingt sie.

»Was ist?« fragt sie erschrocken und hält ihn fest.

»Der Chef ist tot.«

Paulsen, der am Tresen gesessen und gerade einen frischen Wodka bestellt hat, hat alles mit angehört. Er nimmt das Glas, führt es an seinen Mund, kippt den Schnaps hinunter und murmelt: »Schittkram.«

Sofort ist Jan bei seinem Freund. »Ich fahre dich zu Else«, sagt er und legt den Arm um Dirk. Der beginnt hemmungslos zu schluchzen. Sie verlassen den Yachtclub und gehen zu Jans Auto. Dirk stützt sich auf seinen Freund. »Er hat's geschafft, Dirk«, sagt Jan leise. »Nur das ist wichtig. Und jetzt sind wir dran.«

Als Jan den Motor startet, steht die Abendsonne am Himmel wie ein Feuerball.